意林轻文库

恋之水晶系列 044

脱线萌星易容记 III

沐紫 著

MU MUZI WORKS

吉林摄影出版社

· 长春 ·

图书在版编目（CIP）数据

脱线萌星易容记. Ⅲ / 沐沐紫著. -- 长春 : 吉林摄影出版社, 2019.4
（意林 · 轻文库. 恋之水晶系列）
ISBN 978-7-5498-3979-7

Ⅰ. ①脱… Ⅱ. ①沐… Ⅲ. ①长篇小说 - 中国 - 当代 Ⅳ. ①I247.5

中国版本图书馆CIP数据核字(2019)第050396号

脱线萌星易容记Ⅲ
TUOXIAN MENGXING YIRONG JI Ⅲ

著　　者　沐沐紫
出 版 人　孙洪军
总 策 划　安　雅　张　星
责任编辑　吴　晶
图书统筹　朱　颜
特约编辑　曹爱云
绘　　图　E.Pcat
书籍装帧　胡静梅
美术编辑　赵艳红
开　　本　700mm × 1000mm　1/16
字　　数　260 千字
印　　张　12
版　　次　2019 年 4 月第 1 版
印　　次　2019 年 4 月第 1 次印刷

出　　版　吉林摄影出版社
发　　行　吉林摄影出版社
地　　址　长春市南关区福祉大路龙腾国际大厦 A 座 17 楼
　　　　　　邮编：130022
网　　址　www.jlsycbs.net
电　　话　总编办：0431-81629821
　　　　　　发行科：0431-81629829
经　　销　全国各地新华书店
印　　刷　北京市兆成印刷有限责任公司

书　　号　ISBN 978-7-5498-3979-7　　**定价**：28.80 元

Contents

目录

第一章

心藏隐秘・暗恨滋生

正月末，街上的年味丝毫未减。

店铺前灯笼高挂，高分贝的贺年金曲魔性又洗脑。

年假后的首个周末，人们出行的热情依旧高涨。

絮暖望着车站前乌压压的一片，又低头看了看双手提的土特产，万分头痛。那是过年时，爸爸絮胜不远千里带来的，得知安主任的病情后，又千叮万嘱让她带去给对方。东西挺沉的，她不好意思让别人分担，只好傻傻地自己拿着。

自从年末接到医院的电话，絮暖得知安主任好转的消息已经过去了两个月。回想过去的一年，她觉得发生了许多事情。她因为一场试镜大会和Nicole（妮可）签约来到樱草，不仅结识了奚言和南零落，还和总爱惹麻烦的高富帅狭路相逢，校园生活过得鸡飞狗跳又妙趣横生，大家携手帮助樱草渡过了难关。虽然那个假冒陆世安的人并未再露面，身份依然成谜，但絮暖坚信，一切都在往好的方向发展。

初春时节，冰雪消融，一派盎然的好景致，风中却依旧带着几丝凉意。絮暖瑟缩着脖子，想重新调整松垮的围巾，一时却腾不出手来。她心里正郁闷时，头顶白晃晃的日光被一道高大挺拔的身影挡住。絮暖屏着呼吸不敢动，任由那双白净修长的手把垂下的围巾顺着自己的脖子绕了两圈。那个人动作极轻，清浅的呼吸化作白雾洒在她的脸上，就像一根轻盈的羽毛落在心头，让人心跳加速。絮暖哪敢抬头，不争气地盯着那好看的下颌线出神，见对方收手，才恍然地后退了一步。

两个人的距离被突然拉开，顾北寒先是一愣，往常透着寒气的眼睛竟像是冰雪消融后的初春，柔软至极，里头映照的女孩面若红霞，原本梳起的长发披散而开垂到腰际，微卷的发丝被风吹得飞舞起来，一身白色羽绒服搭配红色围巾，衬得她更加明艳动人。

被他这么盯着看，絮暖的脸更红了。她本是有话直说的性格，眼下大脑中却一片空白，身体僵硬，不知如何是好。

倒是顾北寒似乎看出了对方的局促，摸摸鼻子，打破沉默说："系个围巾都不会，真够麻烦的！"一如既往的毒舌风格，而后用长辈训斥小辈的口气又问，"下次知道怎么系了吗？"

令人意外的是，絮暖竟也不反驳，真跟个犯了错的孩子似的乖巧点头，表情呆呆傻傻，别提有多可爱了。

几天前，大家就约好一起去看安主任，知道高富帅爱睡懒觉，絮暖甚至放了狠话，迟到便不等了。高富帅为此还特意定了好几个闹铃，结果均以失败告终。倒是南零落不管不顾地来到高富帅宿舍，把他从床上拉了起来，匆匆赶到车站，远远地就看见相视而立的两个人。絮暖脸红得如同娇艳的桃花，顾北寒眼里全是藏不住的笑意。这一幕搅得原本就有起床气得高富帅更加心浮气躁。他疾步走过去，硬生生地从两人中间挤过去，肩头粗暴地擦着顾北寒的臂膀，挑衅的意味明显。

顾北寒正欲发作，恰巧车子进站，下一秒身体已经不由自主地被人群推着向前。他及时收住情绪，眼疾手快地抓住絮暖的手腕，逆流往后门走。

絮暖傻乎乎地被牵着，好几次见人快撞上自己，却都被顾北寒的臂膀挡住。此刻的他就像是一把无坚不摧的保护伞，为她挡去了所有的风雨，让人没来由地心安。

高富帅和南零落艰难地从前门上了车，站定后高富帅便着急地往后张望，车厢里全是人，忙活半天，连絮暖的影子都没找着。

“我看见絮暖和奚言好像往后门走了！”

听南零落这么一说，他心头的火更大，咬牙抱怨：“挤什么车啊，我早就说打车了，她偏不要！”絮暖有时倔得跟头牛似的，明明有省时又省力的办法，她偏要选省钱的方式和他对着干。不是没想过打车费他来付，可又怕伤对方的自尊，最后他只好妥协随大流。刚才车站那一幕还在脑中挥散不去，高富帅拧紧眉头，摇摇头，目光又不由自主地望向人群。

南零落看在眼里，一种奇怪的感觉在心里滋生，闷闷的，却又说不清是什么。

“别找了，你累不累啊？等会儿到站就能见到了。”声音清冷，口气不善，连她自己也不知到底在生什么闷气。窗外细碎的光落进来，把她的眼睛打得亮亮的，让原本白皙的肌肤更加晶莹剔透。明明是个美人儿却绷着个小脸默不作声，高富帅看了一眼，没再搭腔，心不在焉地看着窗外的风景。

另一头，絮暖被挤在小角落里，气喘吁吁。怕别人挤到她，顾北寒索性撑开双臂，把她与外界隔开。车子晃得厉害，她根本站不住，只好放下手中的东西，踮脚去抓把手。可是把手太高，她懊恼地抓了几次都没成功，气得面红耳赤。

“你直接抓我的衣服吧。”

毕竟情况特殊，为了不摔倒，絮暖也顾不得太多，点头应了声，手却停在半空，迟疑了好久也不知该抓哪里好。

顾北寒看不下去，抓起她冰凉的小手，径直送进了自己的衣兜，而后又若无其事地恢复刚才的姿势，动作如行云流水。絮暖的身体不由得向前一倾，头都快贴到某人的胸膛上了。

车子靠站，人依旧源源不断地往上挤，让原本就狭小的空间变得更拥挤。她实在没法动弹，索性故作镇定地两眼一闭，想着也没什么大不了的，形势所逼，靠就靠着吧，反正也不吃亏。

倒是顾北寒，明明只是站着，又没做什么剧烈运动，心怎么跳得这么快？

“奚言，你没事吧？是不是哪里不舒服啊？你的心跳得好快！”甜软的声音在耳边响起，顾北寒眼睛眯了眯。絮暖才想抬头一探究竟，就被他的手给压了回去。

“好好站着，乱动什么！我就是有点儿热，没什么事。”他抑制住心虚，眼神闪烁，好在絮暖老实站着没再问，才没有看见少年染了红霞的脸庞。

顾北寒呼气，看着窗外飞逝的景物，真希望司机能开得再慢些，把这段时光拉得再长些。这段时间他总想起顾琛的警告，心里惶恐不安。从小到大，他的人生就被那个男人安排好了。顾琛专制强势，让他无力反抗，只能按照对方的意愿，活成对方想要的样子，却也丢掉了真正的自己。他不知道未来会如何，至少当下他唯一能做的就是珍惜在樱草的每一天，保护身边的人。

下了车，高富帅急急地找到絮暖，在顾北寒之前抢过她手中的东西，嬉皮笑脸地道：“这点儿小事就让小爷我代劳了！”

一路下来，絮暖确实有些累了，也没再矫情逞强，由着他帮忙提着，也不忘调侃对方：“今天太阳定是从西边出来的，高少爷不但没迟到，还帮忙拎东西，让人佩服！”

高富帅脸皮也厚，装模作样地拱拱手，说：“不敢当！”

絮暖笑，视线一转就看见了走在后头的南零落，脸上的笑意不禁淡了下去。当初樱草处于危难时，南零落煽动学生离开的事情仍历历在目，两人为此心存芥蒂。絮暖一直在等对方敞开心扉，但是过了这么久，始终没能等到她一个解释。

察觉到絮暖的神情变化，南零落略显尴尬，出声解释：“以前安主任也帮过我不少，我只是想来看看他，并没有别的意思。”

絮暖垂着眸淡淡地应了声，便没再说话。

安主任脱离危险后，便从重症监护室转到了普通病房。絮暖和大宝商量，众筹了点儿钱给他换了间独立病房，环境好些，也有利于他休养。

南零落并未和絮暖等人一起进医院，而是先独自去买了束花。她走到病房门口，就听到里头说笑的声音，嘴角撑起一抹笑，抬手叩了门，应声而入后，见到躺在病床上的安主任，面色苍白，高兴地朝自己招手。谁料她刚走近就被安主任按在椅子上，紧跟着双颊的肉就被他揪成了两团。小脸变形的南零落皱着眉头不敢喘气，眸子瞥到一旁大家凝重的神情，误以为出了什么事，更加不敢动，忍着不适任由安主任“胡作非为”。

好半晌，那始作俑者才略带嫌弃地说："都说每逢佳节胖三斤，絮暖，我看你这胖了不止三斤哪！你这丫头到底是吃了多少，才把自己吃成这个样子？"

高富帅嘴里的水差点儿喷出来，心想着安主任真是"高明"，一句话就把两个人都得罪了！絮暖也被这话噎得不轻，扯了扯自己脸上的肉，她过完节明明比原来还瘦了些。

顾北寒拉她袖子，循着他的目光望过去，絮暖只见南零落的脸色已经难看到了极点。她向来心高气傲，面子又薄，即使安主任是认错了人，但说了那样一番话，肯定是接受不了的。絮暖正想着说些什么圆场，对方已经起身，椅子被重力往后一抵，摩擦地面的声响在寂静的病房里显得格外刺耳。

"不好意思，我去下洗手间。"南零落脸上堆出的笑再也维持不下去，头也不回地走了。

"你们先聊着，我去看看。"絮暖连忙跟了出去。

被屋外头的凉风一吹，心中压抑烦闷的情绪得以疏解，南零落觉得心情稍稍明朗了些。或许她就是心眼小吧，听不得玩笑话，才总是游离在人群之外，活在自己的世界里。每当她以为自己好不容易和絮暖他们靠近了一点儿，却又发现原来都是幻觉，就像海市蜃楼，以为触手可及，其实隔着万水之遥。如果一开始就不奢望，或许此刻就不会难受了。

跟在后面的絮暖心情复杂地看着南零落。从认识最初，絮暖就知道南零落是个有故事的女孩子。她没有逼她分享秘密，只愿有一日她自愿诉说这一切，她定会义无反顾地当一个很好的聆听者。她希望南零落能多说说话，多笑笑，而不是像现在这般背着她沉默。尽管她气南零落之前对樱草的所作所为，却还是不想看到她露出难过的表情。

"南零落，安主任的玩笑话你别放在心上啊！他就是病糊涂了，眼瞎，你明明比我瘦好多！"以往能说会道的絮暖觉得自己总是在关键时刻掉链子，嘴笨得不知道怎么安慰对方，只能"牺牲"安主任，说他的不是了。

南零落苦笑："絮暖，你不用安慰我的，以我们现在的关系，可能连朋友都算不上。"她也不知自己怎么了，明明见到絮暖担心自己，心里是欣喜的，可话到嘴边又变了味，带着刺，逼得人没法靠近。

"随你怎么想，我只是想告诉你，安主任是因为肿瘤压迫了海马体，造成记忆错乱，才会把你认成我的，而不是故意那样说让你下不来台的。"絮暖平静地解释完这一切便转身离开。

南零落盯着渐远的背影怔在原地，却见絮暖向前走了几步又顿住，没有回头，一道清晰有力的声音飘入耳中："南零落，你有没有想过？这么久以来，其实自始至终没把我们当成朋友的人是你！"

那瞬间，南零落就像被人抽空了力气，纹丝不动地站着。或许絮暖说得没错，是她画地为牢，困住了自己，推开了所有关心她的人。

两人回去后，这次安主任倒是学聪明了，拿着以前的笔记本，对着贴在上头的照片一比，总算是把人认对了。他连忙低着头道歉："瞧我这记性，人老就是不中用了，你们千万别放在心上哪！"他打着哈哈，绝口不提自己的病情。其实大家都明白，只是心照不宣，默契地配合着。

天灾人祸，生老病死，是人生最无能为力的事情。絮暖其实都懂，却又假装不懂，明知是死结，心中仍盼着有奇迹发生，盼着安主任能好起来。

"那你下次可要记清楚了，下不为例，要是再认错，就罚……"絮暖眸子一转，笑道，"就罚你提早出院！"

安主任听了，鼻子发酸，嘴上连连说好。

刚才的乌龙就像是个小插曲，转眼就翻篇了。大家侃侃而谈，场面其乐融融。絮暖眉飞色舞地说着絮胜来大城市看她时闹出的笑话，就连沉默寡言的顾北寒也跟着时不时地吐槽几句，把安主任逗得哈哈大笑。南零落在旁安静地听着，根本插不上话，想起买来的鲜花还没插瓶，就起身忙活起来。她倒了枯萎的花束，换了干净的水，把花放到瓶里，做完这一切便又空闲下来，随手拿了安主任放在桌上的笔记本看。

南零落之前就听絮暖说过这个本子，说是安主任怕以后记不得事，就把身边的人都用文字和图片记录在本子上。她随手翻了几页，果不其然，每个人的照片和习惯爱好，几乎事无巨细，全部都写在了纸上。她定下心来细看，那苍劲峻逸的字体如同一个旋涡，把她所有的心神都吸卷进去。怎么可能？南零落无法相信自己的眼睛，那字迹化成灰她都认得，她曾经每月都会收到一封同样字迹的书信，直到她母亲去世。

她千辛万苦来樱草其实就是为了找一个人，那个人便是樱草的校长陆世安，也是抛弃她和母亲，应该被她叫作父亲的人。说来可笑，这个她从未谋面的父亲，她还是偷偷地从母亲的日记本里才得知他的名字。后来知道他在樱草，她便不管不顾地找来，找不到人，就只能把恨发泄在对方创办的樱草学院上。可她怎么也没想到，要找的那个人其实一直都在自己的身边。怎么会是他？怎么能是他？南零落快速地翻到记录自己的那一页纸，低头阅览。上面记载了自己许多不为人知的小习惯，有些连作为室友的絮暖都未必知道，目光定格在最后一行。

上面清楚地写着：对不起，我亏欠你们的实在太多，今生怕是无力偿还了！

字字句句，宛如锋利的刀，割在南零落的心头，伴着凌迟般的痛，让人窒息。

她抬头望向那个躺在病床上和众人谈笑风生的男人，之前对他的怜悯之心荡然无存。那页纸早被她抓得褶皱不堪，她压抑住内心汹涌的愤怒，又把它抚平。

南零落放下书本，正好对上安主任盈盈的目光，嘴角堆出虚假的笑意应和，却无人察觉她握紧成拳的手和眼中潜藏的恨意。

众人寒暄了好一阵，才依依不舍地和安主任挥手告别。走进车站，南零落才想起自己的手套落在病房里了，急着想回去取。正巧车子来了，这车的班次时间长，错过这辆又得再等半小时。

高富帅催促她上车："拿个手套也不急于一时，下周絮暖来，让她给你带回来就是了！"

"不行！"南零落扬眉，口气坚决，"你们先回去吧，不用等我了！"不等对方多说半句，就已经跑远了。

"什么情况啊，不就是双手套吗？"高富帅忍不住嘟囔一声。

已经上车的絮暖和顾北寒又走了下来，絮暖望着那抹跑远的背影，低声道："那手套好像是她妈妈亲手织的。"

高富帅噎住，尴尬地摸摸鼻子，没再说话。

司机已经等得没了耐心，按了喇叭叫嚷："你们还走不走啦？"

不等絮暖反应，顾北寒已经抱歉地冲他摇头。车子疾驰而去，车站里只留了他们三个人。

"既然是一起来的，我觉得再等等倒也没什么。"

听到顾北寒说出了自己心中的想法，絮暖不禁笑了起来。好像有些默契，根本无须多言，只需要一个眼神就能明白对方心中所想，自然就做出决定。

高富帅察觉到气氛的微妙，佯装咳了几声："等就等吧，小爷又不是等不起。"而后又伸手抓了絮暖坐在候车休息的地方，像怕被人抢了自己心爱玩具的小孩，看着顾北寒的眼神充满防备和敌意。

顾北寒根本不理会对方幼稚的行为，独自站在树下，静静地想着自己的事。

南零落一路小跑回到医院，出了电梯就迎面撞上一个人。她低头道歉，对方也不恼，无声地摆摆手，便往前走了。南零落的鼻尖还残留着那个女人身上的淡淡花香。那

个女人虽然戴着口罩，看不清面容，却丝毫不影响她散发的美，身姿纤细婀娜，眼角眉梢里有波光流转。不过看她气息微喘，额头出汗，又从她刚才来时的方向看，应该是从安全通道走上来的。这里是在十二楼，如此高度，但凡正常人都会选择乘坐电梯，倒很少有人另辟蹊径走楼梯的。南零落想着又笑起来，觉得自己是"职业病"犯了，都已自顾不暇了，竟有工夫管别人。

说来也巧，两人要看的人都住在同一区域。这块区域都是独立病房，人本就少，同行一路，南零落走在后面，前头的人却小心翼翼地左顾右盼，最后在安主任的病房口顿住了脚步。她没着急进去，像是怕人看见，又是一阵张望。见那个女人看过来，南零落连忙贴着墙躲进角落，等到门又再次关上才壮胆蹑手蹑脚地走过去。

那个女人行为鬼祟，就算是探病也无须如此遮掩，只能说明她有什么不可告人的秘密。南零落屏着呼吸轻轻地推开门，从门缝往里看。下一秒她的眸子陡然睁大，死命捂着嘴不让叫声从嘴里发出。房内，女人正抱着病床上的男人轻声哭泣。男人皱着眉，拍着她起伏的背轻声哄着。那张摘掉口罩的脸梨花带雨，就算落泪依然凄美，让人不禁心疼。萧栀然演的戏南零落看过，对她的哭戏印象极为深刻，只是没想到今日竟能有幸目睹。

早传陆世安和萧栀然两人关系匪浅，原来谣言竟是真的。她不惧被偷拍的风险，跑来这里来会旧情人。真是令人唏嘘的一幕呢。

南零落无声冷笑，心像破了个窟窿，有冷风从四面八方灌进来，蔓延到四肢百骸，湮灭了她心中对那个男人的最后一丝希冀。

陆世安，有些债总要还的。

临近中午，阳光炙热起来。高富帅沐浴其中，等久了便开始昏昏欲睡，头不禁往絮暖的肩上靠，却惨遭对方嫌弃地推开，屡战屡败，身体不受控制地倒向另一头，难逃磕在车站牌金属框上的悲剧。随着特别响亮的一声，所有人的目光都被吸引过来，嬉笑地看着被痛醒的高富帅。当事人面红耳赤，苦着脸揉揉脑袋，可怜兮兮地看着絮暖，说："都怪你，让我靠会儿会死啊？"

"不想死得太快，你就靠过来试试！"絮暖表情凶狠地朝他挥拳头。

高富帅果然没出息地蔫了，毕竟是被打过一次的人，以后还是少逞口舌之快为妙。

絮暖见人老实地往旁边挪了挪，一个人沉浸在胜利的喜悦里，眯着眼笑，全然没发现正看着自己的顾北寒。和有时候在某些方面后知后觉的絮暖相比，高富帅就敏锐多了。他觉得顾北寒毫不掩饰的目光像是在欣赏一件自己喜欢的东西，欢喜地想要立刻据为己有，这令他十分不安。没过几秒，高富帅就负气地站起来，用笨拙的方式放飞自我了。他挡在絮暖的身前，阻断敌人视线，用自己炽热的目光，熔化敌人。

他看不到，也不让敌人看！

絮暖哪知道这大眼瞪小眼的两个人到底在搞什么名堂，高富帅傻也就算了，怎么连奚言也陪着他闹？由不得多想，她就看见从街角缓缓走来的身影，连忙起身挥手叫喊。

听见絮暖的声音，南零落才看清一直在车站等自己的三个人，心里五味杂陈。

“你们……怎么还在？”

“明知故问，还不是为了等你。你也真够慢的，我都睡了一觉了，你才来！”高富帅虽然嘴上抱怨，但还是留下来等她了。

絮暖没好气地瞪他一眼，上下打量着南零落，见她面无血色又两手空空，蹙眉问：“你没事吧，不是说去拿手套吗？”

南零落眼神一晃，支支吾吾地答：“我看安主任睡得熟，怕吵醒他，所以就……”变故太多，她完全忘了手套一事，眼下只能先用这个蹩脚的理由糊弄过去。

絮暖心思浅，倒也没多想，说：“没事，那等我下周去看他的时候，再给你取回来。”

看着言笑盈盈的絮暖，南零落心里堵得慌，根本不敢直视她。絮暖的那双眼睛太干净了，仿佛能映照出她心中不为人知的黑暗。半晌，她才收拾好情绪，开口：“对不起！害你们等了这么久！”

絮暖愣了愣，又听到她说：“总之……对不起！”

只可惜，没人知道她这声“对不起”中到底包含什么？

几天后，新学期开学，安主任不在，絮暖帮着大宝置办学生用品，忙得脚不沾地。她到外头采购东西回来时，发现学校门口被大批记者堵得水泄不通。自从樱草渡过被世英收购的危机，也算沉寂多时，好久没惹媒体关注了。如此大的阵仗，絮暖猜想肯定是出大事了，只好找了个小报记者询问。对方看她穿着樱草的校服，觉得可以从她身上打探点儿消息，倒是特别好说话。

“小姑娘，你消息可真不灵通，新闻都出好几天了。你们学校的老师和萧栀然抱在一起的照片已经传得满天飞啦。”那记者说着拿起手机，翻给她看。

絮暖这几日忙晕了，根本没空关注这些，消息滞后也是正常的。可是这样的新闻，她竟然现在才知道。各大新闻网站娱乐专区贴着安主任和萧栀然相拥的照片，“新晋小花萧栀然弃陆世安另结新欢，和樱草老师暧昧不清”的标题几乎满屏都是，更可恶的是评论竟然一边倒，萧栀然的脑残粉为了维护偶像形象把锅推到樱草的身上，质疑樱草办学师资有问题，说安主任绑着萧栀然炒作。那字字句句就算是隔着屏幕都能感觉到评论者横飞的唾沫，真是人言可畏！

絮暖气极了，碍于不是自己的手机，否则真的会愤怒得当场把手机给砸了！这样的负面消息，萧栀然的公关团队竟然一点儿动作都没有，不但没有承认也没否认，大家看在眼里反倒成了一种默认。絮暖觉得这更像萧栀然想借机用这件事情进行炒作，给自己增加曝光度。

“小姑娘，我给你说了这么多，你也得有所表示吧？你是这里的学生，不如跟门卫说说，放我们进去采访学校的负责人，也好给外界一个解释。”

絮暖咬牙把手机归还原主，说了声“谢谢”，抱着东西走到门房。记者以为这回有戏，谁料就听她大声喊道：“大叔，我的东西先放在这里，那些人千万别放进去，否则樱草要是倒了，你的饭碗就没了！”

看门大叔虽然上任没多久，但和絮暖他们都已经混得挺熟了，上了年纪自然见多识广，知道来者不善，但还没意识到已经危及自己的饭碗这等大事了。经絮暖这样一说，他连忙正襟危坐，重重地点头：“我保证，别说人了，就算是一只蚊子都不会放进来！”

那个记者听了，脸都绿了，没想到小丫头竟然过河拆桥。絮暖不顾耳边的谩骂，仰着头挤出人群往医院赶。学校这边都围了这么多人，医院那边的情况恐怕更糟糕。路上她先给大宝打了电话，让他稳住学校那边的情况。

絮暖赶到医院，原本寂静的走廊上人声鼎沸，经过处都是看热闹的人群。她加快步子，一路奔向安主任的病房。果不其然，病房门口簇拥了好几家媒体，扛着“长枪短炮”，伸着脖子想往门里冲，要不是被几个小护士挡着，恐怕早就得逞了。

“这里是医院，里面的病人现在还在抢救，麻烦你们快点儿离开！”

听到护士说“抢救”，絮暖整个人都慌了，拼了命地挤到里头询问情况。絮暖经常来看安主任，护士对她眼熟，耐住性子解释：“前面有人趁我们不注意，跑进去拍照，刺激了病人。现在医生们还在里面抢救呢！”

絮暖的心被揪得紧紧的，前阵子还好端端的人，怎么就成这样了？后背被摄像机挤压得生疼，即使被警告不能进入，那些人仍是不罢休。絮暖终于忍无可忍，转身破口大骂：“你们还有没有人性啊？一定要把里面的人逼死才肯罢休吗？如果安主任死了，你们就都是‘杀人犯’！”

“谁知道抢救是不是掩人耳目？让我们亲眼看了才能相信！”高大的男人扛着摄像机，脸上没有丝毫愧疚，仿佛自己说的才是真理。

絮暖笑自己太天真了，竟然还觉得这些人是有良知的。此刻的他们只想抢得一手资料，哪怕采访不到当事人，拍几张抢救的照片也是好的。对付这样的人，浪费什么唇舌，就应该用拳头来说话。只见小小的少女愤怒地挥拳而来，男人反倒不躲，扯了嗓子大喊：“快看呀，樱草的学生要打人了！怪不得都说这个学校有问题，真是什么样的老师教出什么样的学生！”

这句话何其高明，把樱草的师生悉数冷嘲热讽了一遍。絮暖的拳头停在空中，死死地咬着牙，如果这拳真打下去，恐怕就坐实了男人说的话。她不知道明日的头条又会把樱草写得多么不堪，解释再多又有什么用？她实在是太渺小了，连自己重要的东西都守护不住。一想到此刻安主任还在里面生死不明，她的心里就难受得无以复加，被无力的挫败感包裹，走投无路。

“她是樱草的学生，但我不是！”随着这句话，少年的拳头已经落下，狠狠地砸在男人的脸上。男人蹲在地上痛呼，场面一度混乱，大家都反应不及。只听到有人大喊：“打人啦！”

絮暖抬头，手已经被少年抓住。

两人跑出人群，喧嚣渐渐远去，她才回过神来，看着那道熟悉的背影，眼眶忍不住红了。

刚才那种情况即便再难受，絮暖都极力忍住悲伤情绪。可是此刻，那所有的隐忍，在见到少年的那一刻轰然崩塌。

感觉到絮暖的异样，顾北寒转身，看见她眼角的泪光，停住脚步，轻声道：“絮暖，想哭就哭吧！我不走。”声音低沉得像一阵风，扫过心头，让人心安。

医院偏僻的一角，他就这样牵着她的手，听她低头啜泣。时间不知过了多久，他只想停驻此刻，陪在她的身边，哪怕是分享对方的悲伤，都是好的。

絮暖哭完了，眼睛红得像只兔子，眨眨干涩的眼睛，才后知后觉地发现手还被顾北寒牵着。她红着脸，支支吾吾地说：“那个……”视线尴尬地落在两人相握的手上，顾北寒这才放开。

“你怎么会在这里？”

“我都听大宝老师说了，猜想你会来医院，怕出事，就过来看看！”没想到还真的出事了，还好他及时出现，真怕絮暖被那些家伙给欺负了。

絮暖点点头，半晌又笑道：“不过你刚才那拳真是大快人心！你不知道，我前面就想揍那个家伙一顿了。可是我又怕他们诋毁樱草，你这样做真的没事吗？”

他怎么会不知道，刚才那幕他亲眼看见了，所以才会不管不顾地想替她出气，带她离开。

顾北寒知道絮暖的顾虑，说：“别怕，我今天穿的是便服，还戴了口罩。我也说了自己不是樱草的学生，他们也不好大做文章，本来在医院闹事就是他们理亏！”

絮暖听了，觉得有理，这才松了一口气，又想到顾北寒说话声音哑哑的，可能是感冒了才戴口罩，也没多问原因。她心里牵挂着安主任的情况，两人没再多聊，折了回去。

还好那群记者刚才被保安轰走了，才没和他们打上照面，否则估计又得打起来。医生说安主任没事，刚才因为气血攻心，受了刺激，但是需要静养。

絮暖见他睡了，就在外头望了会儿，也没进去。她坐在走廊的椅子上，一直悬着的心总算落了地。”

顾北寒倚着墙，说：“这件事还是我们自己想办法吧，别让安主任知道了，我怕他的病情会因此反复。”

“嗯，我也是这样想的，现在看来只能想办法让萧栀然那边出面解释了。”虽然很难，但絮暖想竭尽全力去试试。

走廊的窗未关，几朵花瓣被微风吹进来落在地上。絮暖仰头，心想着春天来了，再凛冽的严寒也终会过去的。

第二章

高母来袭·竹梅误深

一众记者在樱草的门口苦等了几日，絮暖原以为他们会知难而退。谁料他们却越挫越勇，轮流守岗，不肯罢休。絮暖找萧栀然更是处处碰壁，经纪人也不肯接电话，连他们公司的大门都没踏进去，就被保安轰出来了。最后，絮暖左思右想，决定找自家师父帮忙，出出主意。

絮暖拜沐天心为师后，每周都会去上课。虽然天赋不够，好在勤奋，易容术有了很大的飞跃。

也不知道从什么时候开始，顾北寒陪着她一起去沐家就成了习惯，变成他们共同的秘密。

沐宅依山傍海，离学校很远，下车后还要行走一段山路才能到达。初春时节，气温骤升，山道两旁的梨花早早地露出羞涩的小脸。远远眺望，大片的莹白连着山脉绵延开来，微风拂过，花瓣飞舞在碎金色的阳光里，似下了一场雨，落得人满身都是。

絮暖和顾北寒并肩而行，谁也没有说话。絮暖偷偷地看身边的少年，他的身体一半浸在温暖的阳光里，还有一半隐在微凉的阴影中，眸子忽明忽暗，只能瞧见里头有细碎的光透出来，好看得让人目眩神迷。

“怎么了？”感觉到身旁的视线，顾北寒侧头看她。

像是被人窥探了心事，絮暖脸一红，结巴地说道：“你……你头发上有花瓣！”

他“哦”了一声，轻描淡写地说：“你也是，看着像个头发花白的老太婆！”

絮暖没好气地瞪他，加快步伐，独自走到前头。

顾北寒以为她生气了，急急地喊：“喂，你等等我啊！”

对方却不理他，步子变得更快。因为絮暖低着头，他看不清她脸上的表情。絮暖庆幸还好自己跑得快，才没让他看见自己发烫的脸颊。

“我想和一个人从天光乍破走到暮雪白头！”絮暖自顾自地在前面走着，脑海中突然浮现这句话。

像今天这样，她和奚言相伴而行，梨花落满头，是不是就好像他们一起走到了白头呢？

只可惜，内心这样的小欢喜，只属于她一个人。

到了沐宅，难得见到沐天心的未婚夫欧阳翼也在。他们虽然住在一起，但各自忙碌，絮暖好几次上课都没见到他。这回多了个人，她多少有些拘谨，心里思量着要如何称呼对方。想了半天，她的眼睛一亮，甜甜地喊了声：“师公！”

师父未来的老公，当然就是师公啦！

这声师公当即叫得欧阳翼神清气爽，眉开眼笑地说道：“真是我的好徒儿！”

沐天心立马在旁纠正他的措辞，说：“那是我的徒儿，不是你的！”

“嘿嘿，我们早晚都是一家人，还分什么彼此呀，你的不就是我的吗？”欧阳翼龇着牙，表情很是欠揍。

沐天心双手抱胸，扬眉看他，说：“有本事你再说一遍试试？”口气不咸不淡，却内藏“杀机”。

欧阳翼嗅到杀气，换了温柔的口气哄道：“好好好，你的是你的，我的还是你的！”

沐天心这才满意地说：“你帮忙照顾下奚言吧，我带徒儿去上课了。”

经过系统的学习，絮暖的易容术已经能基本上手，只是还缺少实战经验，不过机会多的是，打好基础才是关键。絮暖很喜欢听沐天心上课，生动有趣，一点儿都不乏味。起初她还怨怼过老天不公，让她背井离乡。后来她才发现，如果不走出那座小城，或许根本遇不见这么多人，更别提拜沐天心为师了，命运还真是奇妙。

课程接近尾声时，沐天心给了她厚厚一沓资料，里面记载了萧栀然近期的活动行程。

“我知道你不试试，肯定不会放弃，那就去试吧！”絮暖之前在电话里和她说了萧栀然的事情，没想到沐天心便放在了心上。她调用了自己的人脉为絮暖铺好了路，既然经纪公司走不通，只好去找萧栀然本人了。

“师父！”絮暖抓着那沓资料，心中感慨万千，“谢谢你这么支持我，能遇见你，我肯定是上辈子做了很多好事，扶了很多老奶奶过马路，才修来的福！”

沐天心哈哈大笑，说：“你这个傻丫头啊，我不支持你，谁支持你啊？我可是你师父！”很多时候，她觉得絮暖就像是一面镜子，总能让她看到自己最初的模样。那份勇气和初心，才是人生最宝贵的东西。

絮暖点头，笑得眉眼弯弯，觉得自己幸福极了。

客厅，顾北寒却觉得自己被盯得难受极了。欧阳翼坐在一旁，神色复杂地打量他。顾北寒挪了挪身子，拉开彼此距离，那家伙就又靠过来挨着他。顾北寒记得他们好像还没有熟到这种地步吧！

顾北寒当即冷着脸，口气却不失礼貌地问：“欧阳先生，你可不可以不要靠我这么近？”

“什么欧阳先生，跟絮暖一样，来叫声师公听听！”

“你！”眼见对方面红耳赤，快恼羞成怒了，欧阳翼才收起嬉笑，鼓着嘴说，“好嘛！不叫就不叫呗！真是不好玩！”

顾北寒吁出一口气，不愿再理会对方。

欧阳翼原本还想逗逗他，话还没出口，眼前的身影已经察觉，头也不回地往庭院里走了，留他一个人气呼呼地坐着，心想着这孩子真不会聊天。

晚饭时，场面其乐融融，欧阳翼和絮暖聊得很是投机。时间过得很快，转眼已经夜深，两人准备打道回府。出发前，絮暖却觉得头晕得厉害，撑着脑袋不肯动了。

顾北寒见她双颊通红，皱眉探探她的额头，体温正常，不像发热。沐天心从厨房出来见状，觉着不对劲，怒气冲冲地朝欧阳翼喊：“你刚给我徒儿喝什么了？”

欧阳翼吓得“啊”了一声，满脸无辜地说：“家里的饮料都喝完了，我就拿了点儿鸡尾酒给她喝。那里面的酒精成分才3度，我想着应该没事。但是没想到……”

转头看向那个摇头晃脑的少女，双眼微眯，脸上神情多变，时而嬉笑，时而哭闹，八成是醉了。他心里暗叫不好，趁着沐天心还没爆发，神色慌张地说道：“我现在立马去煮醒酒汤！”而后撒腿就往厨房里跑。

沐天心扶额叹气，说：“奚言，看来得麻烦你先把絮暖扶到楼上的客房休息了。”

顾北寒点头，伸手去扶身旁的人。

哪知对方非但不配合，还对他拳打脚踢，像只蛮横的小刺猬，根本不能靠近。

絮暖甩开顾北寒的手，嘴里不满地嘟囔着：“别碰我，姑奶奶自己会走！”倔强地从沙发上站起来，双手伸直向前，跟青蛙似的一蹦一跳，神情还特自豪地说：“我还可以跳直线呢！”说完就重重地撞上了前面的墙壁，光听那声音，就觉得疼。

沐天心忍俊不禁，跑过去耐心地劝说：“姑奶奶，咱别闹了行不？”

絮暖不听，捂着痛处瘫坐在原地，喝醉的人哪里会和你讲道理？

顾北寒也不再废话，一把将她扛在肩头往楼上走。絮暖的胃里翻江倒海，躺到床上，才感觉好受些。没过一会儿，盖好的被子又被她踹到地上。顾北寒怕她着凉，只好在旁蹲着，俨然成了被子搬运工，一见她有动作，就连忙制止。

絮暖像是梦魇了，嘴里不停地哭闹着，却又听不清在说什么，一个翻身又把枕头甩到地上。顾北寒阴沉着脸，背过身去捡。

床上的人儿突然一个鲤鱼打挺跳起来，高喊道：“你们这些臭记者都给我滚开，别再让我见到你们，否则见一次打一次！”

絮暖放完狠话，抬脚就踹在顾北寒的屁股上。顾北寒根本无从防备，整个人朝门前栽去。

撞见这一幕的欧阳翼吓坏了，他站在门前，差点儿把手里的醒酒汤砸了，心里忍不住暗叹：“女人发起酒疯来果然很可怕！”

顾北寒从未如此狼狈过，气得发狂，转身大叫絮暖的名字。可当事人此刻已然睡死过去，优哉地会周公去了。他顿时觉得自己的一腔怒火像是打在了一团棉花上，完全失效。真是败给她了！

欧阳翼忍不住捂嘴偷笑，撞见远处那道冷厉的目光时，连忙收住笑意，装腔作势地往回走，嘴里还叨念着：“刚才发生了什么？我眼神不好，啥也没看到。”

因天色太晚了，絮暖又睡得熟，两人只好在沐宅留宿一晚。

絮暖一觉到天亮，醒来才发现昨晚自己喝醉了，也不知昨天自己有没有做出什么出格的事情来。心里正担忧着，她抬头就撞见顾北寒从房里出来。他似乎休息得不好，满脸疲惫，头发也乱糟糟的。四目相对，两人皆是一愣。

两人互道了声早，顾北寒就尴尬地移开视线，撑着腰往楼下走了。絮暖望着那道一瘸一拐的背影，心里隐隐不安。向沐天心和欧阳翼一打听，她才知道自己昨晚竟然把人给揍了，羞愧得想找个地洞钻进去。

用完餐，欧阳翼便派车送他们回去。

一路上，两人各自看着窗外的风景，没有说话。絮暖在心中酝酿了好久，才硬着头皮开口道歉：“对不起，昨天晚上……”

“昨天晚上的事，我已经忘了！”顾北寒抢先一步答，转身看她，口气一本正经，眼里却藏着笑，“不过絮暖，我这辈子还没被女生揍过，你是第一个！”

絮暖的脸瞬间涨红，竟然还敢说忘了，这家伙明明就很记仇！

顾北寒看着对方咬牙切齿又不好发作的模样，心情大好。他想那样特殊的回忆，怎么可能会忘？大概这辈子都会记得吧。

等车进了市区，两旁的店铺多了起来。絮暖不知想到什么，说：“奚言，要不你先回去吧？我还想买些东西。”

“那我陪你。”他未经思考，几乎脱口而出。

絮暖点头便让司机把车停在路边，两人下了车。

离学校不远处新开了一家网红蛋糕店，每回见队伍都排得老长。这次絮暖见就排

了几个人，一时兴起，就想买些甜品带回去给班上的同学吃。毕竟最近学校出了事，大家的心情都很低落。

絮暖排队等候的同时，顾北寒去对面买水，时间倒是掌握得刚刚好。刚跳绿灯，他准备过马路，就见对面朝自己挥手的人儿。顾北寒朝她比了比手，示意自己过去，让她站在原地。絮暖会意，乖乖地等他。

顾北寒唇角勾笑看着她，发动机巨大的轰鸣声突然在耳边炸响，疾速而来的机车呼啸般从眼前划过。他心头猛然一跳，惊恐地睁大眼眸，朝着眼前的人大喊："絮暖！"

絮暖反应不及，那一秒机车几乎贴着她飞过，速度太快，她整个人都吓傻了，虚软地瘫在地上，袋子里的蛋糕撒了一地。

顾北寒飞奔而去，喘息着紧紧抱住她，急切地问："怎么样？有没有伤到哪里？"

絮暖呆愣着，没有回应。顾北寒就跟疯了似的，按住她双肩，抖着唇喊："你说话呀？你不要吓我！"

絮暖艰难地咽咽口水，极力地平复内心的恐慌，说："我……没事！"尽管如此，她的身体还是止不住地发抖。

顾北寒再次拥她入怀，重复说着："没事就好……没事就好！"像是在安慰她，又像在安慰自己。他不敢想象，如果刚才那辆飞车若是再开偏一点儿会是怎样的后果。

第一次感觉自己离死亡是这么近，此刻絮暖窝在顾北寒的怀里，特别想哭，却仍是隐忍着，不敢发作。

顾北寒轻轻地拍着她的背，心底的恐慌才渐渐平静下来。

刚才那一幕实在惊险，路人纷纷都围了过来。好在没伤到人，那个飞车人硬闯红灯本就是犯法，路口安装了摄像头，肯定难逃电子警察的监控。

他们昨晚都没回学校，也不知道学校现在怎么样。絮暖也没再追究此事，急着想回去，只是看着已经变形的蛋糕，心里不禁难受起来。

顾北寒扶她起身，掸去她身上的尘土，轻声说："蛋糕没了可以再买，只要你没事就好。"

为了弥补她的遗憾，顾北寒又带她回到蛋糕店。不巧的是蛋糕全都卖完了，絮暖低着头想走。却见顾北寒又独自跑回去，和刚刚买完准备离开的顾客商量，希望对方可以把东西让给自己。

她看着那个为了她去乞求别人的少年，不知怎的，鼻子一酸，眼泪就落了下来。像是谈判成功，少年抬头朝她爽朗一笑。她连忙抹掉眼泪，弯起唇角。

没一会儿，有个女顾客便朝她走来，把手中的袋子递给她，笑着说：“你朋友对你可真好，真羡慕你！”

有了之前的状况，顾北寒更谨慎了，自己走在外道把絮暖护在里面。他有一种感觉，刚才绝对不是一场意外那么简单，或许这根本就是顾琛的警告。他看了眼身旁的女孩，心情沉重，这条路，他们还能一起走多久呢？

絮暖却并未察觉对方的异样，抱着袋子，嘴角轻扬。

回到学校，还未踏入校门，门房大叔就告诉絮暖里头出事了，说是几个学生闹矛盾，打起来了。两人冲进去就见高富帅带着小弟梅天里和班级里的两个男生扭打在一起。看热闹的人把周围堵得水泄不通。大宝老师在旁急得大喊，也不管用。他平时就威信不足，没几个人买他的账。

大宝看见絮暖和顾北寒回来了，像找到了救兵，忙拉住两人说：“你们快过去劝劝，这样打下去怕是要出事！”

絮暖气得面色通红，本来樱草现在就在风口浪尖上，高富帅竟然还在这个节骨眼上给她惹事。她怒气冲冲地奔过去，吼叫道：“高富帅，你是不是疯了？你知道自己在干什么吗？”

这当口，高富帅刚吃了敌人一拳，疼得直吸气，扬手才准备反击，就见絮暖已经冲过来擒住了他的手臂。他冷着脸没好气地回道：“走开！不关你事！”眸子一瞥，就看见不远处的顾北寒，心想着这两人果然是一起回来的。

顾北寒察言观色，猜想高富帅今日的反常多半和自己有关，他怕自己出手会让事情变得更糟糕，便站在原地没有动，放手让絮暖去处理。

“怎么就不关我的事了？我是班长，到底是什么事让你们非用武力解决不可，就不能坐下来好好说吗？”高富帅不理她，絮暖气炸，张了双臂死活挡在他前面不肯走。

梅天里的叫声这时响起：“大哥、班长，小心！”

对方一个男生像是被点燃怒火的野兽，一脚就踹过来。危急时刻，絮暖本能地把高富帅推开，后背硬生生地吃了对方一脚。那男生没想到她竟不躲，踢完后失衡地倒在地上，整个人都呆了。

“絮暖！”高富帅连忙跑过去，上下打量她，“你怎么样？为什么不躲开？”

明明背部痛极了，絮暖却咬着唇不吭一声，脸色白得吓人，说："高富帅，你不是不让我管你的事吗？那好啊，我的事也不要你管！"她笑着，话一字一字地从牙关里蹦出来。

高富帅的心瞬间被揪紧，又像是被人抽空了所有的力气，失魂落魄的，什么话也说不出。

絮暖撑着地站起来，看向打他的那个男生，说："怎么样？还想打吗？我可以奉陪到底！"班里的人都知道絮暖是习武出身，若真是干起架了，那个男生未必是她的对手。

"絮暖，你什么情况呀？我是让你来劝架的，你怎么也跟着瞎掺和呀？"大宝急得满头大汗。

顾北寒在旁出声说："老师，你别着急，絮暖她一定有自己的用意。"

所有人都抱着看好戏的态度，本以为他们的这位班长会费尽口舌来劝架。谁料她竟剑走偏锋，索性以暴制暴，众人惊呆。那两个男生一时也没了头绪，他们好歹是男的，总不能真如对方所说当场打个女生吧。

絮暖的眸子扫过在场的人，提高声音说："我知道最近樱草境况不好，大家一定也听到了很多传闻。但是这种时候我们不是应该更加团结起来吗？而不是在这里搞内部矛盾。你们知道外面的人说樱草的学生是什么吗？"她顿住，哑然失笑，"他们说我们是坏学生！是不是觉得很不爽？是不是也很想去揍他们一顿？如果不想承认，那就证明给他们看啊！"

别人怎么说，谁都无权干涉，但是自己的人生是可以把握的。她是真的希望，大家能够团结一心，证明给所有人看，樱草的学生一点儿也不差。

大家倍受鼓舞，有人喊："我们当然不是垃圾！"

"是啊，那些人八成是眼瞎，我们可棒了！""互吹党"一上线，剑拔弩张的气氛荡然无存，场面缓和了许多。如此境况下，这架肯定是打不下去了，那两个男生也跟着偃旗息鼓。絮暖被几个女生围着，检查伤势。

高富帅望着她，嘴唇无声地动了动，紧握的拳松开垂下，独自背身离去。他一个人傻乎乎地走到池塘边蹲下，水中倒映出的脸上全是伤痕。他突然觉得这样的自己实在可笑，为什么每次自以为是地想要保护絮暖，到最后事情却总是被他越弄越糟。他的拳头愤怒地砸向地面，那种痛感却仍然无法抵消心中的不甘和失落。

"为什么不告诉她，你是为了她才和人打架的？"南零落的声音从背后传来。

他没回头，冷冷道："我的事应该与你无关吧？"

意料之内的回答，南零落平静一笑，说：“嗯，确实无关，那你就当我多管闲事吧！不过高富帅，有些话如果不说，你一定会后悔的。”

高富帅转身。她已离开，背影落寞得像黑暗里的孤塔，有种说不出的苍凉。

絮暖的伤势并不严重，都是皮外伤，涂些药膏就好了，并未伤及筋骨。伤他的男生心里愧疚，还是跑来道歉了。

“班长，对不起啊！我们不该在背后议论你。”

“议论我？这话怎么说？”絮暖茫然地看着他。

男生低着头，支支吾吾地道：“就是你和奚言走得近，我们就开玩笑地瞎说了几句，谁知道让高富帅听到了。他就跟发疯了似的咬人，这才会动上手的。总之这事我们也有不对……”

絮暖哪晓得事情的缘由是这样的，她还以为又是高富帅无理取闹，才会生气说了狠话，一时心中有些无措，想着还是要找机会和对方把话说清楚。却怎么都没有想到，几天后就来了位不速之客，把两人的关系搞得更僵了。

那是放学时分，向来冷清的樱草校门前停了辆名贵的跑车。学生们驻足观望，还以为车主停错了地方，多半是对门世英的家长。谁料车主竟径直走进了樱草的大门。

门房大叔的眼睛都快瞪直了。那个女人看着四十多岁，浓妆艳抹，一身名牌服饰，脚下生风，昂着头进了教学大楼。教室里，絮暖正在给几个后进生补习。高富帅趴在最后一排的椅子上，偷偷地看着她。

女人突然出现，高跟鞋踢踏的声音在寂静的教室里显得格外突兀。见到高富帅，她欣喜地摘掉自己的太阳眼镜，给了他一个大大的拥抱：“我的宝贝儿子，你可想死妈妈了！”

“老妈，你怎么来了？”高富帅吓得从椅子上跳起来。

高母还以为儿子见到自己高兴坏了，谁料他的目光竟越过自己落在了前面的女孩身上。高母望过去，就看见了面色难看的絮暖。她冷笑一声，叉着腰走过去打招呼：“哟，这不是絮暖吗？真是好久不见了。”眼角扫了扫桌上的本子和絮暖身旁的几个人，讽刺道，“你这是在给别人补习吗？阿姨怎么记得你以前在班里也是垫底的呢？”

絮暖怎么可能任她欺负，正欲反驳，高富帅就冲了过来，说：“妈，你还没看过我们学校吧？走走，我带你去参观参观！”说着就把人把门外扯。

听着渐渐走远的脚步声，絮暖紧握的拳头才渐渐松开。

“班长，那人就是高富帅的妈妈吗？怎么说话那么讨厌呀！”

“是呀，你看她那一身金器戴着，生怕别人不知道她是暴发户。可是好奇怪，明明是有钱人家的孩子，高富帅干吗还跑到这里上学呀？”

是呀，絮暖也搞不明白，又或者她不敢去深究这个问题。可能有些人注定不属于这里，或许早晚都会离开吧。

高富帅觉得自己真是机智，按刚才那情势，若是他不出手，恐怕絮暖真的会和她老妈打起来，好好地把新仇旧恨算清楚。他怎么可能让那样的事情发生！当下听着高母又在耳边碎碎念，他觉得自己的脑袋都快炸了，只好找了大宝来救场，让他陪自己带高母参观学校。

大宝知道高家有钱，心想着把人伺候好了，兴许对方一高兴就给樱草捐钱了。但是理想总是美好的，现实却骨感得彻底。

“你们学校也太小了吧？看看这墙面都裂了。还有这灯啊，我怎么觉得快要砸下来似的，砸伤我儿子怎么办？”

“而且整个学校就你一个老师吗？你是什么学历呀？看你这样子英语就没过六级！普通话也不标准，拿到教师资格证书了吗？”

面对接踵而来咄咄逼人的问题，一路赔着笑脸好脾气的大宝也玩不下去了，把人丢给高富帅，自己逃之夭夭了。他还从未见过这样蛮横无理的家长，简直是逼死人的节奏。

高母很久没见到儿子了，自是激动，又自作主张地给他买了许多衣服，还硬要高富帅穿给她看。高富帅在学校里都是穿校服的，能穿便服的机会少之又少。看着满床的衣服，他的眉头皱得都快夹死好几只蚊子了。可是他又想到自己的任性伤害了母亲，心有不忍，只好照做。脱了衣服他才想起打架的伤还没好，刚想遮掩，就被眼尖的高母抓了个正着。

“你这伤是怎么回事？”

高富帅不让她细看，连忙穿好衣服故作镇定地说：“有次下雨天，路太滑不小心摔了一跤。妈你不要这么小题大做好不好？”

“你以为你妈眼瞎呀？这么大块瘀青怎么可能是摔的？你这小子是不是和人打架了？”

“怎么可能？你又不是不知道我最怕疼了！”

见高富帅根本不敢看自己的眼睛，高母就知道有问题。她这儿子虽然跋扈了些，但还不至于胆子大到与人打架。肯定是有人惹恼了他，又或者是……想到这里她出声质问：“是不是因为絮暖那个臭丫头？”

高富帅脸色一沉，没说话。

“果然又是她！”高母眸色阴戾，咬牙切齿道，“这个丫头真是害人不浅，她到底什么时候才能放过你呀……”

“妈，你瞎说什么呀？”高富帅打断她，口气决绝，“是我自己要来樱草的，和她没关系！你别再做伤害她的事了，否则我怕自己真的会恨你。”

从小到大被自己捧在手心的儿子，竟然为了一个外人，说会恨她，高母怔在原地，心里凉了大半，好半天才说：“好好好，你不喜欢的事，妈妈绝对不会做的。但是儿子啊，你也得想想妈妈呀。妈妈年纪大了，你又不在身边，没事也该经常回家看看我和你爸，别总是野在外头。”

向来强势的高母一改习惯，高富帅听了怎么可能不服软？他想让对方开心，便带着她去食堂用餐，还说要亲自下厨庆祝她的到来。

高富帅喜欢烹饪，高母是知道的。可她希望儿子将来成为家族企业的管理者，而不是整日待在乌烟瘴气的厨房里当个厨子。两人为此也争吵过，为了不破坏彼此间难得的融洽气氛，她也没拒绝。见高富帅进了厨房，她才收起唇边虚假的笑，用刻薄的眼神看向身旁的梅天理。

梅天理这会儿才明白什么叫作“翻脸比翻书还快”，刚刚还朝自己笑的人，怎么才一会儿工夫就朝自己翻白眼了。可是大哥交代的任务他又不敢忘，只好硬着头皮自我介绍：“阿姨好，我是高富帅的小弟……同学，梅天理！”

高母用余光瞟了他一眼没说话。梅天理又哆嗦着，带她去了食堂偏左的区域坐下。

学校食堂本就人多嘈杂，那块区域可谓是里面的一方净土，不会被油烟熏面，平时大家都抢着入座。今天梅天理接到通知，提早就过来抢位了。

高母平时出入的可都是高档场所，这样的食堂对她来说和路边的排档没两样。她拿了条丝巾捂住口鼻，表情嫌弃地跟着梅天理，穿过前排座位。

高富帅的母亲大家早有所耳闻，纷纷交头接耳地小声讨论着。

高母看着那狭小的座位，还是觉得脏，抽了几张纸擦了好几遍才不情愿地坐下。

大家静坐着，等待饭菜上桌，几个等不及的已经嚷嚷起来：“高富帅，饭菜好了没呀？我们快饿死了！”

高富帅的脑袋从窗口探出来，也不恼，笑着回：“快好啦！”

催促他的男生跑过去，搂住他的肩膀，往里面看："今天是啥好吃的呀？"

欢声笑语依稀传来，高母的面色却越发难看。身旁的梅天理哆嗦着刚想坐下来，女人的如雷呵斥声贯耳："我有让你坐下吗？"

梅天里本就胆小，被这么一吼，面色煞白，连忙站起，连大气都不敢吭一声。

"高富帅的妈妈怎么这么凶啊？"

"装什么装，不就是有点儿钱吗？真当自己是佛爷呀！"

身旁的闲言碎语幽幽地飘来，高母全然无视，看向梅天里："你们的饭平时都是我儿子做的？"

梅天里缩着脖子，微微点头，说："之前还没请厨子的时候，都是大哥帮的忙。现在情况好转了，他有时也会去搭把手。其实大哥真的很喜欢……"

高母的一个眼刀飞过来吓得他连忙噤声。她含辛茹苦地把孩子拉扯到这么大，可不是让他被这帮人使唤，为他们做饭的！她抬头瞄了眼橱窗里摆放的菜色，嗤之以鼻。这吃的都是什么东西呀？哪能入得了她的法眼！想着她便气呼呼地拨了电话，噼里啪啦地说了一通，也不知道在说什么。

梅天里悄悄凑近了些，只听到她恶狠狠地说："现在马上给我送过来！"就掐断了电话，光那气势就逼得梅天里后退了几步。

食堂的饭菜虽都是些菜色简单的家常菜，但高富帅的手艺可不是盖的，就算再普通的食材，他也能烹饪出色香味俱全的佳肴，可谓好评如潮。以至于食物刚上桌，大家便津津有味地品尝起来。

高富帅特意做了几样拿手的小菜分盘放好，亲自端到高母面前。高母虽心里不快，脸上的笑意却不减，很给面子地尝了几口。虽然不愿意让儿子干这行，但心中不得不承认，高富帅在烹饪这方面确实是有天赋的。可是这又如何呢？将来他只会是一个家族企业的继承人，她坚信他终究会如她所愿，走上她为他规划好的人生。

用餐时间，本就喧嚣嘈杂。没一会儿，只见十几个身穿酒店制服的人走进食堂。他们手上提着食袋，声势浩大。众人见状，纷纷噤声，诧异至极。队首的女人径直走向高母，两人低声交谈了几句。女人便让自己的同伴打开手中的食袋，把里面的食盒放在桌上，然后退了出去。

餐盒盖子被打开，食物的芳香瞬间充满整个食堂。大家瞪大双眼看着那一道道菜色，不禁吞咽着唾沫。皇牌极品鲍、佛跳墙、浓汤燕鲍翅……甚至有些只在图片上见过的食物，如今真实地摆在眼前，反倒让人觉得不真切了。

高母得意地扫过眼前一张张错愕的脸，心中冷哼，果然都是些没见过世面的乡巴佬。她起身走到中间，仰起头，恩赐一般地说："这是我特意叫的五星级酒店的食物，我知道大家肯定都没吃过。别客气，今天这顿我请，全当帮你们改善伙食了！"

话音刚落，大家就骚动起来，高母那眼神里的轻蔑，话里头的嘲讽，任谁听了都不会高兴。难道有钱就注定比别人高一头，就可以随意地践踏别人的自尊吗？这当口，无人说话，默契地吃着碗里的饭菜，比起口舌之争，似乎无视对方才是最佳的攻击方式。

高母怔在原地，双拳紧握，感觉自己被当成了空气。满桌的高档菜肴静静地摆放在桌上，刺得她眼睛直痛。她一向强势，怎么可能就此罢休？拿了几盒菜走入人群，脸上笑得虚假，说："同学们，这可是阿姨特地给你们点的，为什么都不吃呀？"

有个男生终于忍不住，冷着脸道："阿姨真是太客气了！这么高级的东西，我们可吃不起。就算吃了，穷人胃也受不住，怕是要拉肚子的！"

"你这孩子怎么说话的？难道我还能在食物里下毒，故意害你们呀？"高母瞬间就拉了脸子，挑着眉争辩。

男生笑笑，鼻子里冷哼一声："那可说不定！"

这话气得高母的脸都要歪了。

高富帅见情势不对，立马冲过去解围："妈，我同学不是这个意思。他们吃惯了学校的饭菜，你一时整这些玩意儿，谁能习惯得了啊！"

"我不管！"高母叉着腰，放下狠话，"总之今天他们就得给我把这些东西吃了！"蛮不讲理的姿态活像一个泼妇骂街，令人咋舌。

絮暖刚去了办公室和大宝汇报班里的情况，来食堂晚了些，才到门口就见到里面演了这么一出大戏，走进去便笑脸盈盈道："既然今天阿姨请客，大家为什么不吃呀？就算拉肚子也不能浪费啊！"说着拿起筷子，夹了桌上的油焖大虾，不顾众人惊愕的目光，剥掉虾壳吃了起来。

"班长，你怎么回事啊？"质疑之声纷至沓来，本以为大家是站在同一阵线上的，可絮暖的行为明摆着已经叛变。

她并不理会旁人的目光，认真地咀嚼食物，半晌拧紧眉头，"呸呸"两声，把食物吐了出来，委屈地说："五星级饭店的食物好像也不怎么样，真难吃！"

这个下马威杀得高母措手不及，她指着絮暖，气得声音发颤："絮暖，你……"若不是在这样的场合，她真怕自己会忍不住给对方一巴掌，好好教训这个不识抬举的臭丫头。高母咬着牙又不能发作的表情实在精彩至极。在众人的哄笑中，她气急败坏地把那盘油焖大虾丢进了垃圾桶，踩着高跟鞋冲出了食堂。

"班长，我好爱你啊！你刚才也太帅了吧！"絮暖此举激动人心，众人大呼叫好。

絮暖向来都是冲动的，自己受辱，她或许还会顾全大局忍气吞声。可是高母这次既然欺负到她的同学头上来，她无法坐视不管，只是高富帅……她转身对上那道复杂的目光，之前的道歉还未来得及说出口，又碰上这事。明明两人相隔不远，却觉得似乎有什么东西正在把彼此的距离渐渐拉开，像两条平行线，各自驶向不同的方向，再也无法相交。

絮暖知道高母咽不下这口气，早晚会来找自己算账，只是没想到这么快。那日放学回宿舍的路上，两人狭路相逢。高母站在林荫小径上，神色焦躁地踱着步，见到絮暖的身影，红唇裂开一个弧度。那是一个令人毛骨悚然的笑容，絮暖记得当初对方逼自己离开南浔镇时也曾这般笑过。她心想既然逃不过，那就好好地跟眼前人把那些新仇旧恨算算清楚。

放学时分，大家都回了宿舍。学校的花园里静谧无声，几乎看不到什么人。两人一前一后地走着，谁也没有打破这份沉默。

女人紧抓她的手，眸中有泪，苦苦哀求道："絮暖，以前是阿姨不好，不该逼你离开家乡，也不该把那个视频给媒体害大家误会你。阿姨不求你原谅，只希望你能放过我儿子，劝他回家好不好？"

絮暖想过，也许对方会破口大骂，或者大打出手，却怎么都没料到会是眼前这般场景。高母的演技太好，絮暖真有那么一秒差点儿相信对方是真心地在向自己道歉，可当听到她说放过她的儿子，又忍不住发起笑来。

"你笑什么？"高母知道絮暖吃软不吃硬，考虑了很久，才做出如此大的退让，决定不顾颜面，放低姿态。没想到竟换来对方嘲讽，她心里压抑的怒火就蓦地蹿了上来。

絮暖冷眼看她，说："我想你也许没有搞清楚状况，腿脚长在你儿子的身上，我并没有逼着他留在这里。你说让我放过他，那你又何尝放过我？之前你对我做的种种，不是几句抱歉就可以当成什么都没有发生的。你想让你儿子回家，就去和他说。很抱歉，我帮不了你！"她说完就想走，一刻都不愿多待。

"死丫头，你给我站住，还真给脸不要脸了！你可别忘了，只要你们家武馆还开在南浔镇，我就有办法让它消失！"

絮暖顿住脚，她不明白这个世界上为什么会有如此恶毒的人存在。他们踩着别人的软肋，为达目的不择手段；他们沾沾自喜地站在高塔之上，俯瞰众人，却终有一日会从高塔落下，摔得粉身碎骨。之前她还会念在和高富帅多年的情分上，对眼前的女人百般忍让，如今，她是再也不会了。

她回头，脸上毫无惧色，声音出奇的平静，说：“如果你敢动我家武馆，你就去试试！我再也不会像之前那样忍气吞声了！”眼前小小的身躯，仿佛能爆发出巨大的威力，震慑旁人。

高母能感觉到她的认真，她是真的会倾尽所有与自己拼命，那眸子里透露的坚定是疯狂的。也正因如此，才会令人感到害怕。高母一时呆愣在原地，没了章法，看着絮暖离开，然后笑自己竟然被个黄毛丫头给唬住了。

高母在食堂整的那一出戏，初衷本是想讨好众人的，却适得其反，惹了众怒。高富帅更是背了黑锅，受到同学们的排挤。更有让他离开学校的声音响起，一个富家子弟却偏偏要来读这样的穷学校，有钱人的心思还真是难猜呢。高富帅就算心再大，也难以接受旁人的指指点点。

这般局面，高母觉得倒不是坏事，反而更能达到自己的目的，让高富帅心甘情愿地离开。抱着这样的想法，她往学校跑得更勤了。

周五放学，高富帅约了高母出去吃饭。母子二人各怀心思，都想借此机会，劝对方离开。高母到得早，在学校里晃了一圈，见时间差不多了，就往教室方向走。途经小花坛，她的高跟鞋踩在大理石铺的小道上。前几天刚下过一场雨，路面看起来湿漉漉的，因为急着见儿子，她步伐急促，突然脚下一滑，身子往草地上倒去。

絮暖去办公室拿作业，见教室附近的草丛里窝着几个人，探头探脑的，不知在看些什么。靠近了才发现那两个男生竟然是今天无故旷课的几个。

“喂，你们两个不上课，在这里干什么？”絮暖的突然出现把他们吓坏了，慌慌张张地扔了手中的东西想要逃，却发现去路已被对方堵住。

“你们刚扔的是什么东西？”

“没……没什么啊！”两人故作镇定，眼神却心虚地闪躲着。

絮暖没说话，佯装要走，趁着他们松懈之时，迅速地绕到两人背后，看见草丛里有个玻璃瓶，发现里面装的是油。她面色一沉，想问个究竟，就隐约听见远方传来的哀号声。透过树叶，高母的身影猝不及防地撞进眼中。此时的高母狼狈不堪地坐在地上，痛苦地抱着自己的右脚，面白如纸。

小道上的水迹在阳光下格外扎眼，漂浮在水面上的液体被阳光照得色彩斑斓。絮暖恍然大悟，转头看向不知所措的两个人，质问道：“为什么这么做？”

两人面面相觑，不再隐瞒。其中一个男生满脸愤怒地说：“我们就是想帮你出口恶气！那天你们的谈话，我们正巧听到。明明是高富帅的母亲欺人太甚，你能忍，我们可忍不下去！”

絮暖望着他们，喉头发紧，一时说不出话来，半晌才道：“我很谢谢你们的好意，可是你们有考虑到后果吗？如果对方真有点儿什么闪失，你们要怎么负责？”更何况高母是怎样的人，絮暖再清楚不过了。她几乎不敢想象，那个女人又会用什么手段对付他们。

年少时的冲动，哪会考虑那么多，图一时痛快，赢一时风头。听到高母的叫声，又被絮暖如此一说，两个人明显也慌了，不知如何是好。

“你们先回教室吧，这里交给我来处理！”

“班长，你说什么呢，你准备怎么处理？”

絮暖避开对方探究的目光，加重语气说：“还当我是班长的话，就给我回教室。你们放心，我不会让自己有事的！”两人仍是迟疑着没有动。

絮暖低头看表，快下课了，到时候人一多，这事恐怕就难办了，皱着眉头推他们走，又嘱咐道：“今天这事，就当什么都没有发生过。”

两个男生知道高母不好得罪，心里本就害怕，絮暖又如此坚定，最后还是顺了对方的意，跑回了教室。

高母痛得抽泣，嘴上“哎哟”地叫着。絮暖走过去想扶起她，手就被她狠狠地甩开。谁会愿意接受敌人的施舍，心里本就觉得对方是来看她笑话的。

“臭丫头，你走开，不用你假好心！”高母皱着脸，咬牙切齿地看着她。

“我没那么好心救你，是怕你堵在这里，妨碍学校的交通。”絮暖嘴上说着不中听的话，手已经抓住她的胳膊。高母却不配合，与她较劲，死活不肯起身。

铃声响起，打破沉寂，学生鱼贯而出，四周嘈杂起来。高富帅搭着小弟梅天理的肩膀走出教室。捕捉到儿子的身影，高母眼睛发亮，大叫一声，松开絮暖的手，往后倒去。

突兀的叫声，把众人的目光吸引过来，那当口高母的举动看着倒像是被絮暖推了一把。絮暖只愣了一秒，就回过神来，被高母的演技惊艳到。为了让高富帅恨自己，高母可谓煞费苦心，絮暖又怎么能不成全她呢？

高富帅飞奔过去大喊：“妈，你怎么样？摔到哪里了？”

高母抽着气摸着自己的脚踝，委屈地大吐苦水：“儿子，你怎么才来呀！你妈差点儿就要死在这儿了！”

高富帅连忙去检查她的伤势，扭伤的地方已经红肿起来。高母坐在湿漉漉的地面上，裤子已经浸湿大半，发丝凌乱地贴在脸上。因为疼痛扭曲的脸憔悴得没有一丝血色，俨然与几天前那个盛气凌人的模样天差地别，大家看笑话似的窃窃私语。

高富帅扶高母起身，为她擦拭身上的污垢，发现她身上沾的不是普通的水渍，蹲下身细看地上的水塘，上面果然漂浮着一层液体。他当即脸色一沉，看向四周怒道：“这个油是谁倒的？”

大家凑近来看，果然如高富帅所说，地上被人洒了油，看来高母会摔倒也正因如此。周围乱糟糟的，始终无人站出来承认。

高母见状，用手指向絮暖，先声夺人：“肯定是这个丫头，你们前面也看到了，她还想推我呢！”

好一招恶人先告状，那两个男生心虚地站在人群的最外围，见絮暖被冤枉，心里纠结万分，几次豁出去想把真相说出来，关键时刻却还是怕了。

絮暖的目光清澈澄净，无半点儿杂质，她光明磊落，无所畏惧，坦然地看向高富帅。他沉默地站着，嘴唇微微颤抖着，如鲠在喉。

“你也觉得是我干的吗？”她的语气波澜不惊，像在询问一个无关紧要的问题，没有一丝情绪。

“我……我不知道。”他慌张地移开视线，心里头涌起前所未有的恐惧，他不知道自己在害怕什么。

絮暖轻笑，揭穿他的胆怯，说：“不，你心里其实已经有答案了，不是吗？你相信眼睛所看到的一切，你只是害怕承认罢了。”

高富帅拧紧眉头，想要辩解，一道声音当头落下：“高富帅，正如你所想的，是我干的又如何，你决定怎么对付我？”

对付？他从来没有想过这样一个词汇会出现在他们之间，心中好像有什么东西正在轰然倒塌。

“好了，现在不是追究责任的时候，我刚叫了车，先把阿姨送去医院要紧。”顾北寒的声音适时插了进来，打破僵局。

高富帅沉着脸点点头，扶着高母往前走。

高母却心有不甘，说：“儿子，你可不能让你妈这么被人欺负啊，这事一定要彻查到底，我非要告她故意伤人罪不可！”尾音扬起，咬着牙盯着絮暖。

“妈，我会处理好的，你先去医院看病要紧。”高富帅耐住性子，连哄带骗地帮高母顺气。两人在大家的注视下，离开了是非之地。

四周的人群都散了，絮暖依旧站在原地，盯着高富帅离开的方向，纹丝不动。

“我知道不是你干的，你这是何苦呢？非要这么逼他吗？”明眼人都看得明白，若絮暖真要害高母，又怎会傻到动完手脚不离开现场，等着被人抓吗？顾北寒细细一想，就看穿了絮暖真正的心思。她想要高富帅恨自己，让他离开，不要再让他在自己和母亲间左右为难。

絮暖笑嘻嘻地仰头：“谢谢你相信我！”她依旧没心没肺地笑着，脸上无半点儿难过，只是唇角的笑意没维持多久就变得苍白无力起来，“其实当高富帅说不知道的时候，我知道他犹豫了。我们其实并没有对方所想的那么信任彼此，高母永远会成为一道鸿沟架在中间，他跨不过来，我也迈不过去。他怕我会因为嫉恨而伤害他最重要的人，我也害怕因为高富帅一再对他的母亲忍让妥协。这样下去我们都太累了，既然他无法做出决定，那就让我替他决定吧。”

顾北寒没再说话，静静地看着眼前的少女。只要她决定的，他都会义无反顾地支持。

高母的脚伤并不严重，并未伤及筋骨。本来还要留院观察几日，高母却嫌弃医院的药水味，固执地回了酒店休养。高富帅请了几天假陪她。这几日高母总会在他耳边叨念调查“凶手”的事情。他嘴上敷衍着要彻查，实际却什么也没做。絮暖打给他的电话也不接，画地为牢，躲在自己的世界里。

絮暖去找他，却不知道酒店房间号，向前台打听，因为VIP（贵宾）客户有保密协议，结果还是一场空。絮暖想一间间房去敲门，又怕被保安扔出去，只好傻傻地在酒店门口等，可是高富帅始终没出来。天色暗了，她捂着饥肠辘辘的肚子坐在酒店大厅的沙发上，看着人来人往，却一直没见到那张熟悉的面孔，心不禁一点点沉下去。她起身准备走，就见两个穿着泳衣裹着浴巾的女生怒气冲冲地从里头走出来，向前台抱怨道：“为什么里面那个露天泳池我们不能进去？”

前台礼貌又恭敬地回：“不好意思，我们的露天泳池暂时只对VIP用户开放，今天已经被高先生包场了。你们要用的话可以去另一头的大众泳池……”

絮暖听到高先生时，脚步停了下来，她记得高富帅以前开生日派对，也做出过包场这种浮夸的行为。抱着侥幸的心理，她迈开步子往酒店的露天泳池走去。

避开门口的工作人员，絮暖动作迅速地往里头深入。

露天泳池很大，不是普通常见的方形泳池，池子呈现椭圆形，四周用岩石堆砌，更显别致。池水清澈见底，抬头还能见到漫天繁星。池中的少年整个身子浸在水里，身姿灵活得像一尾鱼，修长的手臂不断迭起，水花飞跃。高富帅的个头一直比同龄男孩小，小升初那会儿，絮暖的个子一度都比他高了半个头。高富帅不服气，听说喝牛奶会长高，便把牛奶当水喝。后来也不知听谁说，游泳能生长四肢，向来没有体育细胞的他，花了好大的劲儿学会了，没想到现在倒还游得不错。

高富帅跃出水面，水花中见到一道熟悉的身影，他以为自己眼花看错了。直到絮暖靠近喊他的名字，他才发现自己没做梦，第一反应竟然是不知所措地背过身去，冷冷道："你走吧，我暂时不想见你。"

絮暖愣住，盯着那道背影，没好气道："高富帅，你真弱，我看不起你！"

他却笑起来，说："激将法这招对我没用！"手臂重重地砸向水面，吼道，"让你走，没听到吗？"

水花飞溅到絮暖的脸上，冰冰凉凉的，她心里头一颤，该来的总会来，在劫难逃不如坦然面对。高富帅听到渐远的脚步声，依旧没有回头。半晌耳边一声巨响，那是重物跌落水池的声音。他睁大眸子突然意识到什么，猛然转身，就见絮暖神情痛苦地在水中扑腾，努力想跃出水面，可手脚根本不听使唤，水猛烈地灌入口鼻，喉咙里艰难地挤出几个破碎的音节。

她在喊他的名字，她在向他求救。高富帅想也没想就一头扎入水面，三五下游到她的身边。手还未触及人，那道沉没在水底的身影猛然跃出水面。

大片飞溅的水花中，他看见絮暖清亮的眼眸和唇边狡黠的笑意，恍然发现自己被骗，脸色瞬间阴沉下来，按住她的双肩叫道："你疯了吗？"

他手上的力道很大，絮暖感觉双臂生疼，心底的委屈和失落一时涌上心头，低头哽咽道："对不起，可我只想和你好好谈谈。"

少女咬着唇，眼睛通红，泪水滴落在池中泛起涟漪。感觉到手臂上的力道减弱，她抬眸。高富帅的面色柔和了些，放软口气说："先上去再说。"

两人上岸，絮暖整个人都湿透了，衣服黏在身上，模样很是狼狈。高富帅见状立马让服务生送了条毛毯过来。絮暖披上毛毯，身体慢慢暖和起来，道了声谢。

"不用谢我，有话快说！本少爷的时间可是很宝贵的！"

絮暖气极，说："高富帅，你一定要用这样的口气和我说话吗？我承认刚才也是急了，才会做出那样的事情，我和你道歉！"

高富帅冷哼一声，没有说话。他刚才是真的被她吓到了，如今都心有余悸，哪是一句道歉就可以平复的。

絮暖起身，悄然走到他身前，声音哑哑的，说："高富帅，你走吧，离开樱草，做回原来的你。不用为谁改变，也不用再因我而为难。”

高富帅呼吸一窒，如同突然耳鸣，脑中乱哄哄的，什么声音都听不到。他看见絮暖的嘴唇不断地翕动着，想捂住耳朵，不去听她残忍的话语。她竟让他离开，她根本就不知道他究竟花了多大的力气和勇气才走到她的身边。

唇边泛起自嘲的笑意，高富帅望进她的眼眸，抖着唇道：“絮暖，你是不是觉得我特傻，你真以为我看不清楚吗？我妈的那件事情根本不是你干的……”

“可你怎么就知道我没那个心呢！”絮暖打断他。

高富帅怔住，后头的话被堵在了喉咙里。

“我不是圣人，你妈妈之前那样对我，说不恨她都是假的。你难道就从没怕过，有一天我会伤害你最重要的人吗？”

“不会的，不会的！”高富帅摇着头，嘶吼道，“你不是那样的人！”

絮暖发笑，质问他：“那我又是什么样的人呢？虽然我们一起长大，可你真正了解过我吗？你知道后来我为什么要远离你吗？你想过原因吗？”

高富帅看着咄咄逼人的絮暖，发现自己一时间竟无力反驳。好像他真的从来没有好好想过她说的那些问题，他始终觉得只要自己不放弃，一味地靠近对方，他们就可以长久地走下去的。然而这一切都是他的以为，他从来都没有想过絮暖的感受。

絮暖看向水面，里头璀璨的星光落于她的眼眸，竟有种说不出的哀伤，说：“高富帅，其实人都是会变的，就像刚才我能骗到你，那是你觉得我和小时候一样怕水，不会游泳。其实你不知道，后来我花了很长的时间，克服心理的恐惧，学会了游泳。你觉得我们从小在一起长大，可是其实我们的心早就分离了，我们的世界终究是不一样的。”

“所以，让我离开，就是你想要的！”他质问她，声音冷得没有一丝温度。

絮暖咬唇，不置可否。

那一秒，高富帅感觉全身的力气都被抽空，无力地瘫在座位上，攥紧的拳头渐渐松开，努力佯装出一副无所谓的表情。他轻笑一声说：“呵呵，其实本少爷早就烦透了樱草那帮穷学生了，在这里吃不好睡不好，还总被我老妈念叨。还是家里好啊，要什么有什么！我又何必在这里受苦，其实不用你说，我也想明白了！”

“那Nicole那边怎么办？”

“那笔违约金对我来说只是个小数目，当初本就是觉得好玩，想感受下平民生活而已。现在既然樱草的生源也够了，本少爷是时候功成身退了。”

他明明口气轻松，眼神里透露着不屑，可絮暖就是知道这家伙在演戏。她没有揭穿他，努力地配合道：“这样才像我认识的高富帅呀！既然你已经有了决定，我也不待在这里烦你了。我先回去了。”她把毯子放在椅子上，向前走出几步，又顿住，站在原地没有转身。

高富帅盯着她的背影，万籁俱寂中熟悉的声音低低地传来：“高富帅，你走的时候我就不去送你了。”

他仰起头，怕眸中的湿润会夺眶而出，喉咙里似落满灰尘，声音微微发颤，回道：“好。”

听到答案，一切尘埃落定，絮暖吸吸发酸的鼻头，坚定地走了出去，没有听到风中少年的呢喃。

“如果那是你想要的结果，那么我就成全你。”

高富帅要离开樱草的消息瞬间传遍整个校园，有人欢喜有人愁，不过还是前者居多。因为高母的那番行为，高富帅在大家心中的形象也大打折扣。高富帅要走，高母得偿所愿，便答应对方不再追究之前的事情。

高富帅离开那日，站在门口等了很久，始终没有见到絮暖的身影。其实在某些方面，她真的比他决绝多了。

来送行的只有三个人，大宝和梅天理是意料之中，可是南零落的出现却让高富帅有些意外。梅天理冲上去就给了高富帅一记熊抱，眼泪鼻涕悉数往他衣服上蹭，说：“大哥，你一路走好！我会想你的！”

“小子，说话注意点儿，什么一路走好，本少爷还没死呢！”

一个栗暴落在头上，梅天理这才吃痛地放开对方，委屈地说道：“大哥，无论如何，你永远都是我的大哥，你一定不要忘记我啊！”梅天里哭得特别伤心，从小到大他就是那种特没存在感的人。自从认识高富帅，他觉得自己也是有人在乎的。可是没想到这才多久，好大哥还是要走了。

“行了，你个大男人哭哭啼啼的像什么样子！”高富帅揉他脑袋，警告道，“再哭，别怪我以后翻脸不认人！”对方一听，连忙闭嘴，无声抽泣。

“高富帅，你这一走，也不知道何时能见呢。老师会想你的，还有你做的菜真的很好吃，自己喜欢的事情千万不要放弃啊！”大宝拍拍他肩膀嘱咐道，“以后要是有机会，也记得回来看看我们。”

高富帅郑重其事地点点头说：“大宝老师，我知道的，我会坚持自己喜欢的东西。无论多难，都会坚定地走下去。”

南零落单独站在最后面，看着他们作别，始终不发一语。她也不知道自己为什么会来，眼前的少年明明狂妄自大，是她以前最讨厌的那种人，可是也是后来一直逗她笑的人。鬼面大会上，他们并肩作战；后来她还给他补习，嘴上说着幼稚无聊，却沉溺其中乐此不疲。昔日的点点滴滴在脑中浮现，有一种奇怪的情感在心中扎根，愈烈愈难按捺，令她惧怕。

撞上高富帅投来的目光，她心虚地移开视线，心如捣鼓。

“南零落，真没想到你会来送我。”沐浴在阳光中的少年，笑容干净明朗。

她立在树荫下，却不敢靠近。

“是啊，别说你呢，我都没想到，自己会来送你一程。你上次不是说对心理学感兴趣吗？这两本书送给你路上解解闷。”南零落压抑住内心的悸动，神情一如往日般冷傲，把书递给他。

“够义气，谢啦！”高富帅接过书，抬眸发现对方的目光凝在的自己身上，那眼神似乎和平日都不同。

他来不及深究，便听到她说：“高富帅，我可以抱抱你吗？”

他愣住，满脸吃惊，南零落却满脸坚定，一点儿都不像在开玩笑的样子。半晌，少年的眉目扬起来，勾唇笑，对眼前的人张开双臂。

南零落攥紧拳头，鼓足勇气走过去，紧紧地抱住了眼前的少年。这是他们第一次如此亲密的接触，近到他能闻到她的发香，近到她能感觉到他胸膛的温暖，第一次也是最后一次。南零落紧闭双眼，不去在意旁人惊愕的目光，想把这份温暖永远地定格在记忆里。

感觉到对方的异样，高富帅调侃道：“南零落，你这样子别人会误以为你对我有非分之想的！”

南零落果然被激怒，红着脸推开他，说：“你少臭美了！”

被骂高富帅也不恼，哈哈大笑。高母在车上等得不耐烦了，按了几声喇叭。高富帅知道时间差不多了，又往里头看了几次，始终没有等到要等的人。

南零落的眸子沉了沉，说：“要不要再等等，也许絮暖会来的。”

他摇头，失笑道：“她不会来了，这个女人可比你想象的要铁石心肠多了！”说完朝他们摆摆手，潇洒地说了句，“走了。”便头也不回地向前离去。

夕阳勾勒出少年的背影，干净利落，慢慢凝聚成一个光点，一点点地消散而去。

另一头，絮暖坐在树上，望着离去的少年，好几次都想跳下树跑过去与他告别，可最后还是忍住了。

身旁的顾北寒问她：“絮暖，你真的不后悔吗？”

后悔吗？但是按她的性格，即便后悔也不会承认的。

“我相信，他会越来越好，找到自己前进的方向，我们也一定会再见的！”

而她此刻前进的方向，便是早日见到萧栀然，想办法改善樱草的名声。

“对了，昨天师父给了我两张彩虹岛主题乐园的VIP票。按她给我的行程表，这周末萧栀然会去那边做开园仪式的剪彩嘉宾。我们必须抓住这次机会。”

顾北寒点头，说：“那我们一起，到时候随机应变。”

第三章

黑粉闹事·絮暖受伤

彩虹岛离主城区很远，是鼎阳市海滨独立的一座岛屿，一来一回要耽误一段时间，絮暖和顾北寒只好跟大宝老师多请了几天假。两人在海滨码头搭乘游轮前往岛屿，今天是开园仪式，园方特意从网上抽取了一百位幸运游客参加本次的园区试运营。多亏有沐天心的人脉，两人才顺利地拿到了入园的票。

晴空万里，阳光金灿耀眼，海鸥成群翱翔于蔚蓝海面，美景如画。这艘邮轮上的人几乎都是去参加开园试运营的游客，其中不乏萧栀然的粉丝。有了共同话题，气氛瞬间活跃起来，大家围在一起，纷纷议论偶像的事情。

只见一个中年男子激动地说："我还听说今天萧栀然不仅是剪彩嘉宾，过后还会和今天的幸运游客一起参加试运营，要是真的，我一定找她要签名！"

"真的假的？"大家听得起了兴致，拥上去，场面热闹至极。

"不过之前有个八卦消息不知道你有没有听说啊？彩虹岛的代言人原本定的是姚珍儿，后来才换的萧栀然。大家都说是萧栀然后台硬，抢了姚珍儿的资源……"

姚珍儿和萧栀然是同期出道的艺人，同为上升期的小花，因为发展定位相同，一直被外界拿来比较，资源竞争也相当激烈，引得媒体格外关注。絮暖倒无心在意这些娱乐八卦，只想着等会儿找机会和萧栀然谈谈，让她还樱草一个清白。

游轮靠岸，众人登岛，园方的工作人员已经恭候多时，带他们前往开园仪式的会场。会场沿海岸边搭建，舞台落在白沙细石上，两旁花草林立，七彩花卉蜿蜒成桥，造型壮丽别致，寓意岛屿之名，彩虹花开，希望常在。听着浪花阵阵，细嗅七彩花香，如此意境倒真的是一处远离城市喧嚣的世外桃源。

大家有秩序地在舞台下方落座，每个人还领了一份园方准备的伴手礼，里头的东西虽小，倒也别致。

仪式开始前，工作人员又给每人发了一个气球，说等会儿还有个放飞气球的环节。大家面露兴奋，跃跃欲试。接着便是冗长的等待，仪式迟迟未开始。

絮暖抓着气球，心里有些着急，虽如此，还是耐住性子，毕竟已经等了这么久了，也不差多等一时。

临近中午的时候，主持人终于上台，宣布仪式开始。之后便是园方代表致辞，枯燥乏味的发言令人昏昏欲睡。直到主持人宣布进入剪彩环节，从他口中听到萧栀然的名字，像是一阵春风拂过，众人瞬间清醒，坐直身子，眸子瞪得老大，目光凝在舞台上。掌声雷动中，一道婀娜的身影缓缓而来，纯白色的纱裙被风吹得漫天飞舞，裸色高跟鞋轻轻地踏在细沙上，留下一排小巧的印记。鞋子的主人走得很沉稳，抬手理了理额前的碎发，露出白皙俏丽的面容，莞尔一笑，像是不食人间烟火的仙子。

有些人似乎与生俱来便带着一种清冷的气质，萧栀然便是如此，眉目清澈澄净，如同一朵雨后的栀子花，透着淡淡清雅的芳香。人们看惯了那些长相艳丽的女星，觉得她身上的那份干净独特更耐人寻味。

见到偶像真人，台下的欢呼声高涨，齐齐地喊着偶像的名字，气势磅礴。

萧栀然接过主持人递来的话筒，礼貌鞠躬，笑道："谢谢大家可以赴今日的盛宴，希望你们可以在这里度过美好的一天。"简单一句话，没有过多的赘述讨好，语气真挚诚恳，却获得满堂喝彩。随着萧栀然和园方代表剪断手中的红色缎带，仪式进入尾声，大家放飞手中的气球，晴空被染成彩色，绚烂夺目。

园方正式宣布试运营开始，并声称获得VIP门票的六位幸运游客，可以和萧栀然一起体验园内最有特色的峡谷漂流项目，一时絮暖等人成了众人眼红的对象。在万众瞩目下，他们由工作人员陪同着前往漂流的出发地点。

絮暖哪有玩的心思，只想找机会和萧栀然单独谈谈。如今她虽离萧栀然近了些，却仍被对方的保镖隔得老远，直急得她满头大汗。倒是顾北寒显得很冷静，时刻提醒她保持理智，否则按她冲动的性格，怕是还没靠近人就被对方的保镖扔出去了。

彩虹岛主题乐园从五年前投入开发建造，经过长期的调查研究，结合目前其他乐园的优势，又加入自然科幻等多元化元素，主打青春科幻、励志冒险，其形式新颖，内容丰富，适应当下年轻人娱乐的需求。而园方正是看中萧栀然身上独特的干净气质和乐园"返璞归真"的理念重合，再加上她又是当下年轻人追捧的青春偶像，才定了她为代言人。

萧栀然今天的任务便是尽到代言人的职责，好好地负责宣传。前往出发地这一路，她始终笑着，耐心地帮粉丝签名。直到分叉路口，两队人马必须分开，她才朝粉丝挥手作别。那些普通票的游客依旧不甘心地挤上去，最后被保镖无情地挡住，这才依依不舍地离开。

除了六位幸运游客，园区还特意为这次活动配了导游和摄像师。导游小姐姐已经准备就绪，倒是摄像师迟迟不来。按原定计划，活动将会以直播的形式同步到各大视频网站，这会儿众人只好在路口干等着。游客倒是好安抚，但是萧栀然毕竟是明星，得罪不起。

导游急得满头大汗，连连道歉："萧小姐，不好意思，我们的摄像师马上就到了！"

萧栀然脾气很好，也没有怪罪她，想着只要能顺利完成今日的工作，多等会儿倒也无妨。

当初，絮暖弄脏萧栀然的服装，助理发难，还是对方放低姿态解围的。这样一个大度又待人真诚的人，真的会利用樱草炒作吗？她在心中也一度质疑过，低头想着心事，远处有道身影飞奔而来，与她撞了个正着。絮暖向后踉跄了几步，亏得顾北寒扶了她一把才没跌倒。

“对不起！”头戴鸭舌帽，扛着摄像机的男人道歉完，转身就走。

絮暖也没计较，瞥见地上有张纸，显然是从那个男人的口袋里掉出来的。

“喂，你的东西掉了！”絮暖顺势捡起。

那个男人闻声回头，看见她手上的东西，面色大变，几大步跑上来就把那张纸抢了回去。

对方动作粗鲁，力道很大，絮暖吓了一跳。

男人神色慌张地道了声谢，便朝导游跑去。导游见到他胸前的工作牌，得知对方就是来迟的摄像师，对其劈头盖脸地指责了一通。男人低着头也不回嘴，任其责备。

最后还是萧栀然说了句：“时间也不早了！”这场闹剧才落下帷幕。

絮暖盯着那个男人，她清楚地看到那张纸上画的是今日他们活动的地图，上面还有一处地方画了一个大大的叉，看得出当初下笔的人用力很重，把纸张都戳破了，心里浮起不好的预感。她觉得哪里不对，又说不上是什么。

“絮暖，你没事吧？”顾北寒见她怔愣着不动，上前询问。

絮暖摇摇头，不再多想，跟上了大部队。

走过一段宽敞的大路后，众人拐进一条小道。两旁竹林茂密，鹅卵石铺就的道路被细碎的光镀上一层金黄。路旁指示牌上的“峡谷漂流”四个大字非常醒目，离目的地只剩下几百米。

絮暖目视前方。

萧栀然走在最前面，摄像师与她并排而行，方便捕捉拍摄镜头。两个高大的男保镖紧随其后，把絮暖等人隔在后面。幸运游客里有个萧栀然的忠实粉丝，小伙子见到偶像眼睛都瞪直了，好几次想超上去和萧栀然搭话。但他还没靠近，就被保镖的回头杀吓住了，小身板在风中颤了颤，又乖乖地回到人群里，大气都不敢吭一声。

导游一路聒噪得很，说个不停。絮暖心烦意乱得一句也没听进去。顾北寒却拿着园区地图，认真听着。在他看来，多知道些东西没坏处，或许还能更好地处理突发事件，不至于到时候束手无措。

这条路越往里走，风声越大，空气也变得潮湿起来。随着耳边响起的水流声，导游的声音又再次响起："我们到了，这里便是峡谷漂流的出发地！"

映入眼帘的是一个巨大的山洞，似猛兽的血盆大口，静卧在河流之上，等待着猎物靠近，而后将其吞噬。光是站在岸边望着，那股压抑沉重的感觉便如同巨网铺天盖地般笼罩下来，令人惧怕。

"我们该不会要进那个洞吧？看起来好吓人啊！"几个女生见了，立马恐慌起来，尖叫着往后退。

导游连忙出声安抚："大家不用害怕，里面很安全。"听导游如此说，女生们才逐渐安静下来。

"萧小姐，你这边没有问题吧？"萧栀然朝导游点头，决定以身作则。在所有人的目视下，她首先踏进了靠在岸边的小艇。众人见状也纷纷行动起来。

絮暖咬着唇，却盯着眼前的黑洞不发一语。

顾北寒知道她怕黑，有些担心，看出她的顾虑，坚定地说道："别怕，我会陪着你的。"

絮暖心里一动，好看的眉目飞扬起来，被对方拉着手登上了小艇。

这艘漂流用的小艇不同于普通船只，造型如飞鸟，尖锐的船头浮在水上，船身长而宽，共能容纳十个人，两侧还有羽翼支撑，能起到美观的作用，还能平衡船只。

絮暖刚入座，安全护栏便缓慢降落，耳边有人惊呼："这是什么感应装置？都不用手动的！"

"如果我没猜错，应该是人体热感应装置吧。"顾北寒看向导游小姐姐。

对方看他一眼，眸中带着几分欣赏之色，说："这确实是根据人体的热感应原理设置的，设计更富有人性化，只要人坐下，安全设置便会自动开启。"

絮暖咂咂嘴，感叹几声，又发现这载人的座位还是根据人体生理曲线定制，坐起来格外舒服。座位间的间距也设计得刚刚好，非但不拥挤，每个位置还留有富余的地方。下面有一个储物箱，里面可以放置了一些急救工具和游客的随身物品。

等所有人都落座完毕，坐在最前排的导游小姐姐站起身来说："为了让大家有更好的视觉体验，请大家戴上脚边储物箱里的4D眼镜，今天的精彩冒险之旅即将开始！"话音一落，她回头跟岸边的工作人员做了个OK的手势，小艇启动，缓缓向前驶去，如一只水中巨鸟，途经之处，泛起圈圈波纹。越向前行驶，眼前的黑洞也越大，光线被逐渐吞噬，直到最后一丝光亮被淹没，众人的心像是被提到了嗓子眼。

"飞鸟号"已经全部进入洞中，里头无一丝光亮，水滴顺着岩壁滑落水面，"滴答"的声音在这死寂中被无限放大，窒息的紧张感弥漫开来，令人骚动难安。絮暖感觉像被人扼住了呼吸，喉咙干涩得难受，紧紧地抓着顾北寒的手。

“大家不要紧张，黑暗马上就会过去的。”导游的话并不管用，明知黑暗是短暂的，心底那份恐慌却像是被放了慢镜头般，显得格外漫长。

忽地，耳边响起歌声，嗓音沉沉的却透着暖意，像一道光冲破夜幕投了进来，又像是涓涓细流流淌进全身，细腻又柔软。

我乘一叶小舟

翻越山海几个秋

只为看星星坠落你眼眸

我点一盏萤火

寻寻觅觅几座楼

只为消你眼角落寞的愁

灯火阑珊，万千人海

唯你如光，致死不忘

……

听着歌声，大家心底的不安似乎也跟着消散而去，谁都没有说话，默契地静静聆听，连呼吸声都小心翼翼的，生怕惊扰这份难得的美好。

萧栀然哼完最后一个音节，如释重负地吁出一口气，沉寂间突然爆发出雷鸣般的掌声。

一个超级粉丝小哥拍着手感叹：“天啦，没想到偶像唱歌这么好听，不愧是我的偶像！”

萧栀然被夸得有些不好意思：“刚才献丑了！”

“哪有献丑？我让你听听什么才是真正的献丑！”说着就张嘴“号”了一嗓子，唱的还是葫芦娃，短短几句词，没有一句是在调上的，简直就是“大型车祸现场”。

其间有人终于忍不住，提出抗议：“求求你别唱了！”众人哄笑，如此一来，倒把紧张压抑的气氛缓解了不少。

絮暖捂着耳朵也在笑，心里头一放松，便觉得眼前的黑暗似乎没那么害怕了，说起来，真多亏了萧栀然。

萧栀然听着大家说说笑笑，庆幸刚才自己能鼓起勇气唱歌。虽然是拥有百万粉丝的偶像，她私下却是一个极其敏感且自卑的人，做每件事情前总会想很多。今天她也是临时起意，为了缓解紧张的气氛才会如此做，好在效果很好。

不知是不是心态有所不同，此刻连水滴的声音都变得清脆悦耳起来。半晌远方忽闻光亮，慢慢地越来越多，星星点点地飘浮在半空和河面上。

“是萤火虫！”

通过4D眼镜，抬头便能看见漫天的萤火，一簇一簇，璀璨至极。流萤汇聚成团，散发出巨大的光，驱散黑暗。再细看，常年被水滴打磨的岩壁光滑透亮，上面镶满了五彩的晶石，那光影在上头移动，忽明忽暗，煞是好看。

大家仰着头，目不转睛地欣赏着眼前的美景，沉浸其中，生怕错过其一分毫的美好。

直至这一刻，大家才由衷地觉得，之前冗长的等待都是值得的，黑暗之后的黎明果然是最美的。

摄像师打开了夜视摄像模式，时刻录制着洞中的美景和大家的一举一动。刚拉完一个大场景，男人又把镜头锁定在萧栀然的身上，唇角露出一抹诡异的笑意。

几分钟后，“飞鸟号”终于驶出黑洞，外头明晃晃的光刺得人睁不开眼，待适应片刻再次睁眼，四周已然是另一番光景。眼前一座巨型的建筑物呈现于正前方，是座三角形的金字塔，高数十米，塔身亦有数十层，宽阔的石级层层叠叠向上绵延，壮丽又神秘，仿佛走进了一处考古现场。四处是坍塌的石碑、废弃的陶器和祭台，石柱上还雕刻着奇怪的图腾和象形文字，勾起人探究的欲望。

顾北寒以前就喜欢看探险类小说，视线被眼前的事物吸引，再也挪不开。

絮暖则是又惊又喜，她还是头一次见到这么栩栩如生的金字塔，连忙问导游：“这是什么时期的建筑啊？”

“这是仿造古玛雅文明时期的金字塔，用土筑成的九层圆形祭坛，塔顶还有羽蛇神庙。那个时期的人用的还是象形文字……”经过导游的科普，大家受益匪浅。

等船靠近了，大家纷纷仰望，果不其然，那塔顶真的有大蛇头石刻，四角各有一个，雕工精致，蟒蛇盘踞，令人望而生畏。

萧栀然也按捺不住心里的激动，道：“我曾经在书里看过，据说每年各有两天，光影落在建筑顶部，会出现巨蛇游动的奇观，真的好想亲眼看一看呢。”

驶过金字塔，景物又迅速转变，仿佛进入了另外一个世界，让人置身于浓密的热带雨林之中。四周皆是热带的植被，疯长的藤蔓缠绕在巨型树冠上，形成一个绿色的天然屏障。遮蔽了天空，令人惊愕的是两岸的花卉竟然比人的脑袋还大。

动物的嘶鸣声赫然响起，循声望去，岸边竟然有一头小象在喝水。那象的体形竟然比她的手掌还小，絮暖觉得不可思议，连忙摘掉4D眼镜揉眼睛，果然眼前之景只是光影做出的效果。在这个热带雨林中，一切似乎都颠倒过来，庞大的动物变小，小型动物被无限放大，令人应接不暇。小艇悠悠地行驶着，微风轻吟，指尖触碰清凉的湖水。这份远离喧嚣的安逸，仿佛能让人忘却烦恼。

导游站立起来，双手相击，拉回了大家飘远的思绪，笑着说：“我相信大家见到偶像的心情一定很激动，下面一个环节呢，就是给今天的幸运游客的福利时间。大家可以向偶像提问，进行零距离交流，每个人都有一次提问的机会！”

“真的吗？”大家惊呼起来，争先恐后地举起手来。

小艇的座位设计非常人性化，萧栀然按下扶手边的按钮，椅子便向后转动。见到偶像转身，众人早就按捺不住，喊道：“我有问题！”

萧栀然望了一圈，几乎所有人都举起了手，唯有絮暖和顾北寒安静地坐着，似乎并没有提问的打算。絮暖知道今天的活动是全程直播的，可是樱草的事情，她并不想拿到台面上来说，如果弄巧成拙，可能会引起更可怕的网络暴力。这点上，顾北寒倒是默契地与她达成共识，为了顾全大局，两人决定按兵不动。

萧栀然收回目光，随意点了前排一个男生。

男生连忙兴奋地站起来，红着脸问：“偶像，可以告诉我们你喜欢什么样的男生吗？”问题一出，大家顿时安静下来，翘首以待。

原以为萧栀然会糊弄过去，谁料她先是想了想，而后认真地答：“金钱相貌倒是其次，但必须是重情重义，有担当，愿意包容我、支持我的人。”这是她第一次在镜头前，郑重其事地说出自己的择偶标准。大家神情激动，又连连抛出好几个问题。萧栀然都很真诚地给予作答。

毕竟时间有限，见大家都问得差不多了，导游正准备说结束词，耳边突然响起一道粗粝的声音：“我也有个问题想问萧小姐。”扛着摄像机的男人抬起头，目光阴寒。

导游面露不悦，心想着你一个破摄像瞎凑什么热闹，想出声制止。

萧栀然倒抢先一步，大方地说道：“你问吧。”

主角都这么说了，导游也不好再说什么。

絮暖皱眉，零碎的记忆挤进脑海，突然记起男人那张地图上打叉的标记似乎就在这附近，心里头的不安越发强烈。

见大家的目光聚焦到自己身上，男人面不改色，操控着手上的机械，给了萧栀然一个特写，唇角勾起，一字一顿地说道：“大家都知道彩虹岛原本的代言人是姚珍儿，是你用卑劣的手段抢掉了她的代言，你就没有什么话想对她说吗？”

话音落下，全场哗然。

导游出声怒斥："你疯了吗？你知道自己在说什么吗？这是直播，快点儿给我闭嘴！"

男人置若罔闻，看见显示器里的那张脸，眉宇紧皱，脸色苍白，不禁轻笑出声，咄咄逼人道："萧栀然，请你回答我刚刚的问题。"

彩虹岛中央的广场屏幕上，正同步直播着萧栀然活动的画面。游客纷纷驻足，议论四起，谁也没料到一个摄像师竟然会问出如此尖锐的问题。

萧栀然镇定心神，因为问心无愧，便也无所畏惧："我希望大家不要相信这些不实的谣言，我并没有去抢别人的资源。"声音掷地有声，面对质疑，神色坦然。

"我相信偶像！她说没有就没有！"

"对啊，我也相信！我说你到底是来摄像还是来搅局的啊？"

见旁人站出来支持萧栀然，男人心头隐忍的怒吼彻底被点燃，高声叫道："你们不要被这个女人的演技骗了！萧栀然我今天就要你对着镜头，向我的偶像姚珍儿鞠躬道歉！"

事到如今，众人也总算看明白了，这男人哪是什么摄像师，根本就是姚珍儿的粉丝，他是为了给自己的偶像出气，竟然敢当众闹事。

"你这个疯子，我看你就是来砸场的！"导游上前一步，想去抢男人手中的机器，想制止录制。这段要是播出去，她的饭碗肯定保不住了。谁料她非但没够着，反而被男人狠推了一把，重心不稳，倒了下去。

男人像一头失去理智的野兽，双眼通红，大手一挥，抓住了萧栀然的衣服："听到没有，我让你给我的偶像鞠躬道歉！"

没想到对方会动手，萧栀然慌得声音都变了调："你快放开我，你要干什么？"

当下，现场乱作一团，大家陆续站起来围过去。絮暖一马当先，她生平最恨的就是敢对女人动手的男人。

"你快点儿放开她，否则休怪我不客气！"絮暖的狠话却丝毫不起作用。

男人的眸中有着别人看不懂的疯狂，依旧死抓着萧栀然，嘴里不停地重复着："快点儿道歉！"

拉扯间，船身猛烈摇晃，男人手上的力道控制不住，萧栀然惨叫一声，眼见快要往河里栽去。絮暖本能地就抓住了她的手，可还是抵挡不住巨大的外力，两个人一起掉到了河里。

"絮暖！"顾北寒想救人却为时已晚，转眼间，两人已被急流冲得没了踪影。

哪会想到事情会变成这样，船上的众人明显慌了，不知所措地呆愣着。

"快点儿打电话报警啊！"听到顾北寒的叫声，终于有人回过神来，忙掏出手机求救。

顾北寒打开座位旁的储物箱，从里面拿出绳索套在手臂上，做完这一连串动作后，他也不再耽搁，一头跃入水中。好在河面不宽，三五下就游到了岸边，迅速爬上岸，就往絮暖被冲走的方向奔去。

刚才的始作俑者终于意识到自己闯了大祸，原本只想吓吓萧栀然，让她当众出丑。谁想弄巧成拙，也不知会不会搞出人命，他当即丢了摄像机，准备落荒而逃。谁想他一只脚刚跨出去，就听到后头有人喊："快抓住他！"紧接着整个人就被按在地上。

萧栀然不会游泳，好在穿了救生衣，才没有沉入河底，但依旧被湍急的河流呛得不轻。絮暖紧紧抓着她的手没有放。两人被冲到了很远，偶有砾石划过手臂，割破皮肤。这种刺痛反而让絮暖更加清醒，她咬紧牙关，找准时机，终于抱住一块凸起的巨石。

"萧栀然，你还好吗？"

"还……好！"太阳西下，气温骤降，连河水都变得冰冷刺骨。她们在水里泡得太久了，她明显感觉到身后的女人在发抖。

"别怕，一定会有人来救我们的！"絮暖的声音坚定有力，让人无比心安。

萧栀然点头，苍白的嘴唇微微翕动，说："谢谢你……絮暖！"

絮暖瞪大眼眸，诧异地看她："你怎么知道我的名字？"

她苍凉一笑，呼吸略有些急促，说："我……知道你是为樱草而来的！如果我能活着出去……一定会把事情的真相告诉你，可是我现在好累……"

絮暖明显感觉到手上的力道在减弱，萧栀然本就身体单薄，哪里受得住这样的折磨！只见她慢慢地合上了眼。

她忙大声叫道："萧栀然，不许睡！听到没有？马上就会有人来救我们了，你再坚持一会儿，你不是说要告诉我真相吗？你还没还樱草一个清白呢！"

萧栀然觉得自己真的好累，身体也像灌了铅，正一点点地往下沉，空气变得越发稀薄。恍惚中，有光透进来，前尘往事如走马灯般在脑中回放，她想自己可能真的要死了吧。

絮暖拼命地叫着对方的名字，但是不管用。萧栀然的意识似乎正在慢慢涣散，絮暖眼睁睁地看着她闭上眼睛，却无能为力，无措、绝望感悉数涌上心头。

"絮暖！"耳畔忽而有人喊她的名字。她回头，再见到岸上的少年时，眼泪终于夺眶而出。

情势危急，顾北寒一刻都不敢怠慢，连忙把绳子抛了过去："快抓住绳子，我拉你们过来！"

絮暖一把抓住绳子，先把它牢牢地系在萧栀然的身上，见她被拉到岸上才松了口气。可自己的体力已耗尽，手臂发软，再也撑不住，整个人又被卷入河中向前漂去。

少年见状，急得发狂。此时救援人员终于赶到，搜救艇飞驰于水面，掀起巨大的浪花，安全绳索当头落下。

絮暖连忙抓住救命稻草，终于获救。

Tuo Xian Meng Xing Yirong Ji III

第四章

栀然叙旧·幕后现身

获救后，萧栀然被送到了医院治疗。因为送得及时，已没有生命危险。絮暖底子好，只受了轻微的皮外伤，休养几日就无大碍。罪犯被捕，招供自己打晕了园区请来的摄像师，然后冒名顶替，为的就是给自己的偶像出气。

彩虹岛才开业就发生如此大的负面事件，甚至还害得代言人住进了医院，声誉受损，只好竭尽全力地把损失减到最小。为了挽回口碑，他们的善后工作也是费尽心思，把游客全部安顿在岛上最好的酒店里。

待在酒店的这几天，絮暖坐立难安。出事后，媒体竟借着黑粉袭击事件，大肆炒作，萧栀然抢姚珍儿资源的话题又占据各大榜单。后来还是园区的负责人出面澄清，才把此事压了下来。原来当初代言人一事，并非萧栀然抢资源，而是姚珍儿违约在先，结果赶来救场的萧栀然却无辜地被媒体和粉丝泼了一身脏水。

经历种种后，萧栀然在絮暖心里的形象变得很不一样，起初因为樱草对她充满几分敌意，先入为主地觉得明星都是擅于炒作的，现在她们竟成了“生死之交”。有时不得不承认，命运是奇妙的，让两个原本不同世界的人产生交集与羁绊。

历经这重重波折后，她更想去医院看看萧栀然，解开彼此的心结，给对方一个崭新的开始。顾北寒知道以絮暖的性子忍了这么久已是不易，先她一步，提出去医院。

絮暖笑：“奚言，你是我肚子里的蛔虫吗？为什么我想什么你都知道？”

他听她打趣自己，声音甜甜的，比外头的春风还要温暖，也调侃着说：“原来我在你心里只是一条虫啊！”

“怎么可能啊？”絮暖听了，连忙紧张地解释，声音弱下去，低不可闻，“你是很重要的人啊！”

顾北寒皱眉问：“你说什么？”

“没什么。”絮暖红着脸，不再说话，大步向前。

两人赶到医院时，门口已被媒体堵得水泄不通。萧栀然被对手黑粉袭击受伤住院，如此爆炸性的消息，媒体不会错过，争相去抢一手资料，但都以对方要静心休养为由，吃了闭门羹。

絮暖和顾北寒当然也不例外，被萧栀然的经纪人桐语和保镖挡在门外。

萧栀然休养了几天，精神多了，听到外面的喧嚣声，起身查看。经纪人推门而入，见她下了床，没好气道：“大小姐，你怎么起来了？快给我去躺着！”

“我哪有那么柔弱啊，整天躺着人都会发霉了！是不是絮暖他们来了？我好像听到她的声音了。”

桐语没搭话，又把她按到床上：“你现在最重要的就是好好静养，把身体养好了，外头的事情我会处理好的。”

“那樱草的事情你准备怎么处理？”

她这话一出，桐语给她盖被子的手顿了顿，抬头道：“我知道你不满公司的做法，可是你别忘了你是个艺人。女艺人的黄金期能有几年，没有曝光率就是死路一条！”

这一切萧栀然当然知道，一旦入了这个圈，很多事情都会身不由己，可是这并不是她想要的。她绝不会为了红，去做那些违心的事情。所以当她得知公司采取默认姿态，博取媒体眼球，进行炒作的时候，她有过反抗，甚至罢演，搞砸了好几个通告。可是依旧没用，她想私底下找媒体澄清，公司竟在她动作之前掌控了她的所有行程。

“我知道公司这样做是为了我好，也很感恩这些年公司的培养。可是你是知道的，樱草对我有多重要，哪怕付出惨痛的代价，被雪藏或者退出娱乐圈，我都会选择保护它。所以这一次算我求你了，让我真正做一次自己，好吗？”

从萧栀然进这个圈子，桐语就一直带着她，亲眼见证她从一个默默无闻的小透明成长为如今的当红偶像。萧栀然外表看似柔弱，内心却十分刚强，有着出乎常人的韧性和毅力，无论训练的日子再艰苦她都从未求过自己，如今她却这样低声下气发出恳求。相处多年，在外人看来她们只是同事关系，其实私下更像姐妹，在这样一个新人迭出、换代极快的圈子里，她们相互扶持着，一起经历了太多太多……

“栀然，你真的想清楚了，不后悔吗？”

“嗯，不后悔。”

门外，絮暖迟迟未走，保镖就跟铜墙铁壁似的，牢不可破，彻底把她惹恼了。她盘腿在门边的椅子上坐下，想着不让她进去，她就在这儿守株待兔，等人自己出来。

顾北寒配合默契，看出这是一场持久战，便决定去买些吃的回来，准备长久作战，这时，门竟然开了。

萧栀然站在门前，朝他们淡然一笑，未施粉黛的脸上有些苍白，人比刚见到那会儿瘦了好多。

“久等了，我带你们去个地方，在那里有你们想要的所有答案。”

絮暖激动地从椅子上蹿起，有些不可置信。

桐语从后面走出来，说：“我开车送你们去，我们从后门走。”说着就把帽子和口罩丢给萧栀然：“给我戴上，虽然你想放弃自己了，可我还没想过要放弃你！”

萧栀然鼻子一酸，迅速戴好，几人也不再多言，紧紧地跟在桐语身后，从医院后门出去。

桐语向公司的工作人员借了车子，掩人耳目，顺利地避开了围堵的媒体。

彩虹岛上除了开发主题乐园外，还设有大型的购物商城，供游客娱乐消遣。广场上人头攒动，萧栀然完美地混入人群，大家竟也没有发现，毕竟谁会想到一个公众人物会以这种方式出现在这里！

萧栀然告诉絮暖会带他们去见一个人，到时他们心中的所有疑惑自会迎刃而解。絮暖没再追问对方是谁，跟着她走上商城二楼，展现在眼前的是一个巨大的书城，透过玻璃就能看见里面购书的顾客和琳琅满目的书籍。

在絮暖的认知里，书城是一个远离喧嚣，享受寂静的地方。平日里大家都喜欢待在那里，静静地读一本书，度过悠闲的周末时光。但今天这里似乎有些不同，众人才走到门口，就能听到里面嘈杂的议论声，长龙般的队伍从里头蜿蜒到门口，每个人手上都抱着书，神情激动。

“今天这里是在举办签售吗？”絮暖茫然，只见顾北寒盯着不远处的易拉宝看。

不知上面写了什么吓人的东西，他的眸子瞪大，满脸诧异。絮暖跟过去看，浅蓝色花纹的背景图上写着“人气漫画家签售会”几个大字，下面还配了张作者的照片，上面的女人有着一头个性十足的红色短发，笑容张扬洒脱，一如絮暖记忆里那个熟悉的身影！

“竟然是Nicole的签售会！”絮暖激动地叫出声。

“你有没有想到什么？”听顾北寒这么问。

她从惊讶中平静下来，转身看向萧栀然：“你要带我们见的人该不会就是Nicole吧？”

萧栀然站在原地，不置可否：“别着急，等一会儿我将告诉你们我的整个故事。”

Nicole的新作面世，出版方特意选择了彩虹岛这个风景如画的地方举办签售会。这次的规模比以往的都要大，来的读者也是最多的一次。Nicole认真地给读者签名，还贴心地给每个人的书上画了小头像，如此一来，她花费了不少的时间和精力。助理告诉她萧栀然在后台休息室等她的时候，她已经签了大半，怕人等急了，便加快了手上的速度，签售会一结束便匆匆赶往休息室。

她知道萧栀然住院的消息，这几天担心得要命，本想今天完成签售就去医院看她的，没想到对方竟亲自来找她了，怕是出了什么事。她火急火燎地推开门，拉着萧栀然的手，神色紧张地上下打量：“小然，你没事吧？我不是说晚上过来看你吗？你怎么自己跑来了？”

没等对方回头，就瞧见边上站着的絮暖和顾北寒，眉毛瞬间竖起：“你们怎么会在这里？”

“是我带他们来的。”萧栀然声音平稳，口气带着几分坚定，“我决定把事情的真相全告诉他们了。”

Nicole微愣，片刻神色了然：“所以你之前说有重要的事情要和我商量，也是为了这个吧？小然，无论你做什么决定，我都会支持你的。”

萧栀然感动点头。

桐语见状往门外走去：“你们先聊，我在外面看着。”

“谢谢你，桐姐！”桐语没说话，脸上浮现出笑意，轻轻地关上了门。

四人坐定，萧栀然低着头握紧手中的茶杯，一时不知如何开口。

Nicole握住她紧张到发凉的手说：“小然，我先说吧。”

萧栀然望着她，眼眶不禁有些泛红。

“我知道你们一定很奇怪我和小然怎么会认识，在进入正题前，我想先说说我们的故事。”

确实，两个原本八竿子都打不到的人，竟然是相识的好友，絮暖在此之前从未想过。

“故事可能有点儿长，我尽量长话短说。十五岁那年我父母离异，后来我便跟着母亲去到日本求学，继续我的漫画梦想。我不喜欢与人打交道，性格也非常孤僻，只知道画画，很快就成了班级同学眼中的另类、排斥的对象。我却不以为然，直到他们开始搞恶作剧撕我的画作，我这暴脾气哪里能忍得住啊！”Nicole自嘲地笑起来，“我开始反抗，可越是反抗，下场就越惨。我被她们揪着衣领拽到天台上，这些事情我这辈子都不会忘记……后来我开始逃学，不敢去学校，瞒着我妈偷偷抱着画板跑到大街上游荡。有时也会在街头卖艺，帮人画画，简直是叛逆得一塌糊涂啊！”感觉到气氛的沉重，她话锋一转，“所以，小朋友们，我这种反面教材和那些作恶同学的行为，大家可别学啊，还是要好好学习的。”

絮暖拧紧的眉头舒展开，忍俊不禁。Nicole在她的印象里，一直都是爽朗的大姐姐形象，即便此刻正诉说着自己年少时那段灰败的时光，还不忘照顾旁人的感受，调节气氛，浑身散发着一种魅力，让人着迷。

“笑什么，人家可是在说很正经的事情！一个个东倒西歪的像什么样，是听故事该有的样子吗？都给我坐直了。”

絮暖和顾北寒互看一眼，特别给对方面子，两人默契地挺直小身板，双手放在腿上，佯装出乖宝宝的模样，把萧栀然都逗乐了，笑得眉眼弯弯。

Nicole这才满意地继续说："我一直都觉得能遇见小然可能是老天的安排。"她眼神微眯，"那是一个冬天，我收摊回家，雪下得实在太大，便跑到巷角的屋棚下躲雪。我回头看到在角落里的蛇皮袋下有个黑漆漆的东西在动，吓得半死。我后来拿了根小棍去捣鼓那个东西，那个东西叫了一声，吓得我丢了家伙就跑。谁料后头却弱弱地传来声音说：'别怕，我不是鬼！'那是小然对我说的第一句话。这么多年过去了，你们可能不信，那时的她全身只裹着件单薄的秋衣，瘦骨嶙峋，手臂上全是瘀青，黑黝黝的脸上，唯独一双眼睛亮晶晶的。我当时就想啊，怎么会有这么瘦的女孩子，我房东家养的那只加菲猫都要比她胖呢……"说到这里，Nicole吸吸鼻子，仰起头，怕眼里的泪会落下来。

"好啦，不是都过去了吗？你看我现在不是很好吗？"萧栀然声音沙哑地安慰她。听到Nicole刚才的描述，真的让人难以想象，站在台上光鲜亮丽的萧栀然幼年时竟是那样困苦。

絮暖急急地出声："那后来呢？"

"后来啊，我见她可怜，就把那天摆摊赚的钱分了她一半。结果她死活不肯拿，我没办法啊，就说要不你唱首歌给我听吧，那些钱就当劳动所得，她才肯答应。她给我唱了一首《雪绒花》，还别说，唱得真好听。我曾经一度以为她是个当歌手的料，谁知道她竟跑去当演员了。"Nicole哑然失笑，即便在说那一段艰苦岁月，可提及萧栀然的时候，眼睛里依然有光。"好像命中注定般，我们理所当然地成了朋友，一起在街头卖艺讨生活。我画画她唱歌，彼此依靠着。后来我才知道她是个孤儿，被一对日本夫妇收养，可是养父有酗酒的不良嗜好，回家还对她拳打脚踢，小然这才逃了出来，而那时她才八岁。"Nicole看向萧栀然，"两年后，在机缘巧合下小然被一个中国女教师收养，回了国，我们只好通过书信往来。"

听到"中国女教师"几个字，顾北寒皱眉，先前脑子里混沌的思绪，像是被串联成了一条线，清晰明了起来。他大胆地做出猜测："那个中国女教师是不是就是……夏樱草？"

"什么？"絮暖惊讶地瞪大双眼，连忙去看萧栀然的反应。

只听到她轻叹一声，声音清明地说道："你猜得没错，是老师收养了我。她是这个世界上最好的人，给我母亲般的关爱，也教会我为人之道。"

萧栀然十岁前活在暗无天日的角落里，十岁后是夏樱草给了她活下去的勇气和希望。可是好景不长，上天还是带走了她最爱的人。

夏樱草收留了萧栀然，那么萧栀然自然也认识陆世安，如此他们在医院被拍的那一幕也就不难解释了。絮暖沉思片刻，心中的疑惑迎刃而解："所以你早就知道了安主任的真实身份，对不对？”

萧栀然点头，说：“老师去世后，是陆世安继续抚养我完成了学业，如亲人般照顾我。他为了完成老师的心愿，创办了樱草学院。可是因为早年特殊职业的缘故，害怕被仇家报复，牵连到身边的人，便隐瞒身份待在樱草。后来我和他在一起的照片被娱记偷拍到，传出绯闻，他为了保护我，便不肯再见我。这次我也是瞒着他偷偷去的，没想到还是被我搞砸了。”萧栀然声音哽咽，心里充满愧疚，“照片的事件，我不满公司的处理方式，想要和媒体澄清。可是他们竟然限制了我的行动，我实在没有办法，只好借着工作的名义约Nicole见面，就是想把真相告诉你们，只是没想到你们却先一步找来了这里。”

“为什么你想把真相告诉我们？其实之前我就疑惑，我们从未见过面，在我们没有表明身份前，你似乎就知道我们是樱草的学生了，对于我们认识Nicole你也一点儿不惊讶。”

面对顾北寒的质问，萧栀然并不慌乱，看向两人：“你说我为什么想把真相告诉你们两人，其实确切来说，是我……选了你们进入樱草的！”

宛如惊雷在耳边炸响，絮暖张着嘴，迟迟回不过神来，心中的震撼一时无法用言语形容。她也曾想过那个雇用他们的幕后是怎样的人，想着对方可能是一个低调的慈善家，默默地做着好事不为人知；也有可能是以前樱草的学生，不愿看着母校落败……脑洞开得很大，版本也是众多，却始终都猜不到那个人竟然会是萧栀然。若不是当事人亲口承认，她可能不会相信。

这个秘密若有一天会被人揭穿，萧栀然希望是自己，一切由她开始，也该由她来结束。

“真的很抱歉，现在才告诉你们！其实知道安老师生病后，我就一直很担心他。我曾想过利用自己现在的影响力帮助樱草渡过危机，却被他拒绝了。所以我只好暗中让Nicole帮忙，举办了那场试镜大会……无论如何，我是真心想要谢谢你们保住了樱草。”

Nicole也神色愧疚地说：“这事也不能全怪小然，隐瞒你们这么久，确实是我们不对。可有时候很多事情，真的是身不由己。”

平复心情后，絮暖笑着摇头：“其实我最初入樱草就是你情我愿，各取所需的事。你们并没有逼我们，又何来的对不起呢？萧栀然，说起来该说谢谢的是我才对，谢谢你让我走进樱草，认识了这么多人，重拾了前进的勇气。”如果没有来到樱草，她也许根本不知道自己前进的方向会是哪里，或许依旧迷茫地站在十字路口，等待被救赎。

“絮暖说得没错，其实现在知道真相也不晚。”顾北寒看着笑得眉眼弯弯的少女，语气坚定，“过去的终究会过去，至少未来我们可以一起努力保住樱草。”

是啊！他们都是因为樱草而相识，为着同一个目标而努力奋斗。

萧栀然心中感慨万千，良久说不出话。

Nicole得意地拍着她的肩炫耀："看吧，我就说我没看错人。所以小然，你放心好了，有大家在，樱草绝对不会垮的！绝对不会！"

萧栀然曾以为一直都是自己在孤军奋战，如今才蓦然发现，原来有许多人同她并肩而战，眼角的泪无声地滑落脸颊，心中再无惧怕。

老师，你看到了吗？大家都在为樱草努力着。

"絮暖，其实我们之前见过一面，你还记得吗？"

"你是说在世英那次拍摄现场吗？原来那时你就认出我了呀！"絮暖恍然，又问，"但那次你是故意装作食物中毒去医院的吧？"絮暖那时亲眼看见萧栀然假装身体不适离开，也因此避过了与假陆世安的相遇。现在想想，其实当时就有很多疑点。

"还记得你给我送的盒饭吗？我在里面发现了一张字条，是安老师的字迹。他早早收到消息，知道假陆世安的阴谋，让我想办法脱身。"

"我知道了！"絮暖激动地叫出声，"原来那天给我盒饭的人就是安主任，怪不得我觉得那么熟悉！"

"其实那时他的病情已经恶化了。我去医院看他那天，他还对我说了许多奇怪的话，就像是在交代后事。我很怕他会为了樱草做出什么伤害自己的事情！"萧栀然忧心忡忡，这么多年的相处，她太了解陆世安的性格了，宁可牺牲自己，也不愿拖累别人，一直默默地付出着，始终不求回报。

一想到安主任的病情，絮暖心里就难受极了。为了不让对方担心，她其实一直都在强颜欢笑。听了萧栀然的话，大家陷入沉默。他们可以想尽办法挽救樱草，可在强大的病痛面前，却只是渺小无力的微尘，永远都不知道下一秒会被狂风席卷至何处。他们只能眼睁睁地看着安主任被疾病折磨却束手无策。

窗外湛蓝的天空不知何时沉了下去，乌云压顶，没一会儿就雷声隆隆，下起了大暴雨。巨大的雨幕模糊了絮暖的视线，不知怎的，她心中的不安越发强烈起来。

商场巨大的屏幕里，正播放着彩虹岛这几天的天气情况。因台风来袭，未来几天彩虹岛会持续暴雨，返回市中心的船只将全面停运。误会解开，萧栀然答应絮暖，回去后便给樱草一个交代。却没想到，由于天气原因，众人被困在了彩虹岛上。

连续几日的暴雨，让人的心情也跟着压抑沉重。而被困小岛的第二天，一个爆炸性的消息，又把众人聚集到了一起。有人爆料，萧栀然雇用"演员"帮助樱草渡过生源危机的事情。紧接着媒体疯狂围堵，键盘党更是玩得风生水起。网上舆论两极分化，从萧栀然“探望门事件”到被黑粉袭击受伤，再到现在的雇用事件，萧栀然的名字已经连续几天占据头条，这不禁更让人觉得她有炒作的嫌疑。

而这件事情起源于ID名叫“秋风萧瑟”的网友所发的一个爆料帖。

事发后，絮暖和顾北寒赶到萧栀然入住的酒店。刚入房间，他们就听到桌椅颤动的声音，Nicole正对着电脑屏幕爆粗口，气得握拳砸桌面。萧栀然则坐在后头的沙发上皱着眉头打电话，点头示意他们自己找地方坐。

不知又看到什么，Nicole又激动地吼了起来：“明明就不知道真相，怎么可以这样信口雌黄，还说要爆什么实锤！我倒要看看你能耍什么花样。”见到走进来的两人，忙拉住絮暖：“絮暖你来得正好，跟我一起与这帮傻瓜理论！”

絮暖皱眉凑过去，评论已达上万，言辞激烈的大有人在，而“秋风萧瑟”最新一条的回复，则是信誓旦旦地称自己会在三天内，放出萧栀然雇用事件的实锤。

絮暖也跟着恼了，抢过Nicole手上的键盘，手指快速在上头翻飞，“啪啪啪”地打下一串文字，放下狠话：我们拭目以待你所谓的实锤，如果拿不出证据，也请你当面向萧栀然道歉！

没一会儿下面就跟了几个复制粘贴的人。

如果拿不出证据，也请你当面向萧栀然道歉！+1

如果拿不出证据，也请你当面向萧栀然道歉！+2

……

其中有个叫“钱多多”的网友始终都在为樱草说话，即使被人说得厉害，立场依旧坚定。

这是万千评论里，唯一为樱草抱不平的人，絮暖被那些话句温暖，盯着那个ID看了好半晌，竟觉得有几分熟悉。

萧栀然的电话几乎被打爆了，最后烦躁地关机，瘫在沙发上，发丝凌乱地散落在脸庞，神情疲惫。

絮暖见状，起身给了她倒了杯热水。Nicole则继续在屏幕前奋斗。

顾北寒走过去：“你们想不想知道这个爆料人是谁？”

Nicole挑眉，惊讶道：“你还有这种特异功能？”

对方已坐下，电脑瞬间易主，屏幕上出现的程序代码快速地在眼前跃过。Nicole瞠目结舌，心想自己真是招到了一批不得了的“演员”呢。

喝了热水，萧栀然稍稍缓了过来。

絮暖挨着她坐下："你再想想，除了我们几个之外，真的没人知道这件事情吗？"

萧栀然按着发涨的太阳穴，不禁摇头："除了Nicole和我，没人知道这件事，我甚至连桐姐都没透露半句，而你们也是几天前才知道真相的。"

"那还会有谁呢？"这事牵扯巨大，先不说对萧栀然有极大的影响，樱草也深陷其中。

"对了，还有一个人！"萧栀然声音扬起，"那天我去偷看安老师，他告诉我之前无意间看过你们的雇用合同，托人暗查，知道幕后的甲方是我。"

这个信息依然没有突破性的进展，陆世安即使知道真相，也断然不会做出伤害萧栀然和樱草的事情。两人陷入沉思，顾北寒手上动作未定，却分了一半心思听了刚才的对话，眼睛微微亮起，似乎有些眉目，出声问："那天你们见面的具体时间还记得吗？"

虽然不知顾北寒的用意，萧栀然还是努力地回想了一下："应该是3月15号，我记得那天是周末，临近中午，12点半左右的样子。我到医院，然后和安老师聊了半个小时才离开。"

"你确定？"

"嗯，我确定。"萧栀然点头，语气坚定，"因为我离开的时候正好桐语姐给我打了个电话，说了下午通告的事情。那个通告我并不想接，因此我们俩还争吵了几句。挂掉的时候我还特意看了下时间，正是13点。"

顾北寒落在键盘的手指停住，看向絮暖："那天我们一起去看望安主任，走的时候有人又折了回去，你还记得是什么时候吗？"

絮暖心中一颤，她怎么可能不记得？午时的骄阳似火，高富帅当时的抱怨声似乎还在耳畔回荡。这么一算，他们确实在车站等了半个小时，和萧栀然说的时间吻合，脑中挤进一抹身影，她用力地摇头，低声呢喃："不可能的，怎么会是她？"

顾北寒按下最后一个确认键，屏幕中跳出一连串IP地址，那些数字他早就熟稔于心。

"絮暖，恐怕由不得你不信了。我刚查了发帖人的IP地址，是出自樱草的校园网！"

伴随着顾北寒的声音，一切尘埃落定，敲碎了絮暖心底的最后一丝希冀。她的脑中乱哄哄的，无法思考。

Nicole听了，有些茫然："樱草的校园网？你的意思是……这个发帖的爆料人是樱草的学生？"

萧栀然的眸子也瞪大，两人纷纷看向顾北寒，等待他的解答。

"是的，对方似乎根本不怕被人揭穿身份，连IP地址都不愿伪装一下，而且这个人我和絮暖都认识。"

事到如今，絮暖才明白，南零落为什么说去拿手套，却又两手空空地跑回来。她说看到安主任在休息不想打扰是假，其实是偷听到了萧栀然和安主任的对话。这么一想，看来之前爆料给媒体的照片可能也是她所为。絮暖知道她对樱草多有不满，可也不至于这么狠心。

“可我实在想不通，她为什么要这么做？”

“这就只有她才知道原因，其实我现在比较担心另外一件事情。”顾北寒指着屏幕，“对方说会在三天内爆实锤，这个所谓的实锤到底是什么？有什么可以直接给萧栀然定罪的！”

仨人互看彼此，不约而同地叫出声来：“雇用合同！”

“糟糕，我们的合同都放在樱草的储物室里，南零落要拿到是轻而易举的事情！”絮暖真的没想到这个幕后凶手会是自己最信任的朋友。对方似乎早就预谋好了一切，趁他们被困在岛上，发帖爆料，然后放出实锤。到底是怎样的缘由，让她如此心狠手辣？

一时间絮暖想到了大宝，想让他赶在南零落拿到前销毁合同，可是对方的电话死活打不通。踌躇间，顾北寒的手机突然振动起来，来电显示竟然是高富帅。他从容地接起，隔着话筒都能听到对方的咆哮声：“奚言，你们怎么样啦？听说你们被困在岛上了，还碰到了萧栀然的黑粉，絮暖没受伤吧？”

顾北寒掏掏震痛的耳膜，耐住性子回：“高富帅，我们都没事，但现在有件很重要的事情需要你帮忙，你还在鼎阳市对不对？”

对方惊讶：“你怎么知道？”

“刚才我查了一个ID叫‘钱多多’的IP地址，我记得那是你的网名吧？”顾北寒刚留意到絮暖盯着这个ID出神，一看就想到了高富帅，顺手一起查了IP地址，发现那小子竟然没走，这当口正好有人力可以利用，他当然不会放过。

高富帅噎住：“说，你到底要我干什么？”

“这事关系到樱草的生死，我们需要你去……”

Tuo Xian Meng Xing Yirong Ji III

第五章

零落坦白 • 复仇樱草

南零落从计算机房走出来，已是傍晚时分，红霞满天。不过是走过一条林荫小道的工夫，太阳已经完全落了下去，路旁的灯渐渐亮起，向远方延伸，似燎原的星火。

白天的雨没落下来，到了晚上难掩闷热。两个路过她身边的女生，似乎刚洗完澡，拿着盆抱怨天气，聒噪的声音有些刺耳。南零落加快步伐，双臂抱胸，不知怎的，心里竟觉得有几分冷。握在掌心的手机屏幕时不时亮起，提醒她有新的消息。她拿出一看，发现帖子又有新的回复，她特意没有屏蔽消息，每条评论都认真查阅。当看到有人辱骂萧栀然的时候，她心中涌起前所未有的快感，似乎只有这样，对萧栀然和陆世安的恨才会减少几分。她不是没有给过他们机会，这些天，她一直都在等，等他们站出来解释，可最后等来的却是他们的缄默。这种无声更似一种默认，在她看来，他们已经变相承认了两人的关系。是他们逼着她走到这一步的，既然如此，她会让他们彻底后悔。

教学楼邻近的那栋楼，除了图书馆外，还有储物室，学校和学生重要的物品都放在里面。上次萧栀然和陆世安见面时，她亲耳听到陆世安说在储物室看到絮暖等人的雇用合同，若是拿到那个关键性证据，萧栀然和陆世安将会身败名裂。

南零落不再犹豫，大步向前。

她在楼前等了很久，直到图书馆的灯灭了，最后一批晚自习的学生出来，才偷偷潜入大楼。

储物室在三楼，门口装了电子密码锁，系统连着报警装置，一旦输错三次，报警器就会响彻整座大楼。既然要来拿证据，南零落也早做好了万全准备。前几天她帮大宝把新生的档案放进储物室，对方输入密码的时候，她佯装乖巧地背过身去。其实趁着大宝不注意，她取出藏在衣袖的镜子，通过镜子，他的一举一动一览无余。南零落胸有成竹地按下密码，意料之中地输入正确。大门打开，她取出包里的手电筒，小心翼翼地走了进去。

与此同时，一辆出租车在樱草学院的门前停下，高富帅急急下车。看门大叔刚准备会周公，就听到叫嚷声，看清来人，眼睛瞪大。

“你这小子怎么回来了？”

“大叔，我回来取个东西，麻烦开下门。”门一开，少年似离弦的箭，一头冲进了夜色。

高富帅以百米冲刺的速度，跑过熟悉的林荫小道。离开不过几天，一切都未曾改变，他熟门熟路地抄小路，绕到大楼后门，飞奔上楼，心里却焦躁得很。

高富帅离开樱草后便后悔了，和高母大吵了一架。高母拗不过他，最后独自离开，而他留在了鼎阳市——至少这个地方可以离絮暖近一些。这些天，他也时常在想絮暖那日对自己说的话，当初的疏离到底是因为什么，或许等他想明白了，才能重新鼓足勇气站到絮暖的面前。可当他看到网上爆料的帖子，还是没忍住，打电话给了奚言询问絮暖的情况。果然一遇到那家伙就没有什么好事，平时好处自己占，一有苦差事倒是想起他了。但是那个发帖爆料的人怎么会是南零落呢？直到如今，他都依然无法相信，南零落会是那个用卑劣的手段制造舆论，让樱草陷入绝境的人。

到达目的地，高富帅打开手机，照着絮暖之前发来的数字顺利解开密码。好在大宝和他们是一条船上的，早早地就把密码告诉了絮暖，否则他就要被困在门外了。屋里头漆黑一片，都到这份儿上了，高富帅只好壮着胆子，一点点深入。

刚听到开门的声音，南零落迅速地关了手电筒，抱着手上刚获得的“战利品”，悄然躲到架子后面，双眼紧紧盯着那道被月色勾勒出的淡淡轮廓，心如捣鼓。

这个时候，还有谁会来这个地方？她知道絮暖等人此刻被困在岛上，绝不会出现在这里。

时间紧迫，高富帅也不敢怠慢，摸到藏合同的柜子却发现扑了个空，心里一“咯噔”，到底还是晚了一步。黑暗里传来轻轻的叹息声，那份熟悉感令南零落手指轻颤。

“砰”的一声，纸张砸落在地上的声音在这静谧的房间里显得格外响亮。

“谁？是谁在架子后面？”高富帅警惕地看向四周。

听清少年的声音，南零落捂着嘴蹲下，全身的力气瞬间像被抽空。那个声音她怎么会陌生？只是无论如何没想到，再次见到高富帅是在这般境况下。虽然只隔了一个书架，却像隔着千山万水，早就物是人非了。他这个时候来这里，一定是想抢先她一步消灭关键性证据。

四周安静如斯，巨大的沉默如网般罩下来，让人不敢动弹。高富帅试探地问：“南零落，是你吗？”问题出口，他自己也觉得好笑，心中明明早有了答案，却不愿相信，似乎只有听到对方亲口承认，才算尘埃落定，才能掐灭他心里的最后一丝光亮。

那一刻，南零落自嘲地笑了起来。看来他已经知道那个爆料人就是自己了。那么他一定觉得此刻的她面目可憎吧？是啊，其实就连她自己也觉得很可恨。

高富帅又往前走了几步，便听到书架后面传来急促的声音：“你别过来！”语气里有着明显的慌乱，而又夹着几分哀求，无助又悲凉。

半晌，咄咄逼人的话语在高富帅的耳边响起：“是我又如何？你又想对我做什么？”

一时间，少年如鲠在喉，不知如何回应。曾经亲密无间的好友，如今他真要与她刀戈相见吗？

“我只是想和你好好谈谈，你是不是有什么苦衷？为什么不肯出来，把话说清楚？”

南零落把头埋在臂膀里，冷笑一声，低低道："嗬，我无话可说。想必你也知道了，那个爆料人就是我！我就是恨那对狗男女，我就是恨樱草！"

高富帅怔住，之前南零落也煽动过学生离开樱草，他以为她只是受外界的谣言影响，对樱草有误会。如今他亲耳听到她说恨樱草，那么真切又坚定，到底是怎样根深蒂固的恨，会让她变成现在这个样子？

"我不相信这是你的真心话，你真的恨樱草吗？难道你已经忘记这些时日大家是怎么一起走过来的吗？我见过你笑，也看过你哭，那些日子你真的忘记了吗？"

"别说了！我不想听！"南零落死命地捂住耳朵。过去种种挤进脑海，触动着她的神经，她又怎么可能忘记？只是谁又能体会到她的痛苦呢？

"高富帅，你有什么资格说我？你根本一点儿都不懂！"

"我是不懂，你根本不愿告诉我，我又怎么会知道？"说着高富帅走到了她的面前，"我想你应该猜到了，我今天来的目的就是要拿回合同，我不可能眼睁睁地看着樱草被毁！"

南零落紧抓着合同站起身来，一步步往后退："那我也明确地告诉你，我是不会把合同交给你的！"

高富帅没说话，迈开腿继续向前走。南零落想逃，他却快她一步，手撑在书架上，挡住她的去路。少年高大的身形像张密不透风的网，把南零落禁锢在小小的角落里，进退两难。

视线相撞，她的眸中氤氲着雾气："高富帅，算我求你了，不要让我恨你！"声音喑哑的像是大提琴的弦，轻扣在少年的心头。

在他的记忆里，眼前的少女清冷孤傲，是骄傲的白天鹅，永远高昂着头，绝不轻易向人低头。他承认那一刻他心软了，可是他也有自己的坚持。

"对不起！"话音落下，他便去抢她手中的合同。南零落死命抵抗，可是男女力量上的悬殊明显，她愤恨地咬上他的手臂。高富帅却丝毫没有退让，当着她的面把合同撕得粉碎。看着空中飞扬的碎片，南零落松开口，手无力地垂下，整个人绝望地瘫坐在地上，泪流满面。

"高富帅，你是不是觉得自己特伟大，拯救了樱草？"她仰起头，眼神空洞又悲切，如同一个漩涡，会把人吸进去。

"那我呢，你为什么就不救救我呢？"泪水滴落在他的手背上，烫的惊人。他抬头，听到她说，"我的母亲死了，凭什么那个男人和他的情人还活着。他不配当我的父亲……"

"你说什么？"

与此同时，彩虹岛假日酒店里。

“你说什么？”絮暖拿着手中的电话，从沙发上跳了起来。众人循声望去，少女拿着电话在颤抖，似乎发生了什么大事。

等她挂掉电话，萧栀然急急地问：“怎么了？”

絮暖压抑住内心的慌乱，说：“刚才大宝老师打来电话说，他前去医院时发现安主任失踪了。他找遍了整家医院都没找到人，柜子里只留了安主任的病号服，其他的东西都被带走了！”

“怎么会这样？”萧栀然心里不安，“不行，我这就派人去找。自从上次见面，我就觉得不对劲。我怕他看到了这次的爆料帖子，会干出傻事来。”

如今他们被困在岛上，这种无能为力的感觉让絮暖难受极了。她不想坐以待毙，萧栀然已经开始打电话找人。她焦急地踱着步，翻阅着手机里可以帮忙的人名单，心里不断安慰自己，安主任一定不会有事的。

“别找了，恐怕……来不及了。”顾北寒的声音却在此时响了起来。

两人几乎同时抬头，疑惑地望着他。少年低声叹气，身旁的Nicole看着电脑屏幕，双眼瞪大，好似上面有什么吃人的怪物似的。

“该来的也许注定会来，逃不掉的。”顾北寒嗓音低沉，语气里透着无奈，指着电脑屏幕，示意他们过去看。

屏幕上是一个直播间页面，黑色的画面上正进行着最后五分钟开播的倒计时，预约观看的人数却正以成百上千的数量快速增加着。右侧的评论刷得很快，一堆复制粘贴网友正在刷屏：没想到沐天心这次竟能采访到萧栀然的绯闻男友陆世安，好期待呀！

絮暖盯着评论里的名字怔住。她突然想起沐天心的工作室，近年来策划了一档网络直播访谈节目，节目一播出就广受好评。之后每期都会选一个大众关注度高的人物，通过网络直播的形式进行访谈，只是没想到这次师父要采访的人竟然会是安主任。

“看来安主任是去找沐天心了，我刚从帖子里看到网友的评论，说这期的访谈人物原本是定了的，但一个小时前放出消息说换了人选，变成陆世安了。”

听着顾北寒的解释，絮暖的心被揪紧。

“安老师他到底想做什么？该不会是……”萧栀然突然噤声，看向絮暖。对方朝她点头，看来两人都已经猜到了答案。

那个傻瓜啊，为了保住樱草和萧栀然的名誉，决定站出来，毁掉自己仅剩不多的人生。

絮暖想给沐天心打电话，企图阻止这场访谈，可已经来不及了。时间如流沙，倒计时归零，画面亮起，特写中是沐天心的脸，她正拿着话筒对着屏幕甜甜地笑着。

“非常感谢今天来观看访谈直播的网友们，这期节目我们为大家请上了一个神秘的嘉宾。这个嘉宾很特别，他的名字时常出现在头版头条上，但是网络上关于他的资料和影像却少之又少。我想大家一定和我一样迫不及待地想与他见面——他就是樱草学院现任校长陆世安。”说完这段开场词后，观看直播的人数已超过万，随即镜头一转，一个瘦骨嶙峋的男人出现在了屏幕上。

絮暖鼻子一酸，发现才几天不见，安主任又瘦了，衣服穿在身上空空荡荡的，仿佛只剩下一副骨架勉强支撑着，头上戴的那顶黄色遮阳帽，还是她过年时买给他的新年礼物。记得当时他还问过她为何挑这个颜色，她笑着答，只是觉得这个颜色很像你，像阳光，哪里都有你，即使是再小的缝隙都能透进去驱散黑暗。那一刻男人的眼睛红了，絮暖笑他哭鼻子，他却硬说是被沙子眯了眼。一切宛若昨天那般清晰可见，她突然无法想象今天过后，屏幕上的那个男人将会背负怎样的骂名痛苦地活着。而她只能这样无力地看着他，什么也不能做。

网友A：什么？这个人不是樱草的老师吗？前几天还和萧栀然抱在一起呢，怎么变成陆世安了？

网友B：骗人的吧？你们当我们傻啊！

……

一时间，评论区炸了，网友纷纷表示无法置信，骂声一片。

沐天心并不慌张，出声解释：“我知道很多人也许觉得很荒谬，但请大家耐心点儿，给当事人一个解释的机会，听听他的故事。”

安主任看着大家发的评论，喉咙发紧，这次站出来表明身份是他思量许久的决定。早先他和沐天心接触过一回，后来絮暖也时常在她身边念叨这个师父。虽然不知道那个丫头跟对方学了什么本领，可是他相信絮暖的眼光，也相信自己的直觉，便恳求沐天心答应今天的访谈。机会只有一次，他必须把握住，保住萧栀然和樱草的声誉。

“我知道大家肯定很奇怪，明明我是樱草的老师，怎么会突然就变成了那个从来不露面的魔鬼校长陆世安了呢？”安主任淡然一笑，“这个秘密我已经藏了很多年，本以为会一直带进棺材里的。可是人生在世，谁没点儿牵挂呢？为了重要的人，我还是决定站出来，告诉大家真相。我就是陆世安，樱草的创始人。”男人语气坚定，再无一丝彷徨，在千万网友面前，坦诚地做真实的自己，勇敢而无畏。

絮暖咬着唇，眼睛酸涩，而萧栀然已经无声落泪。

顾北寒对眼前的男人心生敬畏，这么多年他孤身站在暗处，背负骂名，踽踽而行。而如今他终于走向光明，但是谁也不知道，等待他的又将会是一条怎样的荆棘之路。可无论如何，他不再是孤身一人，他们会与他同行。

“陆世安，有骨气啊，这才像个男人！”Nicole神情激动，拍腿叫好。

安主任深吸一口气，终于向众人说出了自己的故事：“其实我早年的职业是一名军人，因为军种特殊，执行任务时结下了不少仇敌，导致我深爱的女人遭到仇家报复去世……后来我为了帮爱人完成心愿，创办了樱草，希望能帮到更多穷苦的孩子。因为害怕再次伤害到身边的人，再加上早年做任务时，我的脸受过伤，所以我才决定隐姓埋名，以学校老师的身份待在樱草。”

网友A：天啦！没想到陆世安这么深情，这样的剧情我为何觉得是在拍电视剧呢？

网友B：我突然觉得陆世安有点儿帅哎！为‘陆大大’打call（应援）！

网友C：这样的鬼话谁信啊，证据呢？实锤呢？没图没真相，手动再见！

……

“我看到有人在说证据，等访谈结束，我会把我之前的军人证，还有早年的照片放到网上，来证实自己并没有无中生有。”听陆世安这么一说，评论区又炸开了锅，有质疑炒作的，有支持的，有单纯八卦的……热闹非凡。

“陆先生，既然大家这么想知道你和萧小姐之间的事情，你是否可以向大家透露一些，你们两人的关系是否真如外界传言那般呢？”

听到沐天心的问题，陆世安摇头轻笑，说：“我只能说媒体的脑洞真的很大，但我们的关系并非大家所想的那样。确切来说，她是我爱人收养的孤女，也是我名义上的女儿。当初就是害怕媒体乱写，才不想公开这层关系。可是人言可畏，我终究还是没能保护好她。”陆世安声音哽咽，他答应过夏樱草会好好照顾萧栀然的，可他终究还是没能做到。对方还那么年轻，应该有更好的人生才对。“至于雇用事件的真相，这件事情其实是我做的，是我为了保住樱草才找了学生凑生源，和萧栀然一点儿关系都没有。你们有什么不爽，可以全部冲着我来，只求你们不要再去打扰她，打扰樱草的学生。”

屏幕前的萧栀然泣不成声，当初明明是她擅作主张干了傻事，为什么东窗事发后要让安老师来承担这份痛苦？他为什么这么傻，什么事情都一个人扛着？

“不可以……不可以这样，我要打电话给桐姐，想办法召开新闻发布会，澄清真相！”萧栀然手指颤抖地落在手机屏幕上，下一秒手机易主，被絮暖抢了过去。

“你干什么？还给我！”她怒吼着，疯一般地去抢。

“萧栀然，你冷静点儿！安主任这么做，就是不想你毁了自己的前途。你这样做，只会让他今天白白地承受那些人的谩骂！”

“那他怎么办？他拯救了我的人生，那他的人生要怎么办……”她瘫坐在地上，哭

得像个泪人儿。

十岁那年，她跟着夏樱草回国，遇见陆世安。那时的他意气风发，后来爱人去世，他便一蹶不振。即便如此，他依旧对她视如己出，关爱有加。为了让她有更好的未来，送她出国留学；她想入演艺圈，他便义无反顾地支持。他就像一座屹立不倒的孤塔，她永远的避风港，哪怕耗尽最后一丝气力也要守护好她。她真的好没用，为什么连自己最重要的人都守护不住？

“小然，你别这样好不好？也许事情并没有我们想象的这么糟，我们再想想办法。”Nicole抱住萧栀然，低声劝慰。

萧栀然却似乎听不到一般，眸子空洞地望着前方。

絮暖蹲下身，按住她发颤的双肩说：“萧栀然，我知道你很难过。我和你一样，我也痛恨自己的无力。可是我已经没时间难过了，与其花时间在那些无法改变的事情上难过，不如想着如何让自己变得更加强大。刚才奚言已经让高富帅去学校拿合同了，只要抢在南零落之前，事情就有转机。大家要看的是实锤，没有实锤，即便安主任承认事情是他做的，也是口说无凭。到时候我们几个再向媒体透露，我们是自愿进入樱草的，根本没有什么雇用合同，这件事情应该就能平息下去的。”

絮暖的话有理有据，渐渐拉回了萧栀然涣散的目光，问：“真的吗？”

“嗯，相信我，一切都会好起来的。”

顾北寒看着眼前的少女，突然觉得她好像变了，遇事不再任性冲动。这么短的时间里，她便能清晰明了地想好处理方法。他很开心，他的女孩，似乎长大了。

之后的访谈，面对网友刁钻古怪的问题，陆世安应付自如，一点儿没让自己吃亏，反倒是把对方说得哑口无言。然虽如此，絮暖等人的心思早已不在上头了，只盯着顾北寒的手机，等着电话响起。直到访谈结束，高富帅的电话都没再打来。

就在大家忐忑不安的时候，手机突然提示有一条短信，发信人正是高富帅。好不容易等到消息，大家却不敢看了。

絮暖拿起手机，又放了下来，咽咽口水：“奚言，还是你来吧！”

她的心像是被提到了嗓子眼，或许希望越大，害怕就越大。安主任唯一的“生机”，没想到有一天会落在高富帅的身上。

顾北寒点头，在众人期盼的目光中点开屏幕，看着上面的文字好半晌没说话。

絮暖以为是坏消息，急得直跺脚：“到底怎样？你到底快说啊！”

“还能怎样！”随着少年的唇角勾起，直听到他说，“高富帅顺利地完成任务，合同已被他撕毁了！”

“太好了，萧栀然你听到了吗？我就说会有转机的，老天爷会眷顾安主任的。”絮暖激动地拉着萧栀然的手。

对方红着眼欣喜地点头，还好这不是一个死局，让她还有机会弥补自己的过错。

“放心吧，之后的事情就交给我们吧！只要我们对媒体统一口径，声称是自愿进入樱草的；再加上没有证据，那么所谓的雇用事件便不成立。”

“嗯，奚言说得对，接下来就交给我们吧！”

絮暖相信这一次，他们会安然渡过难关的。无论未来的路多么坎坷，只要大家的心在一起，便无所畏惧。

夜渐渐深了，校园里万籁寂静，只能听到窸窣的虫鸣声。

狭长的小道上，路灯把南零落的影子投射在地上，形单影只，孤寂又苍凉。她一个人漫无目的地向前走着，却不知道尽头在何处。好像从出生到现在，她总是一个人这样走着，从最初被人骂，和母亲远离家乡，过着颠沛流离的生活。以前她的身边至少还有个亲人，可后来就只剩下她一个人，无论身在何处，心却一直在流浪。

听到身后的脚步声，南零落回头，说：“我都叫你不要跟着我！”声音里夹着怒气。她的皮肤很白，显得眼眶更红，像只受伤的小兽，明明浑身带着刺，却又让人恨不起来，反而有些心疼。

刚才那一路，高富帅都小心翼翼地跟在她的后头。经过之前一连串的变故，他不放心她一个人离开，只好一直跟着，没想到如此举动，反而更加惹恼对方。

“如果你跟着我，是想为陆世安说话，那么我劝你别白费口舌了，因为他说的每个字我都不相信！”南零落坚定地表明立场。

刚才在储物室，她从手机提示的消息里得知陆世安接受了访谈，便和高富帅一起观看了直播。陆世安澄清和萧栀然之间的关系，她却一句都不信。即便那是真的，他们真是养父女的关系，可那个男人还是为了夏樱草背弃了她和她的母亲。光是这点，她永远都无法原谅他。

刚才直播所透露的信息，高富帅的惊讶程度绝不亚于南零落，尤其得知了安主任真实的身份。可是无论对方的身份怎样，在他的心中，陆世安还是那个真诚待他们的安主任，是敬重的师长，也是平易近人的朋友。他勇敢地站在千万人面前将一切背负，光是这点就足以让他佩服。

“南零落，如果我说我跟着你，是因为出自对朋友的担心，你信吗？”

少年沉沉的声音夹着风送入耳中。那一刻树静风止，四周如荒原，骤然无声。南零落只听到他的声音，低低地敲在心上。

朋友吗？她轻笑却又似哭地说："我也有朋友吗？"像在问他，又像在问自己。

少年却回答得理所当然："当然啊，絮暖、奚言，还有我，我们都是你的朋友啊！"

"或许以前有，那么现在呢？"现在呢？当他们知道她的所作所为后，还会把她当作朋友吗？

"我不知道别人怎么想，但是我不会变。"高富帅看着眼前的人，眼睛亮得出奇，"你就是我高富帅认定的朋友。虽然最初的你，狂妄自大，脾气又臭，即便如此，你还是帮了我很多。只要是对我好的人，我就不会忘记。我知道刚才自己做了伤害你的事情，但我也有想要保护的人，希望你可以理解我的立场。"

南零落怔在原地，如鲠在喉。被月色包裹的少年，好似浑身散发着光。几步之遥的距离，她的双脚却像被灌满了铅，挪不动半步。此刻她多想走过去牵住少年的手，让他带自己走出那片无尽的黑暗。

"南零落，如果现在我说，想听听你的故事，你愿意告诉我吗？"

有的人就是有魔力，让人无法拒绝他的请求。

连南零落自己都不知道从何时起，那个少年就占据了心里的一角。她极力想忽视，可是住在心上的人，是夜夜而生的梦，求不得又放不开。

几分钟后，两人在道旁的长椅上坐下。南零落将吹乱的发丝撩到耳后，侧头看向身旁的少年，再次确认："你真的……想知道？"

高富帅郑重其事地点头，说："嗯，既然是朋友，就有义务去了解朋友的一切，分担对方的忧愁。"

平日吊儿郎当、没个正行的人儿，突然如此一本正经地说话，反让人有些不习惯，南零落哑然失笑。她的目光聚焦在无半点儿星光的夜空，沉痛的记忆如潮水般袭来。

"其实从我记事以来，就发现自己和别人不一样。别的孩子都有爸爸妈妈，可我只有妈妈。我就问她，爸爸在哪里。她却只是笑，眼中有泪，然后告诉我爸爸在很远的地方，有很重要的事情要干，所以没办法陪在我们身边。小小的我，傻傻地相信了。后来上学，同学们骂我'野孩子'。我气不过，为了证明自己不是，便背着书包离家出走了。可是你知道吗？那天我沿着公路走了整整一夜，却不知道自己要走去哪里找那个男人。我的脚磨破了皮，椎心般地疼。隆冬夜里，我一个人傻傻地坐在路边哭。"直到现在，那天的场景还定格在南零落的心里，或许那是她一辈子都无法抹去的记忆，记得越深刻，心就越痛。

高富帅突然有些后悔，让南零落记起那段深藏在心中的过往，再次陷入悲痛无法自拔。

“第二天清早，警察找到了我。妈妈见我就给我了一巴掌，看见我哭她也跟着哭。等哭完了才把一封信交到我的手上。那是那个男人第一次给我们写信，信里的内容我翻来覆去地念，都快倒背如流了。我甚至还偷偷模仿他的字迹在纸上一遍一遍地写。之后男人几乎每月一封书信，有时还会给我们母女俩寄生活费。可奇怪的是，寄信人的地址都被人故意抹去了，我不知道是谁干的。男人月复一月地寄信，却始终没有露面，我甚至不知道他的名字。直到妈妈病重，他都没有出现。后来，我无意间在母亲的日记本里知道了他的名字，通过网络查到他在鼎阳市的樱草学院。妈妈去世后，我便找到这里，就是想问问他，这么多年了，为什么不肯来见见我们？那天我在医院里看到安主任的笔记本，那个笔迹烧成灰我也认得，我才知道，原来我找了这么久的人，就在身边。当我知道他创办樱草学院是为了夏樱草，我愤怒地烧掉了那片樱草花海。我恨他，我想报复他，于是我不择手段地想毁掉他在乎的一切。”她转头对着身边的少年，“听到这里，你还想和我做朋友吗？花海是我烧的，照片是我发的，连发帖的人也是我，现在你看清我是怎样的人了吗？”

直到泪水打湿手背，冰凉彻骨，高富帅才发现自己哭了。

南零落根本没想到他是这种反应，惊慌失措地说道：“悲伤的人是我，你哭什么？”

没想到这么一问，眼前的人哭得更大声了，高富帅早已不顾不上什么男子气概，只是觉得心里难受，抽搐着肩膀，像个受尽委屈的孩子。

“你……你别哭了，被人看到还……还以为我欺负你！”南零落吓得口齿不清，忙给他递纸巾。

“都半夜三更了，哪里来的人？就算有人看到也是事实，我就是被你欺负哭的。谁让你讲这么悲伤的故事，把我难受成这样！”高富帅耍起了无赖。

南零落的心里憋屈，她一定是脑子进水了，才会和他讲这么多，气得起身要离开。

就听少年急急地在后头喊：“南零落，其实你有没有想过，那个男人不见你们也许有自己的苦衷，为什么不给彼此一个解释的机会呢？这么多年了，难道你真的不想知道，到底是因为什么被抛下？就算要恨，也要恨得明明白白，不是吗？”

或许高富帅说的没错，即便是恨，她也要光明正大地去恨，而不是如同现在，偷偷摸摸地做着伤害对方的事。

“高富帅！”她转过身，双拳紧攥，“谢谢你，或许有一天，当我真正有资格能用朋友的身份站在你身边时，我希望，我也可以分担你的忧愁。”

希望会有那么一天。

Tuo Xian Meng Xing Yirong Ji III

第六章

温暖真相·惜败过往

连续几日被暴风雨席卷的彩虹岛，终于放晴了，还出现了久违的彩虹。船舶一恢复运作，絮暖等人便马不停蹄地赶回了樱草学院。

医院打来电话称陆世安已经回去了，絮暖等人便也安了心，一心解决候在学校的媒体。樱草的学生虽然对安主任的真实身份感到震惊，却依旧感恩对方创办樱草的初衷，给了他们一个可以学习又像家的地方。关键时刻，大家同仇敌忾，凝聚在一起，统一口径，对外声称是自愿就读樱草的。

同时，萧栀然也召开了紧急发布会，出面澄清了自己和陆世安的关系。又加上陆世安托沐天心放出了一些他之前答应网友证实他和萧栀然关系的证件信息，终于力破谣言，堵住了悠悠之口。

至于雇用事件，因爆料人所说的实锤迟迟不见踪影，大家便以为只是那人的炒作。又觉得陆世安“护女心切”才揽祸上身，反让网友觉得此举颇为感人。几天下来，事情终于渐渐平息。

这些天，南零落请了长假。一时间，她不知该如何面对絮暖等人，只好离开了学校。

絮暖和顾北寒约了萧栀然在医院的底楼大厅见面。

萧栀然很守时，约定时间一到，她就从大门走了进来。今天的她并没有精心打扮，穿着也很随意，白色T恤搭配牛仔裤，简单的装束穿在她的身上更显青春活力，在人群中格外显眼。随同进入的还有大批媒体记者，一时闪光灯此起彼伏，闪个不停。

萧栀然今天的心情似乎很好，见到镜头也不躲，唇边带着淡淡的笑。有媒体问她问题也耐心解答。既然已经公开了自己和陆世安的关系，她便觉得没有什么好遮掩的，特意从大门进入。对她来说，看望亲人是最平常不过的事情了。

等人走近，絮暖忍不住给她比手点赞：“萧栀然，我觉得今天的你有点儿帅！”

“才有点儿吗？”萧栀然打趣道，“我还以为会有很多呢！看来你对我的了解还不深，以后我会让你明白什么才是真正的帅！”

絮暖听了，眼睛发亮：“真的吗？那大佬先给条腿让小的抱抱呗！”

兴许是携手度过了危机，心境也有所不同，窗外的阳光很好，落在人的身上暖暖的，絮暖不自觉地想笑。

病房里，陆世安躺在病床上，在心中反复想着一会儿向絮暖等人赔罪的话。这段时间，他的病情逐渐加重，记忆衰退得厉害。之前的访谈，他真的是超常发挥，直播前把想说的话演练了很久，才没有错漏百出，顺利地完成任务。虽然他知道自己那样的行为太过冒险，可这也是他现在唯一能做的事了。好在上天眷顾，结局是好的。

听到走近的脚步声，陆世安立马老老实实地躺好，瞟了门口几个人一眼，便“哎哟哟”地叫起来：“你们来了呀！我就不招呼了，医生刚才还说我需要静养！”

絮暖当即就恼了，她还没兴师问罪呢，对方倒先下手为强，拿医生的话来堵他们的嘴。她气呼呼地走过去，拉开椅子坐下，声音轻扬：“要静养是吧？行啊，我就坐这儿不走了！”

身后的萧栀然和顾北寒互看一眼，倒也配合默契，不发一语，等着看好戏。

陆世安开始闭眼，佯装睡觉，可尽管如此，仍能感觉到絮暖灼热的目光，都快要在自己的身上烧出几个洞来。四周寂静如斯，他再也忍不住，高举双手，缴械投降，表情是前所未有的委屈，说：“我错了，还不成吗？”

絮暖心里被逗乐了，却依然板着脸，冷冷地说：“那您说说看，哪里做错了？”

男人的眼珠子转了几圈，在心里斟酌着字句，说：“我不该离开医院，害你们担心；不该……”后头的话被堵在喉咙里，弱了下去。

萧栀然走过去，追着问：“不该什么？你有本事做，还没本事说了？”

男人急得满头大汗，认输道：“哎哟，我的两位姑奶奶，我知道我惹你们生气了。我保证下不为例，以后一定老老实实地待在医院里养病，就算天塌下来，也不掺和外头的那些破事了，成吗？”

一遇到女人，陆世安就头疼脑热，怪不得古人说唯女子与小人难养也，确实是真理。让他应付女人，还不如让他出征打仗，显然后者对他来说似乎更简单些，真是女人猛于虎啊！

见眼前的两只“猛虎”面色依旧难看，似乎不愿轻易放过自己，陆世安连忙朝顾北寒眨眼睛。谁料对方竟然对他的求救视而不见，还在这节骨眼上落井下石。

“安主任，您是不是眼睛不好？要不要帮您叫个眼科大夫瞧瞧？”

陆世安在心里怒骂顾北寒没义气，脸上皮笑肉不笑地回：“不用了，我视力很好，不劳费心！”

絮暖叹气，决定不再为难他：“既然您都这么保证了，我和萧栀然也就放心了。但您不会转身就忘记说了啥吧？”

陆世安擦着额角的汗，有些心虚地说：“怎么会？但你们也知道我这病吧，会记忆衰退，所以到时记不得也是有可能的。”

似乎早知道他会用这一招，絮暖看向萧栀然。对方会意，点亮了手机屏幕，下一秒里头便传出一道声音：“哎哟，我的两位姑奶奶，我知道我惹你们生气了。我保证下不为例，以后一定老老实实地待在医院里养病，就算天塌下来，也不掺和外头的那些破事了，成吗？”

“你们竟然录音！”陆世安瞪大眼睛。

絮暖得意地说：“这不是怕您老忘了吗？等会儿我就把这段录音传给你，做你的手机铃声。以后我也会每天坚持给你打三次电话，这样你每天就能重复听三遍，记得也能深刻点儿！”

陆世安被对方的手段折服，哭丧着脸说：“丫头，你真够狠的。”

“还好还好，这不都是跟您学的！”

“你！”陆世安被说得哑口无言，忙对萧栀然说，“小然，你离她远点儿，免得被带坏了！”

谁知萧栀然并不买账，一本正经地说道：“老师，刚才的录音我已经给你发过去了，要不要我帮你设定成铃声……”

陆世安气得脸都快歪了。絮暖和顾北寒在旁无声地偷笑，看来萧栀然已经被他们带坏了。

下午三点，暑气渐渐消散了些，南零落已经在医院门口徘徊了近两个小时，双颊被晒得通红，汗水打湿衣衫，她却依旧拿不定主意，不知该不该去见陆世安。她憎恨自己此刻的软弱，或许是在害怕，害怕对方的答案，会泯灭她心底仅存的一丝希望，所以宁可自欺欺人地觉得对方是心存愧疚的，也不愿亲口听到他说出残忍的话语。

踌躇间，耳边突兀地响起刺耳的鸣笛声，一辆救护车急速驶来，在大门前停下。躺在担架上身负重伤的男人被医务人员抬下来，紧随其后的还有一个年轻的女人，哭得声嘶力竭，手上沾满了鲜血，面露绝望。而后一群人浩浩荡荡地往急救室跑。

南零落站在不远处目睹了这一切，心被狠狠揪起。这里，每天上演着生离死别，谁也不知道明天和死亡哪个会先到来。有些离别可能会是永别，而有些话如果不及时大声地告诉对方，可能就永远没机会说了。

南零落终于下定决心，走进了医院。她推开安主任的病房门，却发现里头空无一人。但似乎刚有人来过，茶几上放着几个纸杯，里面的水才喝了一半。不用猜，她就知道会来看望陆世安的恐怕也只有絮暖等人了。无意间她瞥见枕头旁的笔记本，心中一沉，鬼使神差地就摸上那个本子。她知道陆世安有写日记的习惯，也想知道这些天，他都在想些什么，里面是否会提及她和母亲。她翻着纸张的手指微微发颤，直接翻阅到最后一页，上面的日期正是昨天，却只有短短的一句话。

樱草，我想我很快就能来陪你了！

南零落气血翻腾，又急切地往前翻，几乎每一页都会出现夏樱草的名字。她红着眼，几近发狂。夏樱草，竟然又是夏樱草！那她和母亲到底又算什么，难道只是一个笑话吗？

窗外时不时地传来欢声笑语，立刻引起她的注意。她走过去，脸上血色褪尽。原来陆世安正和絮暖等人在楼下的花园里散步。因为萧栀然的出现，吸引了不少人围观。当事人倒不以为然，南零落看着阳光照耀下的笑颜，冷冷笑起来。

“看上去还真是幸福呢！”她突然觉得自己好傻，傻到以为陆世安会给自己一个解释。明明已经这么久了，如果他真的对自己的所作所为有悔意，早就该来找她了，可事实上并没有。

书包里的手机竟在此时响了起来，显示的却是一个陌生号码，南零落抹了把眼角的泪水接起来。

“南零落，被抛弃的滋味很不好受对不对？”那是一个低沉又鬼魅的声音，令人心悸。

南零落瞬间慌了，对着话筒喊：“你是谁？”

“别怕，我是可以帮你的人……”

鼎阳市北郊，南零落沿着宽敞的大路走了许久，起初还能看见沿街的楼房，渐渐便发现没了路，眼前只余一片茂密的林子。她走近了才发现，鹅卵石铺就的小路隐在葱绿的草堆里，绵延至幽径深处。

南零落拿出手机，点开一条没有备注姓名的短信，上面是一个地址：北郊36号。

刚才她途经35号，可以确定自己的方向没有错。可奇怪的是，之后便一直在原地打转，怎么也找不到这个36号，她暗骂了声，目光又重新落在那条隐秘的小路上。她思绪一转，眼睛亮起来，难道36号就在林子里头？如是想着，她深吸一口气，壮起胆子，亦步亦趋地往里走。

四周葱郁的大树遮天蔽日，挡住了午后热烈的光，凉风徐徐，吹得发丝飞扬，南零落把几缕遮住眼帘的发丝别到耳后。不知看到了什么，她瞪大眼睛停住脚步，林子后面果然别有洞天。

宽敞的平地上坐落着一座三层高的厂房，墙面锈迹斑斑，看似荒废多时。入口左侧的墙体上挂着块门牌，被风吹得剧烈摇晃，镶嵌在银色铁皮上的数字在阳光下刺眼夺目。

36号！南零落没再往里走，盯着那块门牌，心里涌起一丝胆怯。她低下头，视线定格在手机屏幕上的照片。那是张三人合照，看得出年月久远，泛黄的色调下，三个穿着绿色军装的少年对着镜头开怀大笑。虽然不知两侧的人是谁，可是中间那个眉目俊朗的少年，南零落一看便知是陆世安。即使这些年他的容貌变了许多，可那双深邃的目光是不会变的。

不久前，那个打电话的神秘男人把这张照片发给了她，并留下这个地址。

“你不想知道陆世安到底是怎样的人吗？为什么他不肯认你？和我见一面吧！只有我才能帮你。”男人诡异的声音犹在耳边。

从照片来看，他似乎是认识陆世安的。或许真的可以从他身上，解开自己心里的疑惑。南零落不再踌躇，握着手机的手紧了紧，径直走了进去。

似乎知道她会来，离底楼的大门还有数米时，门竟自动打开了。等她进到里面，耳边又是“哐当”一声巨响，那门俨然已经合上。一时间恐惧油然而生，南零落连忙巡视四周，除了头顶刺眼的白炽灯，和遮盖在墙面上的红色帘布，竟什么都没有。

半晌，一道低沉的男声当头落下：“我已经等你很久了。”

南零落抬头，二楼栏杆的阴影处有个人影在动。不知为何，就算隔了数十米远的距离相望，她仍能感觉到对方浑身散发的凌厉气息，似一股无形的压迫感袭来，让人难以喘息。

那人无法行走，只能靠轮椅代步，操控方向盘的手一动，轮椅从右侧的斜坡上滑下来，缓缓地来到她的面前。

等得靠近了，南零落终于看清男人的面容，心中一惊，大喊出声：“你是那张照片上的人！你到底是谁？”

那张三人合照，除了中间的陆世安，右侧还有个剃着板寸头的男人，五官硬朗，眉目间还带着几分傲气。眼前的人脸上虽然多了岁月的沟壑，可模样依旧没有多大变化，南零落确认自己没有认错。

男人望着她没有说话，按下轮椅上的开关。那瞬间，覆盖在四周墙体上的红色帘布齐齐落下，藏在后面的竟是一排排玻璃橱窗，里头陈列着满满的奖状和徽章。除此之外还有许多简报和照片，而那些东西上面都写着同一个人的名字。

“傅朝！”南零落转身喊出了男人的名字，“原来你和陆世安当年是一个部队的，你们是战友！”通过简报上的信息和老照片，她得出结论。

男人眯着眼，目光慢慢扫过眼前的玻璃橱窗，里面的每一件物品都记载着他曾经的辉煌，那是他为之奋斗的整个青春。如果没有陆世安的存在，他原本可以有更好的人生，而不是拖着这副残败的身躯苟延残喘到现在。

傅朝的眸中一片阴鸷，勾唇冷笑：“你错了，我们不是战友，而是死敌！”他慢慢地逼近她，掀掉盖在腿上的毯子。那双被截肢的腿暴露在灯光下，令人心悸。

南零落面色煞白，哆嗦着向后退了几步，便听到他说：“看到我这双腿了吗？都是因为陆世安，是他把我害成这样的！你不是恨他不肯认你吗？我也恨他，他是我们共同的敌人。只要你肯配合我，我帮你报仇怎么样？”

听到“报仇”，南零落心头一跳，急急问：“你到底要做什么？”

“哈哈哈，做什么！”傅朝双眼通红，猖狂大笑，“我要让他尝尽这世间所有的痛楚，我要把自己这些年受过的苦全部加到他的身上，看着他失去、绝望、痛不欲生！”

南零落一听，顿时慌了，颤抖着向门的方向跑：“我不会配合你的，你就是个疯子！”她就算再怎么恨陆世安，也绝不会选择如此残忍的手段伤害对方。

眼前的门宛若铜墙铁壁，无论她怎么用力，就是推不开。南零落嘶声大喊：“快放我出去！你要是不开门，我就报警了！”事到如今，她怎么会还看不明白，心里懊悔至极。这就是对方的圈套，自己怎么就一时鬼迷心窍上当了。

傅朝冷冷地看着她，脸上无一丝慌乱，在南零落掏出手机的瞬间，一个重物往她的后脑勺砸去。她吃痛地回头，视线逐渐模糊，身体倚着门滑到地上，彻底失去了知觉。

陆世安做完化疗回到病房，脸色比往日看起来更憔悴了些。医生告诉他，癌细胞扩散得很快，情况不容乐观。他一笑置之，谁也没告诉。因为化疗，头发大把大把地掉落，明明正值壮年，可眼下镜子中的他看起来更像一位迟暮的老人，心如死灰，油尽灯枯，仿佛一切都已走到尽头。

他失笑起来，戴上絮暖送的小黄帽，看着那明艳艳的黄色，心里头才渐渐暖和了些。手机却在这时响了，接起电话耳边却陷入冗长的沉默，陆世安的耐心告罄，在掐掉电话的前一秒，熟悉的声音蓦然响起：“陆世安，别来无恙！”

顿时，他的思绪翻飞，无数模糊的幻影挤进脑海，最后汇聚成一个身影，逐渐清晰起来。那一刻，他仿佛看见了自己的少年时光，听见那个少年明朗的笑声。

“安哥，下次我一定会赢你！”

“为什么，每一次大家都向着你，我到底哪里不如你？”

“陆世安，我会让你付出代价的！”

记忆如潮，汹涌而来，陆世安听到自己的心跳，震耳欲聋。

“傅朝，是你吗？”他的声音喑哑。

对方却冷冷地说道：“南零落现在在我的手上。陆世安，这么多年了，我们两个也该做个了断了……”

每个人的青春里，都会遇到几个让你刻骨铭心的人，那些人惊艳你的年少时光。傅朝于陆世安而言，便是那般特殊的存在。他们不是亲人，却胜似亲人。数年的军旅生涯，互相陪伴，并肩作战，原以为可以做一辈子的兄弟，却终究抵不过可怕的欲望。那时部队里，数他俩最出类拔萃，大家总是把两个人拿来做比较。傅朝心高气傲，处处都想争第一，谁料陆世安却总是技高一筹。他不甘屈于人下，终于在执行任务时，太想表

现自己，冲动行事，违背命令，犯下大错，也为此付出了极为惨痛的代价，不仅失去双腿，还离开了部队。

而陆世安更是在那次行动中，失去了自己的至爱和另一个兄弟南辰。

从回忆里抽回，仿佛做了一场噩梦。陆世安浑身是汗，站在厂房的大门前。对于絮暖和萧栀然，他终究还是食言了，再一次选择不告而别，只身涉险。他告诉自己，最后任性一次，有些人，终是要自己去面对的。

看着身前的大门缓缓而开，无一丝迟疑，毅然向前走去。

厂房里漆黑一片，悄然无声，静得只能听到自己急促的喘息声。

“傅朝，我来了，快放了南零落！”

无人回应，死寂般的沉默弥漫开来，耳边骤然响起水滴声，急切又诡异，似一只手扼住了喉咙，让人无法呼吸。

剧烈的血腥味争先恐后地钻入口鼻，陆世安僵在原地，脑中似有惊雷炸响，无数破碎的画面在脑中乱窜，最后拼凑出一个绝望的场景。

越发熟悉的感觉涌上心头，陆世安头痛欲裂，压抑住内心的不安，身体摇晃起来。灯光却在那一刻突然亮起，驱散冗长的黑暗。

用手抵在眼前隔绝刺眼的光线，等眼睛适应后他才抬头。那瞬间，他看见了一个人，那个这么多年来，只能在梦中相见的人。

女人被吊在半空中，浑身是伤，双眼紧闭，仿佛死了一般。那张脸，陆世安就算是死也不会忘记。

“樱草！怎么可能？”他永远都记得，那一次行动，歹徒为了报复他，劫持夏樱草当人质。他最爱的人就那样被悬吊在半空之中，伤痕累累，可最后他还是没能救下她，眼睁睁地看着对方死去。而多年前的情景竟然再次重演，为什么那个人会和樱草长着同样一张脸？陆世安已经分不清眼前到底是现实还是梦境。如果是梦，为什么一切都那么真实？但如果不是，那这个女人又是谁？

绳索缓缓下降，女人落在地上，陆世安飞奔过去，却在离她几步之遥的地方停住脚步。他浑身颤抖，看着那张脸，嘴唇先无声地动了动，最后终于忍不住内心的悲痛，嘶吼出声：“樱草，是你吗？”

女人奄奄一息地躺在地上，陆世安上前抱住她的身体：“樱草，求求你，求求你睁开眼，看一看我！”

有温热的液体流淌过指尖，刺得他眼睛生疼，他摇头大喊：“不会的，你不会死的，这一次我一定会救你出去！”

急促的脚步声忽然从远方而来，愈来愈近。有人从后头一把抓住他的手臂：“陆世安，夏樱草已经死了，我们快点儿走，这是命令！”

陆世安闻声回头，逆光中看见一个男人皱着眉头，声音一如记忆中那般坚定决绝。他惊讶地说道：“南辰，你怎么会在这里？”

陆世安几乎不敢相信自己的眼睛，他不会忘的。行动失败后，是南辰带着他和傅朝杀出重围，最后更是替他挡了一枪，壮烈牺牲。

这里到底是哪里？为什么夏樱草和南辰会相继“复活”？是他的记忆出错了，还是这一切只是场梦魇。

他撑着疼得快要撕裂的脑袋，身体不受控制地被人拖曳向前，而后紧紧抓住对方的衣服，出声质问：“南辰，这里到底是哪里？你不是死了吗？”

男人的目光越到他身后，不知看到什么，瞳孔微缩，一把推开他。陆世安踉跄几步摔在地上，耳边传来“砰”的一声，男人应声倒地。

“不！”他红着眼嘶声叫喊，多年前经历的绝望再次重演，把他打入了深渊。

“陆世安，眼睁睁地看着自己最爱的人和最好的兄弟在面前死去，却无能为力的感觉，是不是很绝望？”

陆世安仰头，傅朝森然可怖的脸和唇角诡异的笑容在眼前无限放大。

方才经历的一切在脑中循环上演，让他几近崩溃，剧烈的头痛唤回他仅存的一丝理智，他告诉自己，已经死的人是不会复活的！

“傅朝，这到底是怎么回事？”陆世安颤抖着，“樱草和南辰不是早就死了吗？你到底在暗中搞了什么鬼？”

傅朝轻笑：“陆世安你猜得没错，我确实使了一些手段。正如你所说的，人死不会复生。”话音才落，倒在远处的两个人相继站起，撕下脸上的面具，露出两张陌生的面孔。他们根本不是真正的樱草和南辰，为了让陆世安再次尝到失去至亲至爱的痛苦，傅朝苦心编排了这一出戏，还原了当初两人遇害的场景。

陆世安怔在原地，终于恍然：“看来之前找人假冒我的人也是你！”他没想到，傅朝对自己恨之入骨，今天竟然又故技重施，找人假冒了樱草和南辰。

“嗬，如果不那样做，我怎么可能把你逼出来？”

“老板！”假冒南辰的男人，上前一步。他身边的女孩抹了把脸上的“血迹”，看向陆世安，口气轻佻：“老头，要不要我们帮你解决了他？”

“小七，别胡闹！”男人把她揽到身后，皱眉斥责。女孩不悦地哼了一声，没再说话。

“白泽，你和小七到楼上去看着那个丫头，这里我自会处理！”见白泽定在原处，

又道，“放心，之前答应你们的条件，我自会做到。”

听到傅朝的承诺，白泽抿唇，拉着小七往外走。

得知南零落的下落，眼看门要关上，陆世安连忙从地上跳起来，拼尽全力往外冲。似乎早料到他会如此，傅朝不知又按了什么，门上突然多出了一层无形的电网。陆世安刚触到就被弹开，绝望地看着那门又再次合上。

“傅朝，你恨我，就冲我来啊！南零落是无辜的，你为什么要伤害她？”

陆世安的怒吼，反让傅朝更加兴奋，他疯狂地笑起来：“我要摧毁所有你在乎的东西。陆世安，看来到现在你还不明白，我为什么这么恨你？”傅朝咬着牙，逼近他，“我恨你明明得了第一，却每次跑来安慰我的样子；恨你故意输掉比赛，笑着祝贺我的样子，你的每副嘴脸都让我觉得很恶心。”

陆世安就像一面镜子，傅朝总是能从他那双真诚的眼睛里，看到自己的内心有多阴暗，手段有多卑劣。他想打碎这面镜子，唯有如此，才能继续自欺欺人地活下去。

“第一真的这么重要吗？我、你还有南辰，这么多年的兄弟情，难道还敌不过一个第一？”

面对陆世安的质问，傅朝忍不住发笑：“兄弟情？说得好听，我被赶出部队的时候，你有帮我说过一句好话吗？”

“傅朝，那时你不服从队长命令，擅自行动，每个人都要为自己的行为付出代价！”

“代价，你说得对！可是为什么我的腿断了，你却活得好好的？”

人一旦陷入欲望就会迷失自己，最后因为执念，被欲望吞噬。而现在的傅朝便是如此。

陆世安深吸一口气：“你到底要怎样才肯放过南零落？”

傅朝眼中血红一片，冷冷道：“跪下来求我，或许我一心软，就会放过她！”

陆世安知道此刻的自己没有资格与对方谈条件，只要有万分之一可以保全南零落的机会，他都会毫不犹豫地去做。

傅朝坐在轮椅上，看着眼前的人朝他靠近了几步，低下头，双腿一屈，跪在地上，声音沙哑：“求你放了她！”

这一幕他等了好久，他曾臆想过千次，那个他恨的人从云端坠落深渊，匍匐在地，恳求他的模样。他以为自己会快乐，可真当这一刻来临，他的心里却有种说不出的嫌恶，而这种嫌恶却是因为自己。

在他的记忆里，陆世安永远善良真诚，可以为了别人牺牲自己。就如此刻，为了救南零落，他可以抛弃所有，卑微如蝼蚁。他恨陆世安这个样子，永远都在为别人，显得他是那样的自私丑陋。

“你说，南辰的女儿看到这一幕，知道当初是你害死了他的父亲，会不会更恨你？她的父亲因你而死，你现在为了她，丢掉自尊，跪在我的面前。陆世安，你这个假父亲当得可真伟大，宁可让对方恨着你，也不愿让她知道自己的父亲早就死了！”

其实也多亏了南零落，傅朝才知道陆世安这些年一直藏在鼎阳市。通过调查，他发现南辰死后，竟有人一直在冒充南辰给南零落写信，直觉告诉他那个人就是陆世安。后来他跟踪南零落来到樱草，还让白泽易容成陆世安，逼对方现身。

经对方如此一说，陆世安才察觉到墙角处的摄像头。他知道傅朝是想让南零落看到这一切，得知父亲的死因，更加恨自己。这些他都不怕，他只怕救不了那个孩子，到下面无颜面对南辰。

“傅朝，从南辰死的那天起，我就发过誓，要替他好好照顾南零落。求你看在南辰的分儿上，放了那个孩子！”

南辰比陆世安和傅朝要年长许多，当年三人在同一个部队，关系熟稔后才知南辰早在家乡就已经娶妻。因为工种的关系，南辰曾想过和妻子离婚，让对方改嫁。谁知对方却宁死不从，后来有了孩子，两人才打消了念头，决定好好过日子。

陆世安记得那是出任务的前一天，南辰兴奋地告诉他，任务结束后，准备请探亲假，回去看看从未谋面的孩子，尽一个父亲的责任。可是谁能想到，对方因为救他，永远地停留在了三十岁。

后来，陆世安见到了南辰的妻子，对方没有恨他，只求他以南辰的名义给孩子写信。他明白作为一个母亲的良苦用心，之后这些年里，他每月都会给她们寄生活费，以一个父亲的口吻，通过书信的方式关心着南零落的成长，却不敢去见她们。他把自己藏起来，和任何人都保持着安全的距离，因为他觉得自己是不幸的。南辰、夏樱草，他害怕还会有人会因为自己而受到伤害。

可是这一切还是发生了，南零落因他而身处险境。其实早在樱草意外火灾、他救絮暖时，就从南零落母亲留给她的遗物里看见照片，认出了对方的身份。他以为不告诉对方真相，便是最好的安排。即便对方恨着自己，也总比让她知道父亲其实已经死了好。

厂房三楼，最北的小房间里，南零落被绑在木椅上，里头光线很暗，唯有正前方的那块电子显示屏透着幽光。

她盯着前方的屏幕，小脸被光衬得愈显苍白。此时楼下发生的一切，都呈现在屏幕中，傅朝与陆世安的对话，她更是一字不漏地听在耳里。

那瞬间，恐慌就像只钻心蚀骨的虫，爬满全身。她无措极了，拼命地摇着头，泪水夺眶而出，不停地在心里告诉自己，他们一定在骗她！她的父亲没死，是陆世安辜负了她和母亲！

“有没有人？快放我出去！”南零落奋力地叫喊。她要去找陆世安和傅朝当面对质，问他们为什么要说谎！

守在门口的小七听见声音，开门进去，踢了踢南零落的椅子，不耐烦地说道：“吵什么吵！”

“快放我出去，我要见陆世安！”南零落朝小七喊道。

小七皱眉，眼前神情激动的女孩，眼睛通红，明明看起来一副弱不禁风的模样，却一遍遍地恳求着她。

小七心里不禁发软，来不及回应，就听到外头的白泽在喊自己，终于还是狠心地说道：“你别喊了，只要你乖乖的，我们是不会伤害你的。”说着走了出去。

南零落不再坐以待毙，身体用力向前倾，连人带椅爬到门前，用力地撞门，大声求救。

白泽见小七出来，才放下手中的电话：“钱已经到位了，收拾东西走人。”

“什么？这么快，没想到老头倒是挺守信用的！不过师父，我们走了，老头和那个女孩怎么办？”

“记住，我们只是拿人钱财，替人消灾，谁给我们钱，谁就是我们的老板。如今任务已经完成，其他的便跟我们没有关系了。”说到这里，白泽声音沉下去，“而且他既然一心求死，我们也该成全他。”

这些年，白泽带着小七帮傅朝做事。傅朝的为人他再清楚不过，一旦他所决定的事情，便无人可以改变。陆世安是傅朝的死敌，千辛万苦找了他这么多年，傅朝是不会放过他的，也不准备放过自己。他亲眼看见傅朝在厂房里装了爆炸装置，或许从一开始他便做了与对方同归于尽的打算。

小七哪能听不出他话里的意思，睁大眼睛，说：“师父，你是说老头他……”

白泽打断她，语气坚定：“别问了，简单收拾一下，我们现在就走！至于那个女孩，我前面看过监控，会有人来救她的。”

厂房外的树林里，顾北寒步履匆匆。絮暖小心翼翼地跟在后面，见他顿住脚步转身，连忙跳进草丛里。可惜动作幅度太大，又落地不稳，屁股摔在坚硬的泥土上，吃痛地喊了一声。声音虽轻，却还是被顾北寒抓了个正着。

他伸出手把她从地上拉起来，口气很是不满：“我不是让你待在外面等警察来吗？絮暖，里面太危险了，你就老实在这里待着好不好？”

“不好！”絮暖摇头，“我知道里面很危险，可我不能眼睁睁地看着你一个人去冒险啊！要留就一起留，或者就一起进去，反正你不能丢下我一个人！”絮暖最怕的就是无能为力，什么都不能做的等待。

顾北寒从她的眼中看到无法动摇的坚定，轻叹一口气，到底还是败给她，说：“那进去后你必须答应我，不能冲动逞强，见情况不对就跑！”

絮暖乖乖点头，小声嘟囔：“我知道……”

陆世安再次不告而别，令絮暖心急如焚。他们赶到医院时，只看到他留下的字条和一封给南零落的书信。字条简单地交代了事情的前因后果，南零落有危险，他已孤身前去营救。记忆里，他好像总是这个样子，把所有的苦难都留给自己，就算天塌下来，也要自己去扛，默默地承受一切。

好在自从上次探望陆世安后，顾北寒便偷偷地在他的手机里安装了定位系统。而最后定位显示的位置便是在北郊附近，两人先是报了警，随即又匆匆赶往目的地。

穿过树林，进入厂房，三层的建筑，底楼的大门紧闭，两侧是通往上层的铁质楼梯。絮暖和顾北寒不敢轻举妄动，猫着身体躲在暗处，观察情况。

似乎有人下来，铁质的楼梯被急促的步伐震得“哐哐”作响。距离近了，他们才看清是一男一女，两人背着行李。

女孩望向底楼的大门，停住脚步说：“师父，真的不管老头了吗？”

“这么多年，我们也算仁至义尽，他想死，我们难道也陪着吗？”白泽没一丝迟疑，拉着小七的手臂往外走。师命难违，小七也不再多说，两人匆匆离开。

顾北寒并未现身阻拦，把絮暖护在身后，退到角落处。如今的情况，他们要救的是陆世安和南零落，没有必要和敌人发生正面冲突。

两人经过墙角时，絮暖才终于看清男人的面容，认出他就是那个假扮陆世安的人。她听沐天心说过，易容世家除了北方的沐家，还有南方的白家。两家向来不和，白家隐迹多年，没想到竟然在帮傅朝那样的人做事，真是侮辱了易容术，令人嗤笑。

等人走远，两人才走向底楼的大门，听到里面的交谈声，瞬间警觉起来。絮暖辨出陆世安的声音，也顾不得其他，立马拍门大喊：“安主任，你在里面吗？我是絮暖！我和奚言会救你出来的！”

顾北寒左右观望，企图寻找其他入口。

便听到里头传来熟悉的声音：“你们不要管我，先去救南零落，她被关在楼上！”

情势紧急，两人飞奔上楼，就听到最北的房间传来叫声。

“南零落，我是絮暖，你怎么样？有没有受伤？”絮暖砸着门，神色焦急。

南零落听到声音，怔在原地，泪流不止。她没想到穷途末路的时候，对方会赶来救

自己，连忙撞门回应，声音哽咽：“絮暖，我没事。”

门外落了锁，好在这地方荒废多时，物件都陈旧破烂。顾北寒估量了下，依他的腿力应该可以把门踢开。

絮暖见状又忙冲里头喊：“你先往后退一点儿，等会儿奚言会把门踢开！”

南零落应声，艰难地往后挪开数米。紧接着眼前的门瞬间轰然倒塌，两道身影相继从外面冲了进来。

絮暖迅速解开困住南零落的绳子，见她惊慌失措地望着自己，身体轻颤，无声流泪，伸手就抱住了她，拍着她的背，轻声安慰道：“南零落，别害怕，没事了！”

这一句“别害怕，没事了！”重重地落在南零落的心上，泪水像决了堤，泛滥成灾。

半晌，南零落平复心情，回过神来：“我要去找陆世安，我要当面问他，为什么要骗我？”

“南零落，你冷静点儿，听我说，安主任确实骗了你，其实他不是你的父亲。你的生父是南辰，这封信是你母亲当年写给安主任的，是她求安主任以南辰的名义给你写信的。”

此信本是陆世安离开前留下的，他怕自己有什么意外，便嘱托絮暖交给南零落。絮暖心急便带在了身边。直至今日，她才明白，南零落守着一个怎样的秘密，又是抱着怎样的心情，才会做出伤害樱草的事情来。

南零落拿着信的手在颤抖，泪水落在纸上，把熟悉的字迹氤氲开来。她看着母亲的字字句句，才明白当年的真相。她依然清晰地记得，母亲去世前，让她不要去恨。可她还是被仇恨蒙蔽了双眼，不仅踏上复仇的道路，还恨错了人，真是可笑。

“是我做错了！”南零落瘫坐在地上，目光空洞，自嘲地笑起来，“而且是大错特错！”

“南零落，你给我站起来，是人就会犯错，错了就去弥补啊！”絮暖大叫着，把她从地上拽起来，“一切还不晚，我们一起去把安主任救出来。”

可还没等他们冲下楼，就听到电子屏幕里传来嘶吼声，陆世安和傅朝缠斗在一起。

傅朝的眼睛红得像是来自地狱的幽冥，喊道：“陆世安，我要让你们陪我一起下地狱！”

陆世安看穿他的心思，擒住对方的双手，不让他触发轮椅上的按钮，转头看向墙角的摄像头，声嘶力竭地大喊：“奚言，快把她们带走，马上离开这里！”而后镜头里的男人凄然一笑，似最后的诀别，“樱草学院以后就拜托你们了！”

絮暖的心脏像被一只手揪紧，喘不过气来。她疯一般地冲下楼，奋力地砸门：“安主任，你快出来啊，我们一起走！求求你，求求你开开门！”

南零落跑到门前，哭着喊：“陆世安，你给我出来啊！你还欠我一个解释！我还没和你说对不起……”

可是无论她们怎么喊，那门却如铜墙铁壁，砸不开，踢不破。

“快走！奚言快带她们走！不要回头！”

陆世安的声音终于让怔在原地的顾北寒有了动作，他咬牙拉着身边的两个人拼命地往外冲。

“你放开我，安主任还没出来呢！我不要走！我要去救他！”无法挣脱禁锢，絮暖发了狠，张嘴就咬在顾北寒的手臂上。

对方连眉头都未皱一下，手上力道不松，轻而易举地就把她扛在肩头，另一只手死死地拽着南零落，毅然向前。他不敢回头，更不敢迟疑，这恐怕是他最后能为安主任所做的事了：服从他的命令，保护她们周全。无论如何，他都要做到。

等外头的脚步声逐渐远去，陆世安心头的大石头终于落地，也似乎耗尽了全身的力气，瘫倒在地上，重重喘息。他真的太累了，他想这次，终于可以永远地休息了。

“傅朝，南辰出任务前对我说，他真的好怀念我们三个人偷偷喝酒的日子。”他笑着看向眼前的男人，眼角的泪水顺着脸颊滑下来。

傅朝心头一触，手指摸到按钮，一字一顿地说道：“陆世安，如果有下辈子，我一定会赢你。”

顾北寒带着絮暖和南零落跑出厂房时，身后传来巨大的爆炸声。漫天火光熊熊燃起，瞬间吞噬了整座厂房，楼房坍塌，满地残垣。

那一刻，絮暖跪在地上，不敢回头，眼泪止不住地往外流。顾北寒半蹲在她的身前，任由对方的拳头砸在自己的身上。

“为什么不救他？为什么？”絮暖失控地哭喊，痛恨自己的无力。

顾北寒抿着唇没说话，把她紧紧地抱在怀中，无声流泪，而后一遍遍地说着：“对不起！”

南零落绝望地瘫坐在一旁，看着警车赶到，冲入火海，心如死灰。

“樱草学院以后就拜托你们了！”

絮暖闭上眼，仿佛还能看见那个男人的笑颜和明朗的笑声。

安主任再见了，这一次，恐怕是真的再也见不到了。

Tuo Xian Meng Xing Yirong Ji III

第七章

退学风波・白家挑战

案发后，絮暖等人接受警察的问话。警方确认案件始末，因罪犯的自杀行为引起爆炸，案件快速盖棺论定。

在那场巨大的爆炸里，陆世安永远地离开了。或许他只是去了另一个国度，那里有他爱的人，最好的兄弟，再无病痛，再无孤寂，这何尝又不是另一种圆满！

偌大的墓园里，雨淅淅沥沥地下着，低沉的哀乐和着微风回荡在耳畔，哀悼的人们撑着黑色雨伞，静默地站立在墓碑前。

月牙白的双人墓碑，两张小小的照片镶嵌在大理石上，右侧的女人明艳动人，左侧的男人眉目干净，一如众人记忆里的模样。按照陆世安的遗愿，死后终于可以和最爱的人合葬在一起。

告别仪式持续了半个多小时，来送陆世安最后一程的都是樱草学院的学生。大家鞠躬哀悼，把手中的花束放在碑前，静静哀思。

萧栀然一身黑衣，墨镜遮面，早已泪眼蒙眬。Nicole打着伞，拍她撑不住，在旁搀扶。萧栀然得知陆世安去世的消息时，正在剧组拍戏，赶去医院，只见到了一副冰冷的尸骸。她无法接受这样的结果，明明前不久还好端端的一个人，怎么就成了一抔黄土？在猝不及防的生离死别面前，人类是那样的渺小，无力撼动分毫，就算再痛，也只能被迫承受。

人群里传来一阵哭声，大宝哭得声嘶力竭："主任，你怎么就这样走了呢？你还有很多东西没教我呢，怎么能说话不算话？"陆世安对于大宝而言，是亦师亦友的存在。他敬佩他的勇敢无畏，可是这样一个人，老天还是把他带走了。

絮暖沉默地站着，时间不知过去了多久，人群渐渐散了，她却如同一座雕像，岿然不动。她从来都不爱哭，甚至厌恶哭泣，在她看来那是弱者的表现。可是这些天，她觉得自己就是个弱者，她几乎流尽了之前人生里所存的眼泪。

直至这一刻，她终于强忍住眼眶的泪水，告诉自己，必须收起悲伤，振作起来。她知道安主任不喜欢自己这副模样，他曾说她就像坚忍不拔的樱草花，就算跌落荆棘悬崖，也会披荆斩棘，开出最绚丽的花朵来。

她俯身，用衣袖小心翼翼地擦去墓碑上的雨水，声音坚定有力："安主任，你放心，我们都会好好的，和樱草一起走下去。"

顾北寒摸着腰间的手枪模型，看向墓碑："谢谢你，陆世安，当年你救下的小男孩已经长大。他也想成为一个像你一样勇敢、有担当的人！"通过陆世安的笔记本，顾北寒终于确认对方就是当年救下自己的军人，继而又弯腰郑重其事地鞠了一躬，笑道，"谢谢你，安主任，很高兴遇见你。"

很高兴遇见你，虽然短暂，你给我们的却是带不走的永恒。

直到这场最后的告别结束，絮暖都没见到南零落的身影。陆世安去世后，她便离开了樱草，消失在了大家的视野里。这次事件对她的打击巨大，絮暖很害怕，她会再做出什么傻事来。离开时，她依然忍不住四下张望，可终究还是失望而归。

渐远的身影被绵密的细雨裹着，慢慢模糊迷离。等完全瞧不见了，躲在暗处的少年才抱着白色的花束走上台阶，放下花束，朝墓碑深深鞠躬，轮廓分明的脸被雨水打湿，高富帅并不在意，侧身在墓碑旁坐下：“安主任，我来看你了！你倒是好啊，自个儿到上面享福去了！”他眯着眼抬头看天，笑起来，“到上面就不会痛了吧，应该也会见到你的爱人了吧！”

目光一转，他捕捉到不远处树后的一片衣角，眉目扬起：“你到底要躲到什么时候？”

原本想逃的身影闻声僵住，猛吸几口气，刚想迈开步伐继续逃走，出口已被人堵住。小小的身影不知所措地后退几步，却发现已无退路，整个人抵在树上。

高富帅的眸中夹着怒火，出声质问：“南零落，难道你连面对错误的勇气都没有吗？”他刚才一直躲在暗处，想等人离开了再现身，谁料竟无意间发现了同样躲起来的南零落。

“我……”南零落面色惨白，低头咬唇。

见状，高富帅的口气不禁软了下来：“安主任走了，大家都很难过，我知道你也是。可是逃避终究不是办法，有些事情，你终究是要面对的！”

南零落攥紧拳头，反驳他：“高富帅，你有什么资格说我？你还不是一样，偷偷地跑来。每个人都有无法面对的人和事，你为什么又要逼我……”

说着，身体像失去依托，无力地蹲在地上，蜷缩成团，把头埋在腿间。她多希望雨水能冲走悲伤，心里的痛却根深蒂固。回首这些日子，她因为恨，伤害了许多人；她甚至来不及和陆世安说一声对不起，再见已天人相隔。老天是残忍的，竟连一个补偿的机会都不给她。如果她没有去见傅朝，陆世安就不会去救他，也就不会死了。如果她能勇敢一些，找他问出事情的真相，或许一切都会不同。

可惜没有如果，她无法原谅这样罪孽深重的自己，只能选择躲起来，不敢回到樱草学院，面对昔日的同学。

可她终究也是骄傲的，即使走到这样一败涂地的境地，也不敢放肆大哭一场，难过极了，便低头咬着自己的手背，企图用这样的方式让心里的痛楚减少几分。

高富帅看在眼里，拽她起身，嘶声怒斥："南零落你疯了吗？快松口！"

南零落红着眼眶，置若罔闻，手臂却被身旁的人抓住，抵不过那力道，败下阵来。只见那雪白的肌肤上刻着深深的牙印，隐隐透出几分血丝，她却不觉得疼。她失魂落魄地站着，被雨水打湿的发丝沾在脸上，神情悲伤又绝望。

陆世安去世的消息传来，高富帅从顾北寒的口中得知了事情的来龙去脉。他知道以南零落那样偏执的性格，一定会把所有罪责揽在自己身上，可是她又有什么错呢？她不过是一个渴望父爱的孩子罢了，恨的对立面何尝不是因为太渴望爱了，才会因一念之差，深陷泥潭而无法自拔。他不是她，也无法感同身受她的痛。可作为朋友，此刻他也想为她分担痛楚，哪怕只有分毫。

他怕她再这样憋着不哭，会积郁成疾，咬牙狠心地说道："你以为这样伤害自己，大家就会原谅你吗？这样只会让别人看不起你！尤其是安主任，他默默地为你做了这么多。而你呢？只会躲起来，南零落你就是个自私又可怜的胆小鬼！"

"别说了！"南零落捂着耳朵，拼命摇头，"不是的，我也不想这个样子，我也不想的，可是我好害怕……全部都是因为我，是我害死了安主任！"

"没人会原谅你的，你就是个自私又可怜的胆小鬼！"眼前是高富帅咄咄逼人的样子，那样尖利残忍的话语就像一把刀捅入心脏。南零落眼眶里强忍的泪水，再也控制不住，滚滚而落，滴在高富帅上的手背上，烫得他猛然一惊。

他走过去，手掌轻放在她的脑袋上："哭吧，好好地大哭一场！哭完之后做回最初的那个你。"

细雨中，女孩的肩膀微微抽动，由起初的小心抽泣到后来的放声大哭。旁人被惊动，却无人能懂她此刻的悲伤，唯有她身前的少年，耐心地陪伴，静静地聆听着这份悲伤。

等她止住了哭泣，便被少年抓住手。

"走，我带你去个可以忘却烦恼的地方！"少年笑容灿烂。

她抬头，已是雨后初霁，天空一碧如洗。

南零落怎么都没想到，高富帅会带她来到骑马场。两人换好骑马装，高富帅牵着一匹小白马来到她面前。

"怎么样，要不要试试骑马的感觉？"看着少年灿烂的笑容，她不忍拒绝。那马虽然是众多马中个头最矮的，却比南零落还是要高出许多。她看了眼，心生畏惧，最后还是咬牙点了点头。

高富帅上前帮她踩上马镫，吃力地跨过马鞍，身子还没坐稳，马儿就向前走了起来。南零落吓得花容失色，失声尖叫。

高富帅眼疾手快地拉住缰绳，笑着安慰：“别害怕！不会有事的。”

见少年在一旁控制着马，她才安定下来，身体却依然绷得紧紧的。

“放轻松，深呼吸，把身体重心压低，身体跟着马儿的节奏。”

按照高富帅的话，南零落慢慢地放松下来，身体开始和马儿踱步的频率一致。掌握要领后，她发现骑马似乎并没有那么可怕。她看着眼前翠绿的草地，感受微风拂面的轻柔，心里竟明朗许多。

马上的南零落穿着红色的骑马装，身姿挺拔，扎起的马尾干净利落，跟着马儿起起伏伏，甩起好看的弧线，人似乎也沉浸在这份美好里，唇角挂着清浅的笑意。她的平衡感很好，渐渐竟有些不满足当下的速度：“喂，高富帅，能不能让它跑得再快些？”

高富帅诧异，挑眉问：“你确定？”

“我的样子像开玩笑？”南零落口气认真地反问。

“我怕你等会儿会被吓哭！”他打趣着，也不给对方反驳的时间，身体轻巧一跃，踩上马镫，翻身上马，坐在南零落的身后。对方毕竟是新手，他只好亲自上马操控缰绳。

“坐稳啦！”

高富帅挥动缰绳，腿夹着马肚，动作自然娴熟。南零落还未回过神，马已如离弦的箭，飞驰起来。风掠过发间，马儿肆意地驰骋在草地上。南零落从未体验过这种感觉，四周的景物急速倒退，那一刻似乎真的可以忘却所有的烦恼与不快，就那样无拘无束、酣畅淋漓地向前奔跑，阳光灿烂，岁月静好。

两人跑累了，便把马拴在树上，选了块干净的草地坐下休息。

南零落郁闷的情绪，通过这场奔跑宣泄而出，好了许多。身边的少年，双臂枕着脑袋躺下，神情慵懒，沐浴在阳光中。和他相比，南零落却显得十分局促，笔直地坐着。好像很多时候，她都是这个样子，防备周遭的一切，心里的弦总是绷得紧紧的，一刻都不敢放松。

“喂，你这样累不累啊？像我这样躺着多舒服啊！”见人不动，他伸手拉她，“我每次骑完马，就喜欢这样躺着晒太阳，可舒服了，不信你试试。”

南零落抿了抿唇，犹豫半晌，最后挨着他躺下。雨后的天气凉爽宜人，冒尖的青草抵得后背痒痒的。她学着对方的样子，伸出手臂，细碎的光从指间落在脸上，温暖斑驳。

高富帅看着女孩柔和的侧脸，轻轻开口：“南零落，人生没有过不去的坎，人生无难事，只要肯放弃！”

“啊？”南零落瞪大眼睛看他。

高富帅“呸”了一声，又道：“我是想说努力一定能成功，但是不努力一定很爽！”

“……”

少年拧紧眉头，小脸皱起来，又快速瞄了眼手背上的字，急急出声：“万事开头难，中间难，结尾也难！”

“……”

“这都是些什么鬼东西！”高富帅忍不住爆了句粗口。

“你手上写的是什么？”南零落见他的手上有字，起身去看。

“没……没什么！”他心虚得像个犯错的小孩，把手藏在身后，来回搓擦，企图消灭证据。

南零落出手极快，一把抓住。少年手掌上面用圆珠笔密密麻麻地写了好多字。

“我不知道该说些什么让你振作起来，便想去抄几句励志名言。谁想到……”

谁想时间紧急，他看走眼瞎抄了几句，还都是黑鸡汤，真是颜面尽失，被自己蠢哭了。

南零落怔住，瞬间明白对方的心意，眼眶泛红，鼻头也不禁有些发酸。看着少年又急又气的模样，她忍俊不禁地说：“高富帅，其实今天骑马的你有那么点儿帅。”怕对方骄傲，她伸出手指头认真比画。

高富帅看着她的动作，像有轻风抚过心头，刚才满满的挫败感，荡然无存。虽然只有小指头那么点儿帅，可这应该是他记忆里，对方第一次夸奖自己。南零落的身上总有着自己的锋芒和小骄傲，似乎谁都不能入她的法眼。他们起初的相处也是如此，她直言不讳地吐槽他，后来也不知怎的，或许是摸透了彼此的性格脾性，相处反而越发融洽。

“南零落，其实这个世界没你想象的那么糟糕。即使过去很糟糕，那也已经过去了，谁又会知道未来会怎么样呢？与其躲起来伤心难过，害怕伤害，不如大胆地走出去看看，至少不留遗憾。安主任若是在天有灵，也一定希望你是快乐的。”

原来桀骜不羁的少年，也会放下所有的姿态，这般小心谨慎地劝慰别人。南零落望着他，少年的眼睛里仿佛盛满了星辰，亮得惊人。

她真的不想再留下遗憾了，当初就是因为自己怯弱，才会误会陆世安，做出伤害对方的事情。他为她付出了那么多，可她又为他做过些什么呢？

“我会回到樱草的！安主任最大的心愿，就是希望我们可以和樱草一起走下去，这次我不想再辜负他了！”南零落终于下定决心。就像高富帅说的，她该走出去了，挣脱自己设下的枷锁，去为樱草尽自己的一份力，来弥补曾经犯下的过错。

高富帅心喜，听到南零落如此说，觉得自己费尽心思所做的一切都是值得的。

“那你呢，什么时候回去？”

少年不看他，亮晶晶的眼睛骤然间聚起一层阴霾，落在远方天际：“再等等吧！”

当局者迷，劝人容易，劝己难，人最大的敌人何尝不是自己呢？

高富帅把南零落送到樱草校的门口便独自离开。南零落呆立在原地好一会儿，等他的背影完全瞧不见了，才拖着行李箱往里走。

宿舍在大扫除，絮暖去储物室拿清扫工具。外头太阳毒辣，蝉鸣阵阵，还未抓住春天的脚步，夏天就悄无声息地来了。途经花坛，开春时种下的樱草花种子，在春雨的滋润下生根发芽，长势喜人，想来再过不久，这里又能恢复往日之景，繁花绚烂。当初她想着等安主任回来，看到樱草花海一定会很开心，可惜却再也等不到了。絮暖叹了口气，拍拍自己的脸，试图打起精神来。

午后的林荫小道，静谧无声，行人寥寥，滚轮滑过地面的声音，显得突兀刺耳。絮暖闻声抬头，视线定格在远方拖着行李箱的女孩身上。看清楚来人，她的眼睛蓦然睁大，手上力道一松，清扫工具“噼里啪啦”地落在地上。

南零落被这声巨响惊得抬头，对上絮暖的目光，步子顿住，握着行李箱的手发紧，不知所措地僵在原地。刚才一路她还在心中酝酿措辞，明明有许多话想对絮暖说。可是此刻，她却又不知该如何说起，害怕地往后退了几步。

这个动作，彻底把絮暖惹怒。她粗鲁地踢开脚边挡道的工具，气急败坏地朝对方冲过去，抓住她的手：“南零落，你又想逃吗？”

“不是的！”南零落摇头，唇片微微翕动，喉咙却像被什么卡住了，发不出声音，千言万语最终只化作“对不起”三个字。

“对不起有什么用？安主任能活过来吗？一切可以重来吗？”

絮暖强忍泪水的样子刺得南零落心口发痛，她也知道对不起毫无意义，可是怎么办呢？如果可以，她甚至希望死的是自己，如果一切可以重来该有多好。

“絮暖，我知道你恨我怪我，是我错了，一切都是我咎由自取。我不奢求你能原谅，我只希望可以留在樱草，弥补自己之前犯下的过错。”她低着头，口气卑微，那样恳求自己，一点儿都不像絮暖记忆里那个骄傲自负的南零落。

絮暖走近她，按住对方发颤的肩膀，逼她与自己对视：“南零落，你听清楚了，安主任的事情，我从来没怪过你，也没有资格。一切都是他自己的选择，那是你们两个人的事情，作为旁观者，我尊重你们。我真正气的是，这么久了，你到底有没有把我当成朋友？为什么什么事情都藏在心里，一个人扛着，难过了，又自己躲起来……”絮暖声音哽咽，小心翼翼地发问，“这一次回来，你不会再走了吧？”

安主任走了，她希望樱草的每个人都好好地在一起。

“嗯！”南零落重重地点头，泪水夺眶而出，“絮暖，我发誓，再也不走了！”

絮暖抹掉眼角的泪水，上前一步抱住她：“南零落，欢迎你回来。”

南零落身子一颤，哭出声音。

这个世界最好的友情是什么，无论何时何地，对方都会给你一个拥抱，等你倦了累了来依靠。

谢谢你，絮暖；谢谢你，朋友。

按照安主任生前定下的遗嘱，在他走后，樱草学院的管理权便由萧栀然继承。萧栀然倒不负众望，花重金修葺校园，还招募了一批新的老师，大力改善了樱草的师资力量。不过碍于工作原因，许多事情她不能亲力亲为，大宝和絮暖几个人只好亲自上阵协助，日子倒过得忙碌又充实。

一个月下来，樱草可谓改头换面，为了提供给大家一个良好的学习环境，不仅教学楼外墙焕然一新，连里头的教学硬件设施也换成了最好的。校园整修已到验收阶段，大宝让絮暖和顾北寒巡查一遍，看看还有哪些地方可以改善。

走在校园里，絮暖恍如隔世。

不过短短一个月，樱草的变化是巨大的。学校后花园的景色别致，原本荒废已久的死湖，换了清澈干净的水源，湖光潋滟，碧蓝澄净；里头栽种了大片荷花，红白交错，开得正艳。如此美景，絮暖心中雀跃，嘴角上扬，步履也轻快不少。她一时玩心大起，踮脚俯身去摘湖边的荷叶。

顾北寒被她冒失的行为吓得不轻，扬眉大喊：“喂，你小心点儿，掉下去，我可不会救你！”

“不用你救，我会游泳。”她笑得得意，把荷叶当作伞，隔绝了烈阳，周遭果然凉爽许多，而后穿过弯弯绕绕的石桥，径直跑向湖心亭。

顾北寒跟在后头，竟有些吃力，对方也不知着了什么魔，速度快得惊人。

荷叶变成玩具在手中翻转，絮暖在亭中晃了一圈。朱砂梁柱，飞檐翘角，上头还系着铜铃，夏风一吹，叮叮当当，真是好听。她撑着栏杆，眼睛发亮，冲顾北寒挥手：“快看，这里面还有小乌龟！”

笑声与铃声交织，在夹着暑气的风中，竟丝毫不让人觉得烦躁。顾北寒朝她指的方向望去。果不其然，那应该是只巴西龟，墨绿色条纹的龟背一翻，此刻正以仰泳的姿势，浮在层层叠叠的花叶间，动作很是滑稽。

顾北寒听着她的笑声，望着她，声音低沉："絮暖，我发现很久没看见你笑了。"

"嗯？"她微愣，恍然明白他话里的意思。

安主任走后，她曾失落过一段时间，可是生活仍要继续，不是吗？努力认真地活着就是对那些逝去的人最好的宽慰，而人在经历一些事情后，也会悄然成长，告别那个不成熟的自己。

"我以后再也不会那样了。"她语气坚定，朝他眨眨眼，眼里似淬了金色的光影，"我可是打不死的小强，当然每天都要过得开开心心！"

"走吧，教学楼那边还有几个地方，我们还没看呢！"絮暖说着人已经往外跑，背影融在光里，耀眼极了。顾北寒站在凉亭的暗处，朝渐远的身影伸出手，却发现怎么也抓不住。

教学楼的许多教学设施都是新引进来的，絮暖舞刀弄枪还行，电子产品着实令她绞尽脑汁。好在顾北寒这方面十分精通，粗略地看了一遍操作说明书，便驾轻就熟了。顾北寒检查一样，絮暖便在设备清单上画掉一样。两人配合默契，倒没花多少时间。

回去时，他们遇见了在花坛修剪花草的南零落。这炎热酷暑，人在外头根本站不住，极其容易中暑。南零落也不知待了多久，满头是汗，双颊晒得通红。

"你也真是的，这么大热的天，人人都往室内跑，你倒好，跑到外面，就算要修剪花草也不急于这一时啊！"絮暖把纸巾递过去，话里虽有埋怨却难掩担心。

南零落接过，笑而不语。望着眼前绚烂的樱草花海，心里却一点儿都不觉得累。当初是她一把火烧了花海，如今又由她亲手种下，这其中的意义是巨大的。或许只有这样，她的心里对陆世安的愧疚才能减少几分。

絮暖哪里看不明白，也不多说，见南零落已经干完了手上的活，顺势帮她拿起工具，一起往回走。

一路上三个人说说笑笑，絮暖急着跟南零落分享刚才见到的池塘美景，心里恨不得马上带她去瞧瞧。南零落听着她的描绘，眼睛微微眯起，唇角带着笑。絮暖说到兴起时，几乎手舞足蹈。顾北寒绅士地接过她们手中的工具，静静地跟在后面。

走到教师办公楼下，耳边传来杂乱的脚步声，几名学生飞快地从里面冲出来。后面有个声音在喊："你们跑这么快干什么，就不能再考虑一下吗？"大宝跑到楼梯口，身

子一歪，把脚崴了，扶着墙，眼睁睁地看着几个人跑远了。

那快跑的几个人在小道上与絮暖他们狭路相逢，视线相撞，面露慌张，像是干了什么坏事，速度倒是不减，溜之大吉。

大宝见到絮暖，也不顾脚痛，神色凝重，一开口就扯了嗓子道：“大事不好啦！”

絮暖听了心里一“咯噔”，后又想大宝说话一向夸张，不急不缓地问：“怎么了？”

或许是真碰上什么不得了的大事，大宝急得满头大汗，又加上腿疼，说话都不利索了，磕巴了半天，也没说明白。

“我看还是先扶大宝老师到办公室休息会儿吧。”南零落提议，大家扶人上楼。

大宝身子坐定，猛灌了一杯茶，才缓过气来，把舌头捋直了：“就是刚刚那几个学生，跑来找我说要退学！”

“退学？”絮暖诧异，再次确认，“你没听错吧？会不会是你幻听了？”

“你可以侮辱我的智商，但不能侮辱我敏锐的听力！”大宝气得脸都绿了，“我确信自己没有听错，他们确实说要退学！”

“那就奇怪了，最近樱草整修的事反响很好啊，而且学校重新聘请了一批优秀的老师，那些人为什么还想要退学？”南零落道出了大家心中的疑惑。

“我也觉得奇怪，问他们原因，他们都含糊其词，而且这已经是今天第二批来说退学的人了。樱草的生源本就不多，我怕再这样下去……”

大宝不敢再说下去，当初絮暖等人就是因为生源紧张才入的樱草。若是情况再恶劣下去，怕是会重蹈覆辙，樱草会又面临当初的局面。

顾北寒双臂环胸，倚在墙上，起身问道：“两批人？他们的说辞相似吗？”

“你这么一问，我倒是想起来了。他们的说法还真差不多，刚开始不肯说原因。我追问了好久，才说是父母不同意，好像是帮他们物色到了新学校。”

听到“新学校”三个字，顾北寒的心里已然有了答案，眸子越发阴沉。

“樱草的学生大多是家境不好有困难的，而樱草创办的主旨就是为了帮助他们，学费一直是市内最低的。他们还能到哪里找比樱草更好的新学校？”絮暖实在想不明白，看来只能找人当面问清楚了。

絮暖当即问大宝要了退学学生的名单，逐一去找人。

相处这么久了，大家都知道絮暖是不撞南墙不死心的性子，不愿与她正面起冲突，便开始躲她。絮暖好歹是班长，班级里的人都混得很熟，甚至他们常去的地方也了然于心；尤其是那几个顽皮点儿的，一到周末就往学校外的网吧跑。她和顾北寒蹲点了几日，总算找着了人。

网吧后头的小巷子，两人前后夹击，死死堵住出口。男生见没了“生路”，灰头土脸地把书包丢到地上，缴械投降：“班长大人，你就行行好，饶了我吧！”

絮暖拍掉身上的灰，大摇大摆地走过去，神情亲切极了，笑嘻嘻地道：“好啊，告诉我为什么退学，我就放你走。要不然……”话说一半，举起拳头吹了口气。

班里那些男生平时横得跟老虎似的，真遇上什么事就变成纸老虎了，欺软怕硬。她当然不会真打，就是吓唬下对方，希望他们把真相说出来。

谁料这招竟不管用，男生似乎下定决心，脸上战战兢兢的，口气倒是坚决，说：“这回就算你真打我，我也不会说的。要是说了，回家我爸妈肯定得揍我！”他脖子一扬，大有慷慨就义之感。

絮暖气极，说：“我就不明白了，你们最困难的时候，是樱草收留了你们。如今它越来越好了，你们反而要去所谓的‘新学校’，樱草到底哪里对不起你们了，你们一个个都要走？”

男生听了，心里也很不是滋味：“班长，樱草挺好的，只是真的父母之命难违，其实我也不想走……”他欲言又止，“总之你们别逼我了，有些话，我真的不能说。”

顾北寒沉思会儿，听出他言下之意，试探着问：“你们是不是和新学校签了保密协议。”

此话一出，男生惊讶地看他：“你怎么知道？”

“你不好说，我们也不好为难你。这样吧，不用你说，我们自己来猜。如果猜对了，你就把包捡起来，这样也不算你泄密了。”

顾北寒的提议不失为一个好法子，巧妙地解决了对方不能说的困境。男生觉得可行，不禁点头。

絮暖惊喜地看着顾北寒。他身子未动，靠在没有阳光的阴影里，嘴唇微微开启，好半晌才艰难地发出几个音节。

“是世英吗？”嗓音低沉喑哑，却又无比清晰。

男生不敢置信地睁大眼眸，俯身捡起方才丢在地上的包，肯定了这个答案。

絮暖想过很多答案，却怎么也想不到，抢他们生源的新学校竟然是世英。令她更诧异的是，顾北寒竟然一次就猜对了答案。她望着他，不知为何，竟觉得他的神情有种让人读不懂的悲伤。

小巷寂静，谁也没有说话，唯有阴影处传来一声无力的叹息。

顾北寒看着乌云密布的天，神色复杂，该来的终究还是来了。

当初世英就想收购樱草，如此一想，暗地使手段抢生源，逼樱草就范也在情理之中了。只是这么久了，他们竟然还不肯罢休，反而变本加厉，手段频出，后面的事情也就不难猜了。樱草的学生家境普遍不好，按正常情况是绝对支付不起世英昂贵的学费的。他们一定是开出了诱人的条件，絮暖连蒙带猜地套男生的话，才知道世英果然承诺，只要樱草的学生转到世英，便学费全免，还送上三倍奖学金。世英还是全市公认的好学校，也难怪那些家长和学生会心动；而且世英不仅让他们生源流失，甚至还试图挖走他们新聘请的老师。

既然安主任把樱草交给了萧栀然，絮暖觉得事态严重，必须把这件事件告诉对方，然后从长计议。

絮暖给萧栀然打电话，却一直联络不上，直到晚上才接到她的回电。那时大家都聚在大宝的办公室里思考对策，绞尽脑汁也未想到什么好办法，气氛沉闷又压抑，直到电话铃响，打破沉默。

絮暖简明扼要地给萧栀然说明了事情的来龙去脉，对方要求打开视频通话。画面里出现一道身影，萧栀然刚拍完夜戏，妆都来不及卸，神情很是疲惫，在看到大家都愁眉苦脸后，努力强撑起笑容。

"其实在我接手樱草后，世英的顾董私下找我谈过收购樱草的事情，当时被我一口回绝了。因为怕大家担心，我便有所隐瞒，却没想到他竟然使出这样卑鄙的手段来对付樱草。不过这事我已经想到了应对的办法。之前因为安老师，我一直不能好好地利用自身的资源来宣传樱草，如果可以通过我的影响力，再借助各大媒体的传播，让更多人知道樱草的存在，生源的问题也就迎刃而解了。"

明星效应绝对是最佳的宣传途径，却也是把双刃剑，若拿捏得当，便水到渠成；可如果用力过猛，怕又会扯上炒作之嫌，而絮暖其实更担心的是萧栀然的名声。她沉思了会儿，小心翼翼地问："这个办法好是好，可你真的没有关系吗？我怕……"

"放心吧，经纪公司那边我会搞定的，不会有任何问题。眼下最好的办法，就是由我出面。"萧栀然口气坚定，似乎已经下定了决心，任谁也无法动摇。

絮暖当然懂得萧栀然此刻的心情，不计较自己的得失，拼尽全力也想保住樱草的这份心，是这里每个人共同拥有的。因为懂得，所以尊重。

"既然如此，那我们快点儿想想该怎样来宣传樱草吧。"

大宝的头发都已经被抓成鸡窝了，还是没一丝头绪。南零落听着他的叹气声，一向镇定自若的她也显得心浮气躁起来。

"举办一次学校开放日怎么样？"顾北寒思量半天，终于出声，"带学生和家长参观樱草，还让他们体验我们的特色课程。”

絮暖一听，混沌的思绪逐渐清晰，说：“外界对樱草的信息了解得太少，让他们亲身来参观体验，能更直观地了解樱草的优势，我觉得可以有！”

“这个办法不错，到时候我会提前在微博上发布开放日的信息，再通知一些媒体帮忙推广，应该会有不少人来！”有了萧栀然的帮助，绝对能事半功倍。

大家一致通过，也不再耽搁，协作分工，忙活起来。

絮暖和南零落开始筹备开放日的策划案，敲定当日的各类细节。顾北寒和大宝则负责宣传物料的采购工作。大家团结一心，前期工作进行得非常顺利。

开放日前一周，萧栀然发布微博进行宣传。因为她承诺会亲临现场，遭到粉丝的疯狂转发，短短一个小时，转发数量就破几十万，跃居热门话题榜。随后媒体也跟风造势，樱草开放日的消息迅速传播开来。而后开放日的日程安排和报名流程也公布在学校的官网、贴吧及各大媒体网站。

午后的办公室里，静默无声，明明空调开得很低，絮暖还是燥热难当。她盯着电话的目光一刻都没有移开过。

“会不会我们把联系方式写错了，网上反响这么好，不可能一个报名电话都没有啊？”大宝眉头紧皱，冷不丁地冒出一句。

南零落回得干脆：“不可能的，我和絮暖都检查了好多遍，联系方式不可能有误，除非你提供的原始电话出错了。”

“那更不可能了！”大宝理直气壮地说，“我从入樱草以来，电话背得可比教案都熟！”

交谈间，絮暖忽然从椅子上跳起来：“等等，你们先静一静，我怎么听到有电话在响？”

听她这么一说，大家噤声，却只听到外头嗡嗡的蝉鸣声，便无其他。原以为是絮暖出现了幻觉，谁料顾北寒竟附和道：“确实有铃声！”

他耳力一向很好，说着身体已经循声而去。众人半信半疑地跟在后面，绕过书桌，竟在墙角底下发现了一部座机，铃声微弱，不细听真的难以察觉。

顾北寒顺势接起电话，说了几句，快速拿起笔在纸上记录信息，末了结束通话，长舒了一口气。他抬头发现大家正神色紧张地盯着自己。

絮暖喉咙发紧，小心地询问：“是报名参加开放日的人打来的吗？”

顾北寒不语，撑着额头，神色略显凝重。众人察言观色后，心里涌起失落。谁料少年忽然神色大变，扬眉展露笑颜：“刚接到一笔大单，有十几个人一起报名参加，看来我们有得忙了！”

“真的吗？”絮暖叫起来，看见对方点头，心里的石头才落了地。

“实在是太好了！”南零落握着她的手，两人欢快地蹦起来。

这几日他们的心情就像在坐过山车，途经悬崖，跌入深渊，又顽强地爬上高坡，一路跌宕起伏又如履薄冰，谁也不知道下一秒会发生什么。但他们别无选择，只能勇敢地走下去。

当絮暖意识到为何那部电话会遗留在角落里，找大宝寻求真相时，对方已经逃之夭夭了。事后他才心虚地想起，自己记住的电话号码一直都是之前的。后来樱草翻修，那电话不知怎的就被遗忘在了角落里，好在被大家及时发现，才没酿成大错。

有了先例，电话铃声接踵而至，报名的人数升至百人。絮暖和南零落认真地记录下来每个人的信息，安排接待流程。之后她们便又匆匆投身于学校布置中，在教室、办公室以及参观大厅里，都放上了樱草花束。紫色的花朵迎风飘扬，就好像安主任一直与大家同在，从未离开一样。

这场仗，他们必须赢。

开放日当天，时间未到，校门口已经拥挤着大量媒体和粉丝。絮暖根据受邀名单，放媒体陆续入场。萧栀然的几个狂热粉丝想混在人群里乘虚而入，却被保安抓了正着。对峙时正逢对面世英上学的高峰，车水马龙，引起了学生和家长的不满。

骂骂咧咧的声音传入耳朵，大都是“破学校还想学别人搞什么开放日，也不看看自己几斤几两重！”诸如此类难听的话语。

絮暖招呼着媒体，脸上笑意不减，心里却沉重了几分。好在事先考虑到会有粉丝作怪，他们特意从外面调来了不少保安，才能稳住局面。

絮暖不擅交际，把媒体丢给大宝，便与顾北寒一起整理等会儿要发放给学生和家长的宣传资料。

六月的天，还未到中午，阳光依旧灼热。两人站在校门口的黄色遮阳伞下，拆封刚从印刷厂拿回来的物料。絮暖半蹲着，被汗水浸湿的刘海凌乱地贴在双颊。因为没有工具，他们只能徒手撕拉包裹物料的塑料绳，手掌都被勒出红印。兴许是被逼急了，絮暖张了嘴，正准备不顾形象地用牙齿解决问题。

顾北寒终是看不下去了，说：“你等着，我去拿剪刀！”跑出几步，又回头，漆黑的眸中尽是狡黠，“我怕你把牙齿给绷坏了！”

絮暖一听，原本晒红的脸变得更红了。

怕絮暖久等，顾北寒跑得很快，回来时还折去小卖部买了水。接过冰镇的柠檬苏打水，凉意沁入肌肤，絮暖心中微微一动。眼前的少年喘着粗气，上衣都湿透了，依然对她笑得眉眼弯弯。

絮暖没说话，拧开瓶盖，喝了一口，浑身的燥热得以缓解。两人就那么坐在伞下，偷了会儿小懒，等到参观的人群入场，又开始马不停蹄地发放宣传资料。

为了避免粉丝骚乱，萧栀然是从樱草后门进入的。为表诚意，她亲自带着上午前来樱草的学生和家长参观了学校的陈列室，并且全程对媒体开放。参观完陈列室后便是樱草特色课程的展示，射击、攀岩等公开课会在学校各个场区进行。每个路口都有指示牌，参观者可以根据自己的需求前往参加。

射击场中，座无虚席，顾北寒作为优秀学生，亲自上阵示范射击。在全场人的注视下，少年身姿挺拔，面色沉静，组装枪支，子弹上膛，扣动扳机，整套动作行云流水，无一丝瑕疵，以5发49环的优异成绩，令全场掌声雷动。

耳边不断有女生的惊叫和赞美声，絮暖静静地站在铁丝网外，神情专注又虔诚，看着那个优秀的少年，唇角不自觉地勾起。直到南零落拍她肩膀，她才猛然回神。

南零落失笑：“看得这么入神啊，我刚喊你好几声，都不理我！”

絮暖不好意思地摸摸头，又听她笑道：“对了，这次开放日的反响很不错。我前面带那些人参观的时候，听到有家长说会考虑让孩子就读樱草！”

絮暖的眼睛亮了起来，说：“太好了！我就说咱们的努力不会白费，等会儿我还要去车站接下午来参观的人……”话音突然戛然而止。

南零落疑惑地循着絮暖望的方向看去：“怎么了？”

临近中午的天更闷热，一丝风也没有。也不知怎的，树叶竟微微晃动几声，似有一阵极弱的脚步声悄然离去，仿佛刚有人站在树后驻足窥探。

絮暖收回目光，说：“没什么。”

兴许是最近变故太多，她越发患得患失，心里没来由地发慌起来，怕有什么不好的事情发生。

时间紧迫，絮暖在食堂随意地扒了几口饭，就往学校附近的车站赶。这次樱草为参观的人安排了接送车辆，但是校门口不能停大巴，只能安排在车站停靠。絮暖拿着名单匆匆地赶去。车子发动机轰鸣，司机大叔正准备踩油门离开，便见后视镜里有个身影在朝自己挥手。他停下动作，就见车门被拍得“哐哐”作响。

他打开车门，外头的暑气涌进来，司机皱着眉看着气喘吁吁的人，问：“你是落下

什么东西了吗？”

“啊？”絮暖一脸蒙，“落什么东西？我人还没接呢，你怎么就走了？”说着就往车里望去，里面竟空空如也，什么人都没有。

“不对呀，师傅，你没接到人吗？”

“丫头你说什么呢，人不是刚刚才被你接走了吗？”

絮暖忍不住惊呼：“怎么可能？我才来呢！”

司机大叔瞪着眼睛，啐她一口：“小丫头，你是不是逗我玩呢？就在十分钟前，你跑来接走了这车人！”

怎么可能？可是司机大叔没必要骗她呀！

在絮暖思绪混乱时，司机大叔已然没了耐心：“我可没工夫陪你玩，还得赶着去接下一拨人呢。”

见他要关门，絮暖忙失声大喊：“你是说，刚才有个长得和我一模一样的人把人给接走的？”

“什么一模一样，我刚才看到的人就是你！”懒得多费口舌，司机油门一踩，车子扬长而去。

絮暖怔在原地好半晌，终于清醒过来。显然是有人易容成了她，提前接走了人。世上能有如此高超易容术的除了她师父，只有白家的人了。可是他们到底想要干什么呢？

絮暖边打电话，边往回赶，连打几通，都没人接，大家应该都在各自忙着。白家的人费尽心思把人接走，一定是想使坏，她必须快点儿赶回去阻止。絮暖跑回学校，门卫大叔看见她跟见了鬼似的，口齿不清地说道：“你什么时候出去的？你不是刚刚才带了群人进学校吗？”

看来她还是晚来一步，絮暖急忙问：“他们往哪个方向走的？”

“那……那边，我说你……”话没说完，人已经没了影。

樱草说大不大，说小也不小，光靠着一个模糊的方向找人，絮暖依旧没有头绪。教学楼后面是一座矮平房，里面平时堆积一些杂物，等于变相的储物室。絮暖穿过楼道，瞥了一眼，心想那地方又小又闷热，连扇窗都没有，还坐落在不起眼的角落，应该不会有人去那里。她刚迈脚准备往反方向寻找，就听到里头传来叫喊声，大门被人砸得剧烈震动。絮暖眼皮狂跳，循声而去。

“快放我们出去！有没有人啊？”门外被人锁上了，里面似乎关了不少人，尖叫和孩子的哭声交织在一起，喧嚣又杂乱。

絮暖哪里敢怠慢，可是现在跑出去拿工具显然来不及。里面没窗，也没有空调，只有狭小的通风口，这样的鬼天气，待久了随时有缺氧的可能。絮暖巡视四周，当机立断捡了一块利石，开始砸锁，来回砸了好几次，终于把门锁砸坏。

门被打开，人群蜂拥而出，无力地瘫软在地上，大口大口地喘气。

“你们没事吧，我这有水，要不要喝点儿？”几个女人和孩子，面色发白，显然有中暑的迹象。

众人听到声音，抬眼想看看“救命恩人”，表达感激之情。谁料再看见絮暖时，脸色皆变，愤怒地拍掉她手中的水。

絮暖怔住，被人团团围住。

“死丫头，刚才就是你把我们关在这里的，现在你在这装什么好心？”

“我们到底哪里得罪你了？你知不知道，你这样做会害死人的！”

“什么破学校，我和你说今天这事没完，我一定要告到教育局去！”

经他们一说，絮暖全明白了。那易容成她的人把他们关起来，就是为了败坏樱草的名声。一时间她百口莫辩，到底要怎么解释，才能让那些人相信，刚才关他们的那个人不是自己呢。

“不是我，真的不是我做的！”絮暖摇着头，但无人相信。他们用手指着她，用最恶毒的话语羞辱她和樱草。

很快便有媒体得到了消息，絮暖被推到聚光灯下，挣扎着大喊：“你们不要拍了，我的答案始终只有一个，就是关你们的那个人不是我。我什么也没做！”

顾北寒和南零落闻声赶来。两人挤进人海，把絮暖护在身后。看见他们，絮暖心里的委屈霎时涌了上来，眼眶泛红，朝他们摇头：“真的不是我！是有人易容成了我的样子，让他们认定一切都是我干的。”

“嗯，我们知道。”顾北寒没一丝犹豫，朝她笑。

南零落抓住她的手说：“絮暖，别怕，我们都在呢。”

絮暖吸吸发酸的鼻头，努力让自己镇定下来。其实明眼人细想，就能发现此事一定是有人在捣鬼。作为樱草的学生，何苦在今天做出这样本末倒置的事情，给樱草招黑呢？

“你们好好想想，如果真是絮暖把你们关起来的，她为什么不逃走，还亲自把你们放出来，被你们这样辱骂？”顾北寒如此一说，那些刚才还在叫嚣的家长纷纷停了下来，确实逻辑上说不通。

“这么说你是说我们冤枉她了？学校里应该有监控吧，既然口说无凭，那就查看监控吧！”人群里突然有人提议。

“对对，看监控！”大家纷纷附和。

众人赶去监控室，调取了事发时间的录像，附近教学楼的监控正巧全程拍摄下了“絮暖”作案的全部过程。

录像中的罪魁祸首，和絮暖有着相同的面容，甚至连身高和服饰都如出一辙。监控录像不但没有澄清她的清白，反而成了给她定罪的最大证据。

矮平房地理位置偏僻，也没有监控。按理说教学楼的监控的位置应该没办法拍到，看来是被人暗中做了手脚，调整过监控拍摄的角度，才能一丝不漏地拍下事发的所有经过。哪有什么偶然凑巧，根本就是蓄谋已久。

“这事绝对不能这么算了！我们差点儿闷死在里面，学校必须给我们个交代，赔偿我们的精神损失！”事到如今，那些家长要的不是什么解释和真相，谁做的对他们来说根本不重要。事情只要是在樱草发生的，他们就会咬住这点不放，索取他们要的赔偿罢了。

大家声声高喊，场面一度失控。

姗姗来迟的萧栀然寸步难行，才露面就被媒体围堵。

“萧栀然，你对樱草学生恶作剧的事情有何看法？”

“学校会怎样处理此次事情？”

……

尖锐的问题接踵而至，刚才一路她已经了解事情的来龙去脉。为了保住樱草，絮暖的努力大家都看在眼里，断然不会做出败坏樱草的名声。只是事到如今，和那些人说什么大道理根本没用。为了尽快平息事件，不让它继续发酵，她只能违心地向媒体示弱。

“今天的事情，是樱草的过失，我向大家承诺，该有的补偿我们一样都不会少。”萧栀然说着低下头，朝那些家长和孩子深深鞠躬，“对不起。”

一字一顿，她说得用力又费力，简短的三个字仿佛有千斤重。

喧哗声戛然而止，所有人的目光都落在她的身上。难以想象，舞台上那样高高在上的人，此刻会这般放低姿态。聚光灯不断闪烁，生怕遗漏她狼狈窘迫的每个瞬间。

絮暖知道，为了樱草，萧栀然决定委曲求全。

她心里难受极了，若是以前，她宁死也不会承认自己没有做过的事情，而今她好像忽然明白了。人生在世，总有太多无奈，不是每个人都能随心而活的。有时候为了顾全大局，可能会牺牲一些东西，比如自尊与骄傲。

原来有些“对不起”的背后是无能为力。

絮暖无声失笑，却比哭还难看。她慢慢地走到镜头面前，走到萧栀然身边，低下头颀："对不起。"

从来没有觉得这三个字跟刀子似的扎心。南零落如鲠在喉，抹掉眼角的泪水，走过去与她并肩而立。那一刻絮暖的手被握住，熟悉的声音在耳畔响起："对不起。"

絮暖笑，强忍的泪水悄然滑到嘴角，是苦涩的甜。

这一生，若是能找到一样让自己奋不顾身想要守护的东西，其实应该是一件很幸福的事情吧。

顾北寒攥紧拳头，心口隐隐作痛。他知道这一切一定又是顾琛派人搞的鬼。是他错了，不应该违背对方的安排，天真地与他抗衡，只是这份代价为何要让樱草和絮暖他们来承受？

樱草诚恳道歉，萧栀然还对着媒体表达赔偿意愿，闹事的人群才渐渐散去。等萧栀然离去，媒体今日获得的猛料已经足够，也不再多做纠缠。

只是可惜了这场众人费尽心思筹划已久的开放日活动，终究是竹篮打水一场空。絮暖无法想象，明天媒体又会用怎样的恶言评价樱草。

"絮暖，回去吧。"南零落拉她。

絮暖呆立在原地没动，良久眼睛才恢复了些神采，强颜欢笑道："你先回去吧，我想一个人待会儿。"

南零落也没再强求，独自离开。

顾北寒站在她的身边，岿然不动。絮暖看他，对方视若无睹。虽然不知道该说些什么，可他就是想陪着她，哪怕就像此刻这么站着也是好的。

絮暖无力地蹲下身，蜷缩成团，失神地望向远方："奚言，你会不会觉得我特没用？本来一切都好好的，到最后好像都会被我搞砸！"

"就算没有你，该来的还是会来，你没必要把所有的事都怪到自己身上。樱草是我们大家的，就算有事，大家也会一起扛。明天无论发生什么，我们都一起面对。"

"嗯，我都知道，我不是一个人。"她把头埋进双臂里，声音哽咽，"可是，还是好难过……我能不能哭一会儿。我保证只哭一会会儿！你能不能假装没听到。"只要一会儿就好，她需要一个宣泄的出口。

"好！"

少女呜咽的声音在风中渐渐消散，却深深刻在了少年的心上。

絮暖哭完，若无其事地站起身，眼睛通红："这次的事情我知道是谁做的。能有这样高超的易容术，只有白家的后人。"

“你是说那个和沐家齐名的白家？”

“嗯，之前假陆世安也是他们易容扮的。可是我想不明白，他们为什么要害樱草？这对他们到底有什么好处呢？又或者是有人指使，而这个人会因为樱草被抹黑而得利。”絮暖思来想去，整件事情唯一能从中得利的恐怕就是世英。

“你说指使他们的会不会是世英的顾琛？他费尽心思地想搞垮樱草，今天这局或许就是他布下的！”

絮暖的大胆猜测，令顾北寒不知所措。

“沐天心的徒弟看来也不算太笨！”声音是从背后的林子里传来的。

白小七从树林里走出来，顺势跳上一旁的山石，叉着腰，居高临下地看着两人。

絮暖的眼睛蓦然睁大，认出对方的身份，说：“是你，上次我在厂房那里见过你！”

“我就是你口中的那个白家后人，白泽的徒弟，白小七！絮暖好好记住这个名字！因为我将会成为你易容术上的最大劲敌！”少女口气狂妄，满脸自信，朝絮暖比画了一个大拇指朝下的动作，“而你定会输得一败涂地！”

絮暖丝毫不怒，认真地说道：“白小七是吧？我记住你的名字了，我接受你的挑战！”

沐、白两家向来水火不容，作为两家易容术的继承人，这一战在所难免。

白小七邪魅一笑，说：“不过在此之前，我还是要谢谢你，今天替我‘背锅’。你说到底是那些人太傻呢，还是我的易容术太高明呢？他们完全没有看出来！唉，不过还是委屈你了！”

“白小七，你不要太过分了！”顾北寒上前一步，却被絮暖拦住。

絮暖不是没有想过抓住她去和那些家长澄清真相，可是她没有白小七易容的证据，再加上易容术又不是可以用一两句话就能说清的。而且就算说了，那些迂腐的人肯定也不会相信。

“唉，真不好玩！”白小七耸肩。原以为可以看到对方恼羞成怒的模样，谁料絮暖的忍耐力比她想象的要好，真是无趣。

“我不管你背后的人是谁。我只想奉劝你一句，易容术应该用在正途上，歪门邪道是走不长远的，多行不义必自毙，别忘了你学习它的初心！”

絮暖的声音坚定又认真，令白小七有片刻的恍惚。她冷哼一声，跳到地上，说：“你真是啰唆，道不同不相为谋。不过我等着和你好好较量的那一天。”说着准备离开，又忽然不知想到什么，回头望向顾北寒：“差点儿忘了，有人让我给你带句话，在外面玩够了，也差不多该回去了。”

尽管萧栀然公开道歉，樱草也赔偿了那些家长的损失，可谣言依旧不止。樱草就像一只破损的小艇，风雨飘摇太久，再也经不起风浪，随时都有被巨浪吞没的风险。之前负面的消息太多，又加上世英那边的手段太过强硬，导致生源流失得很严重。

萧栀然也因为樱草受到牵连，絮暖接到萧栀然经纪人桐语的电话时，正在刷学校官博的评论。满屏皆是恶言辱骂，她皱着眉头，点开设置关闭了评论功能。这时候电话进来，听筒那边传来的第一句话就是："求求你们放过萧栀然吧！"

絮暖握紧手机，又听到她说："因为樱草，萧栀然正和公司对着干。再这样僵持下去，她怕是要解约，将会面临高额的违约金，那她这辈子也就毁了！"

"怎么会这样？之前她明明和我说，公司那边没有问题的。"

"她那是怕你们担心，骗你们的！我亲眼看着她这一路走过来有多么不容易，今天这通电话是我自作主张打的，栀然并不知情。我只希望你们也能为她的未来好好想想……"

后来桐语说了什么，絮暖一句都没再听下去，她知道萧栀然为樱草付出了太多。事到如今，她不知道樱草最后会变成什么样子，但至少她想让身边的人都要好好的。

可能知道桐语给絮暖打过电话，当晚她就接到了萧栀然的电话。

"絮暖，你不要听桐语乱说，樱草的事情我会继续想办法的。如果实在不行，大不了就和之前雇用你们一样，凑足了生源再说……"

"够了！"絮暖怒吼出声，对方噤声。

"真的够了，萧栀然！若不是桐语和我说，我真的不知道你竟然为了樱草，连自己的前途都不顾了。再雇用一批人凑生源，你想过后果吗？如果再被人发现呢？"愤怒的质问渐渐转为沙哑的哭腔，"别再冒险了好不好？你觉得安主任看到这样的你会开心吗？你做的已经够多了……至于樱草，我们真的都尽力了。"

这些日子，他们想尽各种办法，企图与媒体交涉，甚至恳求别的学校帮助，可是无人回应。所有人都在隔岸观火，明哲保身，雪中送炭的实在太少了。那一刻絮暖才明白什么叫作世态炎凉。她不甘心，也挣扎过，结局依然没变。或许每件事情都有自己的命数，最后只剩下尽人事、听天命了。

"萧栀然，谢谢你。"话音落下，她不顾电话那头传来的声音，匆匆挂掉电话。

窗外长夜如墨，无一丝星光，漆黑得像绝望的深渊。絮暖收回目光，慢慢地垂下头，眼泪大颗大颗地砸在手背上，冰凉彻骨。

随着学生陆续地退学，热闹的校园慢慢变得空落起来，停课那几日，人心惶惶，谁

也不知该何去何从。絮暖却正常起床，从宿舍走到教学楼，坐在空无一人的教室里，一发呆就是一整天。到放学时分，她再独自走回去，表面平静得跟个没事人一样，心里的难过却在别人看不见的地方，滋生溃烂着。

南零落这几天依旧悉心照顾着那片樱草花海。她坐在花坛边，忽而想，若是樱草不复存在了，这块土地又会变成什么样子？她揉揉泛红的眼，不敢深究。

生源不足，废校是迟早的事。大家却谁也没提，守在樱草，想要保留住这份最后的美好。

晚上，絮暖回到宿舍，看见贴在门上的字条，顾北寒约她在湖心亭见面。

漆黑的夜，圆月高挂，算算日子，又到十五了。月光洒向湖面，皎洁生辉，清风拂过，池中的花叶随风摇曳。絮暖绕过蜿蜒的石桥，走向亭子，里面没人。她看了眼时间，才发现是自己早到了。

这是她头一次晚上来到这里，不同于白天的喧嚣，长夜下的池塘幽深静谧，连拂过指间的微风都极轻柔。她扶着栏杆闭上眼睛，平复浮躁的心绪，感受此刻的安逸。

月光很凉，花儿散发着阵阵清香，偶有蛙鸣声和跃入池塘的扑通声。檐角高悬的铃声清脆，似一首歌，在心头缓缓吟唱。

如果能够留住这份美好该有多好，真的好舍不得离开这里啊！絮暖叹气，在心中无声呐喊。睁开眼，目极之处亮起星星点点，细看后，才发现那是花叶间飞出数十只萤火虫。黄色的暖光升腾而起，转眼间已是漫天流萤，宛如会流动的银河。

絮暖伸出手臂，有只萤火虫似乎和伙伴走散了，误打误撞地停驻在她的指上。絮暖欣喜万分，小心翼翼地把它托举到眼前。小家伙竟然不怕，扑闪几下翅膀，便飞走了。

那荧光之后，有人影向她走来。她朝少年莞尔一笑："你迟到了！"

"嗯。"顾北寒轻轻应答，"萤火虫，喜欢吗？"

"喜欢啊，你是怎么发现这里晚上有萤火虫的？"絮暖笑着，眸子里倒映着荧荧暖光，璀璨至极。

顾北寒望着眼前之景，含糊其词地说："一次偶然的机会发现的。"他没有告诉她，其实这里晚上根本没有什么萤火虫。那些萤火虫是他花费了好长时间，去了好几个地方的公园里抓的。他又怎么可能迟到，不过是躲在角落里，把那些小家伙放出来罢了。

"絮暖，我听说，满月这天，对着漫天流萤许愿，愿望就会实现。你要不要试试？"

"奚言，这样的鬼话你也信啊！那都是骗三岁孩子的。"她嘲笑他。

他并不理会，双手合十，闭上双眼。月光洒在少年那张轮廓分明的脸上，神情是那样专注虔诚。

絮暖收起唇角的笑意，学着对方的样子闭上双眼，在心里默念着自己的愿望。

她睁开眼，发现少年正在看自己，她有些不好意思："我就是看你那么认真，为了配合你，才勉为其难地许了个愿。话说你许的是什么愿望啊？"

"不告诉你！"对方拒绝得极为干脆。

絮暖冷哼："不说就不说，那你能猜到我的愿望吗？"

"我知道。"微风中少年的声音拂过心头，"相信我，一切都会如你所愿的。"

絮暖，我想用这漫天流萤，许你一个心愿。

第一次，也是最后一次。

第八章

奚言失踪·陌路重逢

奚言消失了。

那晚之后，他便彻底地消失在了絮暖的世界里。

他搬空了宿舍里所有的东西，电话号码显示空号，几乎连一点儿痕迹都没有留下，就好像他从来都没有在樱草出现过一样。

大家满世界地疯找，却发现无迹可寻。絮暖忽而觉得，原来自己是那么不了解对方。她不知道他的家在哪里，甚至不认识他别的朋友。而与他相处的那些时日，就像是自己做了一场梦，现在梦醒了，一切归零。

南零落说，或许他是因为有很重要的事情才会离开，事后一定会回来的。

不告而别，清空自己所有的联系记录，种种迹象表明，这是蓄意为之。到底是因为什么，让他可以做得如此狠心决绝，不顾一切?

絮暖知道，他不会再回来了。

后来她又一个人去了湖心亭，那个他们曾经一起许愿的地方，却连一丝萤火都没见到。

令她意外的是，满月那天对着萤火虫许下的心愿，真的实现了。

萧栀然打来电话，在她多次与世英的校董顾琛交涉后，对方决定退让一步，可以不收购樱草，但是樱草必须以世英附属学校的性质存在，只保留校名和部分特色课程。按现下的发展趋势，如果不想废校，他们别无选择，只能答应对方的请求。

可令人费解的是，顾琛之前手段决绝，一心想要搞垮樱草，为什么突然改变主意，决定放樱草一马?

絮暖担心其中有更大的阴谋，直到看到双方签订的合同，白纸黑字，赫然醒目。有了这个保证，她才放下戒心。之前她不敢想象，如果樱草没了，自己又该去哪里?如今尘埃落定，危机消除，不知为何，她看着欢呼跳跃的人群，竟开心不起来。她很想把这个消息告诉奚言，拿起电话，按下那串熟悉的号码，回答她的只剩下冰冷的服务台播报声。

虽然樱草以世英附属学校继续存活着，但只保留了原有的特色课程，由大宝继续授课，剩下的日常课程，必须到世英完成。经过几日的休整，樱草终于接到世英的上课通知。

上课那日，正值夏至，烈阳高照，闷热得没有一丝微风。蝉鸣一声高过一声，叫得人心里烦躁。樱草的学生早早地在世英的校门前集合，远远望去，屈指可数。

絮暖站在队伍的最前方，身后有女生拉她衣服，小声地嗫嚅：“班长，我听说世英的人都不大好相处，我有点儿害怕。”

由于人数限制，他们被随机分到世英的同年级的各个班级。相处了这么久，突然被分开，絮暖非常能理解这种害怕。

她转过身，看着忧心忡忡的大家说：“别怕，世英的学生虽然生活条件比我们优越，但是那又怎么样呢？我们并没有低人一等，做我们自己就好。”

何必去在意那些陌生人的眼光呢？所谓的敌人从来都不是他们，而是自己，所以更应该挺起胸膛，打败心里的懦弱才是。

絮暖的话鼓舞人心，大家不再踌躇，坚定地走进了世英的校门。

与樱草的萧条相比，世英就像是一个遥不可及的喧嚣世界。

从他们踏入这里的第一步起，那些自以为“高人一等”的人们，眼神里就流露着不屑和轻蔑，犹在耳边窃窃私语着。

“这群‘土包子’怎么会跑到这里来？”

“你没听说吗？樱草被我们学校合并了，他们现在可是我们的附属学校的人！”

“什么啊，你看看他们穿的校服，真够土的，简直拉低了我们学校的水平。”

樱草的校服是中规中矩的蓝色短袖配长裤，男女统一，在他们眼里简直就是十足的乡村非主流。相比之下，世英的校服就显得精致许多，风格更趋西式，女生是泡泡袖的白色衬衣搭配红黑色苏格兰裙子；男生白色衬衫搭配领结，更显绅士。

絮暖倒觉得樱草的校服更接地气，好看有什么用，穿着舒适才是最重要的。不顾那些有色眼光和流言蜚语，她带着大家继续往里走。外人的话语说得越难听，她就笑得越张扬，只要内心强大，人言便没什么可畏的。

他们远远看见教学楼下挤了一群人，不知道是来了什么人，引得众人围观。絮暖对世英的八卦不感兴趣，绕道而过时正巧听到几个女生的议论声。

“没想到顾北寒竟然从国外回来了。”

“我听说，他好像是为了千黎回来的！青梅竹马，又都是学霸级别的人物，站在一起可真配！”

“顾北寒！”絮暖轻声默念着，莫名地觉得这个名字很熟悉，好像之前在哪里听过。出于好奇，她便朝人群中望了一眼。

被簇拥在中间的人似乎很不耐烦，低低地吼了声：“滚开！”声音冷如隆冬的风。

那熟悉的声音却像一根针刺在絮暖的心上，心底那股没来由的害怕，让她掌心渗出密密麻麻的汗。此时人群散开，她抬眸与走出人群的少年视线相撞。

记忆里中那张五官分明的脸在眼前渐渐清晰，浓眉剑目，薄唇微抿。絮暖怔住，身体微微颤抖，声音卡在喉咙里，费了好大的劲儿才发出声音："奚言！"

少年置若罔闻，继续向前。她鼓足勇气，拔高声音又喊了一遍。

清亮的声音引来一片注视。

少年这才顿住脚步，眼神扫她一眼，冰冷得看不出一丝情绪。

身旁的短发少女歪头问他："阿寒，你认识她？"

他垂下眼眸，回答得极其干脆："不认识！"话音落下，毫无迟疑地与絮暖擦肩而过。

怎么可能不认识？絮暖攥紧拳头，转身怒吼："你给我站住！"

在众人的惊讶声中，她几个大步冲到对方面前，按住他的双臂，厉声质问："为什么假装不认识我？为什么不告而别？你知不知道，大家都很担心你啊！"

少年不为所动，似乎都不屑看她一眼："你认错人了！"

"不会的，我知道你就是奚言！"

"让开！"

"不让！"絮暖铁了心地要跟他较劲，伸开双臂，挡住他的去路。

少年双眼微眯，里面像是在酝酿一场暴风雨："给我滚开！"怒吼当头落下，手臂被巨大的力量甩开，絮暖失去平衡，还好南零落及时扶住她，才没有狼狈地倒在地上。

人们像是看了一场笑话，嗤笑声不断响起。

絮暖从少年的眼中看到了深深的嫌恶。以前的奚言绝不会用这样的眼神看她，他虽然不爱笑，眉眼却干净温暖，不会像现在这般冰冷深邃。他习惯戴没有镜片的黑框眼镜，额前的刘海柔软又妥帖。可眼前这个人，头发被修剪得极短，露出光洁饱满的额头，整个人看起来高傲又冰冷，好似浑身长满了尖刺，稍靠近就能把人扎得遍体鳞伤。

少年逼近她，俯身在她耳边一字一顿地警告道："我叫顾北寒，不是什么奚言，还有，别再让我看见你！"

顾北寒垂下头不去看絮暖失落的脸，毅然转身，垂在两侧的手略微发颤。他轻轻吐气，迈开步子，向前走去。短发女生意味深长地看了絮暖一眼，便急急地跟了上去。

主角退场，围观的人群也一哄而散。

絮暖看着那道渐远的身影，不断地告诉自己，那个人只是长得像奚言，但绝对不是奚言。

背后突然响起声音："那家伙可能真的不是奚言。"

絮暖和南零落闻声转身，不约而同地瞪大双眼。

“高富帅，你怎么会在这里？”絮暖上下打量对方，惊讶地出声，“还有你怎么会穿着世英的校服，该不会……”

高富帅抓抓头发，龇牙坏笑：“嘿嘿，就是你想的那样，我转学到世英了！”

“你……”絮暖用手指着他，气得面色通红，好半晌都说不出话。

“絮暖，我有话想对你说。”高富帅收起唇边的笑容，口气十分认真。

“那你们聊吧，我先带大家去教室了。”南零落不愿打扰他们，落在少年身上的目光温暖又柔软，“欢迎回来，高富帅！”

高富帅微愣，报以一笑，目送她走远。

人潮退去，四周骤然寂静，树叶下光影斑驳，两道身影并肩站着，谁也没动。

酝酿已久的话语，总是在关键时刻卡在嘴边，高富帅不知道该怎么表达此刻的心情，平时的伶牙俐齿在当下完全无用。或许只有在面对在乎的人时，他才会发现，原来再简单的一句问候都会变得无比艰难，因为害怕，所以更为小心谨慎。

他深吸几口气，才勇敢地开口：“絮暖，你说的话我好好想过了！你说我们是两个世界的人，但是那又如何呢？我才不管别人的眼光和闲言碎语。”说到激动处，他提高声音，“在我眼里，我们是一样的，我始终不曾变过，一直是那个跟在你屁股后头的傻小子。所以，我回来了，以后也会继续跟下去，总之你别想再赶走我了！”

絮暖眼眶有些泛红，声音发颤：“你真傻，这么做值得吗？还有你母亲……”

“我已经和她说清楚了！”高富帅打断她，“你不必为难，这是我自己的选择。今后无论如何，我都会为自己的人生买单。”

少年站在树下，身姿干净挺拔，眼神坚定有力。絮暖忽然间发现，原来记忆里那个总是跟在自己身后的矮个小少年，已然长得比她高了许多，长成了可以保护别人、有担当的模样。

她微微叹气，别过脸，说：“随你吧！”

“随你？”高富帅轻声默念，欣喜地扬起嘴角，“也就是说你不会赶我走了对不对？”像是得到糖果的孩子，他惊呼着凑过来，观察絮暖的脸色。

絮暖紧绷的小脸略微松动，语气依然不咸不淡地说：“随你怎么想！”

高富帅知道絮暖嘴硬心软，心里大喜，笑得跟个傻瓜似的。絮暖不禁被逗乐。

“现在樱草的情况特殊，我实在没办法，只好转到世英与你们团聚了。我比你们早到几天，可能消息更灵通些。刚才那个长得像奚言的家伙叫顾北寒，是校董顾琛的儿子，听说前不久刚从国外回来。如此看来，他可能真的只是长得和奚言像罢了。”

絮暖看得出顾北寒那张脸绝对不是易容的，那么天底下真有长得如此相像的人吗？难道是双胞胎？真是越想越邪乎，可是排除双胞胎的可能，那个人真的不是奚言，那真正的他到底在哪里？为何要不告而别？可若是他，又为什么突然改名换姓，假装不认识他们呢？絮暖的脑中此刻一团乱。

“我知道你担心奚言，这次我分班正巧和顾北寒在一起，我再想办法找机会试探试探那个家伙吧，只是可惜不能和你在一个班了。”

听到高富帅说试探，絮暖突然紧张起来，说：“你可别乱来，咱们现在可是在人家的地盘，你少惹是生非，听到没有？到时候我也保不了你！”

“你就放一百个心好了，我会见机行事的。倒是你，和那个世英女王分在一个班，不会有什么问题吧？”

“世英女王？”

半个小时后，絮暖在教室里见到了高富帅口中的那个“世英女王”——千黎。

或许有些人与生俱来就具有王者风范，絮暖站在门口，在众人中，一眼就看见了她。被几个女生簇拥在中间的千黎，剪了一头干净利落的短发，没有一般小女生的矫揉造作——看人时下巴习惯微微上扬，眼神里带着几分桀骜不驯和不可一世。但她也有絮暖所没有的自信和张扬。

絮暖认出她就是刚才那个站在顾北寒身边的女生。察觉到有打量自己的目光，千黎抬头。两人四目相对，直视对方，谁也没有避开，像是一场无声的抗衡。

直到老师进门，絮暖才收回视线，往教室后排的空位走，途中果然遭到“绊脚石”的阻碍。絮暖目视前方，脚下不停，轻松地跃过障碍，镇定地坐下，从包里把书一本本放到书桌上，全程就像是什么事都没有发生一般，完全不顾始作俑者朝自己投来的憎恶目光。

千黎用余光瞥了后座的絮暖一眼，握在指间的笔转了几圈，笑起来。

“千黎，有什么好事发生吗？你怎么笑得这么开心？”同桌纳闷地问她。

她垂着眼眸，淡淡地应了一声：“嗯，发现了个有趣的人、有趣的事。”

下课后，絮暖去找南零落，得知大家都被分散在各个班级。因为校服不同，樱草的学生在世英显得格格不入。走廊上人来人往，探究的目光不断，世英的学生似乎特别排外。絮暖倒是无所谓，心里却隐隐担心别的同学。

两人短暂地闲聊了几句，絮暖就回了教室。靠近门口，她就听到里面传来一阵嬉笑声。几个女生站在窗前，手里拿的正是她的书包，包的拉链已经被拉开，开口朝下。

“你们在干什么？”絮暖冲过去时，显然已经晚了一步，里面的书全部落到了窗外。

她飞扑过去，一把抢过书包，怒视对方。

那几个女生被她咬牙切齿的样子吓坏了，又见她紧握双拳，颤抖着连连后退，嘴里却是不服输：“告诉你别乱来哦！这里是世英，可不是樱草，打人是会被处分的。”

“嘀！”絮暖冷笑，拳头直挥过去，掀起一阵风。

女生头上的粉色发卡重重地摔落地上，碎裂成了两半。

“告诉你，最好不要惹我，否则下次碎的可就不是发卡这么简单了！”絮暖放下狠话，不顾眼前面色惨白的人，离开教室。

书包里除了课本，还有一些卷子，风一吹，飞得七零八落。絮暖低着头，一张张地把它们收进书包里，偶尔能听到旁人发出的笑声。也是，报到第一天，她就如此狼狈地蹲在花坛里捡书本，确实有些好笑。苦涩爬上唇角，她加快速度，收拾完却发现少了一张卷子，最后才看见是落在了花坛的角落里。她刚俯身想捡起，忽然刮起一阵风，把它吹得更远了。

顾北寒从教学楼里出来，一张卷子就落在自己的脚边。80多分的数学卷子，姓名处，“絮暖”两个字写得端正有力。絮暖数学向来不好，当了班长后，才转了性开始发愤图强。顾北寒记得那还是一个月前的月考卷子，两人甚至还打了个赌。

“如果这次月考，你数学能考到80分，我就答应你一个要求！”

“真的假的？你要是骗人，就是小狗。”

最后她做到了，可是……他食言了。

“同学，能不能麻烦你帮我捡一下？”

思绪被熟悉的声音拉回，顾北寒看着朝自己跑来的身影，呆愣在原地。

跑近了，絮暖才看清来人，眼睛睁大：“怎么……是你？”

顾北寒没说话，满脸冷漠，双脚踩在地上的白色卷子上，径直离去。

絮暖蹲下身，看着留在卷子上的黑色鞋印，愤怒地大喊：“你一定不是奚言！”

恍惚中，少年的背影似乎微微地颤抖了一下，而后彻底消失在了她的视线中。

随后几天，絮暖发现自己在世英真是举步维艰，好像全世界都在与她作对。女生的捉弄不仅没有停止，反而越发频繁，饭菜里会出现蟑螂，椅子上被人泼了胶水，就连上厕所都会被关在隔间里。

絮暖被这些小儿科的把戏弄得发笑，时代在进步，而那些人依然在用老套的把戏对付她。

此刻始作俑者站在隔间外面，对她发出警告："絮暖，识相的话就离顾北寒远点儿，滚回你的樱草去，这里不是你该待的地方！"

絮暖听得莫名其妙，说："什么乱七八糟的，这又关顾北寒什么事？"

她不知道顾北寒在世英几乎是男神一般的存在，而她在报到那天对男神的行为，已经引起了全校女生的不满。

"女王和男神站在一起才是般配的，而你不过就是只丑小鸭！"

"女王？"絮暖听出言下之意，试探地问，"所以说是千黎让你们这么做的？"

外头再没回应，像是一种默认，没过多久门被关上，人显然已经走远。

絮暖知道求救没用，没有人会来救她，几个猛踢，轻松地踹开了门。悲剧的是，门上瞬间多了几处凹陷，她闭眼哀叹，完蛋了。

从教导主任办公室出来，絮暖打着哈欠，顶着灼热的光线，头不禁有些发晕。世英的教导主任实在太能说了，比大宝有过之而无不及。他念叨了整整一个小时，还是念在絮暖是初犯，只要求她写个检讨书，才放行了。

南零落也不知道从哪里得知她被教导主任盯上的消息，在门口等了她好半天。絮暖见着她，人也不困了，头也不晕了，蹦过去就对着她一阵傻笑。

"你怎么还笑得出来，教导主任没对你怎么样吧？"

"还能对我怎样，不就是写检讨吗？我又不是没写过。"絮暖心里有谱，后招都想好了。她可是"惯犯"，检讨的模板她那就有好几个呢，到时候随便找个照抄糊弄过去就行。

"你啊，还真是心大！"南零落用手点了点絮暖的脑袋，"不过我都听说了，是世英的人故意捉弄你，把你关起来的，你没办法才踹了门，这些你都没和老师说吗？"

"说了又有什么用呢！你觉得世英的老师会倒过来帮咱们吗？"絮暖看穿了，也就不较真了，更是懒得多费口舌。

南零落听了没再接话，脸上却多了几分落寞。

"你这几天过得还好吗？那些人没欺负你吧？"

"没啊！"南零落眼神有些飘忽，避开絮暖的目光，悄悄拉了拉左手袖口。

絮暖却捕捉到一丝不对劲，这才恍然发现，明明是炎热的夏天，南零落今天却穿了件长袖的衬衣，实属反常。

"你不热吗？"

"不……不热啊！"声音有些发虚，怕絮暖起疑，又补充道，"我怕晒黑，所以才穿了长袖！”

絮暖“嗯”了一声，见对方放松警惕，一把就撸起南零落裹得死死的袖口。

白皙的手臂上起了好几处水疱，红肿得厉害，除此之外还有几处瘀青。

絮暖刚才的动作有点儿大，碰到了伤口，南零落眉头紧锁，忍不住倒吸了一口冷气，看得出非常痛。

“这到底怎么回事，谁干的？”

南零落放下袖口，说：“絮暖你别那么激动，只是点儿小伤，真的没什么。”

“小伤？”絮暖气极，“那怎么才算大伤，爬不起来躺在床上才算吗？是不是又是千黎的人干的？”

“我……我也不知道，只是这几天，总有人莫名其妙地跑来撞我。这伤也是倒热水的时候，被人……”南零落呜咽着，慌得声音都变了调。这几天，那些人会推她撞她，表面嬉笑着，看似无意，用意却那么明显。

絮暖没说话，掉头就跑，全然不顾身后的叫喊声。她知道现在“寄人篱下”，万事都得忍，那些人捉弄她没关系，可是她们竟然对她身边的人出手，底线被触及，便无须再忍了。

絮暖一头冲进教室，推开围在千黎身边的几个女生，掌风落在桌子上，掀起巨响。

千黎毫不慌乱，继续喝着水，冷眼扫过絮暖那张夹杂怒气的脸庞。

“是你指使那些人捉弄樱草的学生的，对不对？”

面对质问，千黎抬头：“你觉得呢？既然你心里已经有了答案，为何还要多此一举跑来问我。”

“我知道你是世英的女王，可也不过只是在那些人眼里而已！”她看向四周围观的人群，嗤笑一声，“对我而言，你什么都不是。如果你再敢伤害我身边的人，那么你就是我的敌人！”

对方眼神里的坚定，令千黎诧异。从小到大，她身边从来不缺奉承讨好的人，却没有一个人像絮暖如此，敢公然与她为敌。

为了保护身边的人，孤身前来，不计后果地对她下战书，这个女孩的胆子可真大。

千黎不怒反笑，说：“我可以给你一次机会，收回刚才的话，否则我怕你今后会哭着求我。”

“那真是不好意思，恐怕要让你失望了。”絮暖耸肩，俯身靠近她，拔高声音，“因为我不会哭，更不会求你！”说完这番话，在众人的哗然里，她头也不回地走了。

“什么玩意儿，真拿自己当回事了？还敢对着我们女王大呼小叫的！”

“可不是吗？我看她一定是疯了。”

千黎抬眸，视线凝在身边两个女生的身上，谩骂声瞬间停止。

“刚才她说的那些事，是你们干的吗？”

两人顿时心虚地互看对方一眼，不敢吭声。

“谁让你们这么做了？”

“千黎，我们这么做还不是想为你出气。那个絮暖，实在太可恨了……”

椅子“吱啦”一声被推开，千黎站起来，声音出奇的冷，说：“我警告你们几个，别擅作主张做那些事。要是再有下次，后果自负！”

等千黎离开，那几个女生才缓过神来，面上露出嫌恶之色，若不是家族和千家有生意上的往来，她们才不会如此围着千黎打转，万般讨好她了。什么世英女王，谁稀罕啊！离开了千家，她什么都不是。

她们并不知道，千黎并未走远，几个人私下的对话一字不落地被她听在耳里。

她靠在墙上，略微低垂着头，脸上却看不出一丝情绪。好像这么多年来，那样的场景和对话，对她来说早就习以为常。

或许对她这样的人而言，朋友可能是这个世界上最奢侈的东西吧？

絮暖离开教室，就接到高富帅的电话。他说有事要告诉她，两人约在学校的花园里见面。

炎炎午后，阳光炙热，絮暖站在梧桐树下纳凉，见着小跑而来的身影忙挥手示意。

高富帅汗如雨下，靠着树干蹲下身喘气。絮暖把纸巾递过去。

谁料对方非但没接，反而嬉笑着把头仰起来，要她代劳。絮暖眯眼咬牙，抬手就想给他一个栗暴，但下一秒目光就落在了少年额头的大包上，动作僵住。

“谁干的？”

高富帅反应慢半拍地“啊”了一声，才意识到对方是在问自己头上的伤。他忙遮住额头，支支吾吾地答：“自己不小心磕的！”

“嗬！”絮暖冷笑一声，眼神沉下去，心里好不容易压下去的火，又蹿了上来。

高富帅见她挽起袖口，一副要出去干架的模样，吓坏了，急急大喊：“絮暖，真是我自己不小心磕到的。我想偷拿顾北寒的作业，通过字迹来确认他是不是奚言，结果被他发现了。那家伙恶狠狠地警告了我，结果我就……”说到这里，突然顿住没了下文。

絮暖追问：“你就怎么了？给我说下去！”

耳边响起一道低若蚊蚋的声音："我就怕了！"

"什么？"

高富帅气急，不管不顾地拔高声音："我说我怕了，腿软就摔了一跤！"要不是怕絮暖做出傻事，这样丢脸的事情，打死他都不会说的。

絮暖紧绷的脸松下来，忍俊不禁。她知道高富帅好面子，能让他说出这样的话，看来这事不假。

"笑什么笑？我都这样了，你还笑！"高富帅心里委屈，"你是不知道，顾北寒有多可怕。我不过是想偷看一眼他的作业，他就差点儿把我扔出教室，眼神就跟阎王似的。要是换成奚言，才不会那样对我呢！"

"所以你也觉得他不是奚言？"

"我们交手的时候，我趁机摸了下他的腰，没有奚言常年带在身边的那把玩具手枪，所以我觉得他不是！"

絮暖皱眉，怪不得会被人扔出去，竟然还敢摸人家。不过正如高富帅所说，两人虽然长得相像，给人的感觉却截然不同。不知为什么，她总隐隐觉得，顾北寒就是奚言，可又怕是他。这样矛盾的心情，让她不知所措。

"终于找到你们了！"南零落的声音，让出神的絮暖回过头。

"絮暖，你刚刚跑到哪里去了？你知不知道我很担心你啊！"前面絮暖一声不吭地跑掉，南零落焦急万分，满校园地找，就怕她冲动行事。

絮暖咬唇看着她说："对不起。"

高富帅看出不对劲，起身问："怎么了？"

絮暖心里恼火："怎么了？那帮家伙欺负樱草的人！我实在忍不下去了，就去找了千黎！"

"你去找了世英女王？"高富帅瞪大眼睛，"那可是这个学校的大人物，得罪她你知道有什么后果吗？你还让我不要惹事，我看最令人不省心的就是你！"

絮暖走到南零落身边。南零落想躲开没成功，袖子被絮暖撩起，手臂上的伤暴露在阳光下："欺负我就算了，但是对付你们，我说什么都不能这么算了！"

高富帅看着那触目惊心的伤口，微微眯眼，话锋一变，说："你说得对，不能就这么算了！"而后皱着眉头，问得小心翼翼："南零落，是不是很疼？"

南零落的面颊微微泛红，摇头说："已经涂了药，不怎么痛了！"

南零落沉默了一会儿，嘴唇微抿，语气变得认真严肃起来，说："不过我求求你们两个了，你们若真为樱草着想，就别再惹是生非了好不好？”

不想让南零落担心，絮暖和高富帅默契地交换了个眼神，表面乖巧地点头，心里却在想，能不能善罢甘休，还得看对方的表现了。

风平浪静了几日，世英迎来了年度体育文化节，大家把目光和精力都转移到节日的筹备上，对樱草的关注度少了许多。

世英每年的节日庆典大大小小，数不胜数，体育文化节为期三日，首日开幕式的开场舞是节日的重头戏，听说每年的开幕式还会请各大媒体前来直播。为了能在电视上露个小脸，大家明争暗夺，拼劲十足。今年世英却改了规定，公平起见，以抽签的形式决定表演班级，最后竟然花落絮暖的班级。

班里欢声一片，她完全提不起兴趣。那可是跳舞啊，舞枪她倒是一把好手，但让她扭腰肢舞蹈，还不如打死她得了。

学校舞蹈老师给她们编排舞蹈动作，然后根据每个人自身的功底进行排位。千黎妥妥地占了中间位置，絮暖却连基本动作都完不成，在大家的嘲笑声中，被安排在了队伍的最后一排。她心想这样也好，可以偷懒打酱油了。

就这么训练了几天，絮暖不是站着昏昏欲睡，就是心不在焉，动作没记熟几个，还胖了几斤。虽然不喜欢排练，但怕旁人拿樱草做文章，絮暖一次也不敢逃。

周五下午，絮暖按往常时间到达体育馆。里面除了羽毛球队的队员在训练，班级的同学一个也没见到。难道是自己记错了时间？她匆匆回到教室，还是从正在打扫走廊的保洁阿姨口中得知训练改了地点。

虽然来到世英有一段时间了，可是她始终被班里的人排斥，难以真正地融入集体中。无人通知她，也是意料之中。

听说是校羽毛球队下周有比赛，需要集训，他们班只好换到操场上进行训练。室外烈日炎炎，世英的女生大多娇气，练了一会儿就有些不耐。老师没办法，只能让她们坐在场边休息。

絮暖因为迟到，没逃过老师的一顿训。她懒得解释，乖乖认错，然后一个人窝在角落里避暑。身子才坐定，她的耳边就传来惊呼，似乎是旁边的篮球场有人进球了。

女生们热情高涨，也不顾阳光炙热，都去呐喊助威。大多数人在喊着顾北寒的名字。

也难怪，她一眼望去，人群里就数他最扎眼，个子高挑，几个运球动作干净利落，轻松地控住局面，起跳投球，很漂亮的三分球，尖叫声又高涨起来。

絮暖看得有些恍惚，突然想起许久前的那个幽幽黄昏，她站在教室窗台上，偷看奚言打篮球的场景。而过去的种种，已物是人非。

她落寞地收回目光，起身走到操场跑道旁，拿起供给学生喝的矿泉水。

千黎不知何时来的，抢先她一步拿了瓶水，转身走向篮球场。

背后有女生在私语：“千黎这是去哪里啊？不会是去给顾北寒送水吧？”

絮暖没理会，拿了水在一旁的树荫下坐定，拧开瓶盖，喝了好几口，才停下抹嘴。

此时隔壁的球赛刚结束了上半场，球员陆续下场休息。

千黎不顾旁人的异样目光，走到顾北寒的身前，声音清脆地说：“阿寒，喝水！”

顾北寒用毛巾擦了擦头上的汗，没有一丝迟疑，自然地接过对方递来的水：“谢了！”

两人并肩站着，与人群隔开一段距离。半晌，千黎突然俯身靠近顾北寒，在他的耳边也不知说了什么。少年的身体顿了顿，忽然回头，往操场边望去。

絮暖抬手把额前被风吹乱的发丝别到耳后，目光一转，恰巧对上远方投来的目光。视线相触，少年快速地别过头。

“阿寒，我好像发现了一个很有趣的人，她叫絮暖。”

“不认识。”少年冷漠地离开。

千黎却在他的眼中捕捉到了一丝胆怯，不禁暗想：既然不认识，你又在害怕什么？

“看到没有，果然顾北寒只会和女王说话。”

“他们可是青梅竹马，当然关系匪浅了。”

世英的女生真够八卦的，絮暖觉得烦，连忙转移阵地。可惜还没坐热，老师便召集大家继续训练了。

开场舞中，千黎有一段非常重要的独舞。练完群舞，老师便让千黎站出来，为她纠正动作。千黎毫不怯场，跟着音乐旋转跳跃，踩点准确，动作娴熟，整套舞跳下来几乎完美无瑕，又透着自信与张扬，尽显女王风范。

所有人的目光都为她停留，就连絮暖也沉浸其中。

曲终，千黎侧身低头，将动作定格，场边传来掌声。最后在老师和同学的赞美声中，她走到场边，坐下休息。

“老师，今天絮暖训练迟到了，是不是该罚她为我们跳一支舞呀！”人群里不知是谁突然叫道。大家纷纷跟风附和，脸上夹着看好戏的笑意。

这些天训练下来，絮暖底子差是众所周知的，这样的提议无非就是想看她当众出糗罢了。

老师听了，决定顺从民意，说："絮暖，要不你就给大家跳一支舞吧！别害怕，这舞就得多练，才能越跳越好！"

絮暖心里窝火，脸上却堆着笑说："老师，我看还是算了吧！要不你罚我别的吧，只要不让我跳舞，让我操场跑圈都行啊！"

有人站起来激她："絮暖，你该不是怕了吧？樱草的人就这么点儿能耐！"

别人如何瞧不起她，絮暖都能容忍，可一旦扯上樱草，她就无法坐视不管。

她哪是怕，而是怕看的人会瞎！

既然如此，絮暖拍拍屁股起身，笑得云淡风轻，说："行啊，跳就跳吧！"

红色的塑胶跑道被烈日炙烤得滚烫，暑气从脚底蹿上来，絮暖的额头渗出汗。

看台边人群乌压压的一片，四周热浪翻滚，风骤然变大，场边节庆日装饰用的彩旗剧烈翻飞。

为了让自己平静下来，絮暖不看人群，只看着那五彩斑斓的旗帜，转移注意力。

音乐一响，絮暖跟着节奏摇摆，脑中努力回想着训练时的动作。但临时抱佛脚，终是徒劳无功的，最后她放弃挣扎，彻底放飞自我，搞笑姿势频出。哄笑声四起，絮暖厚着脸皮，置若罔闻，目的就是要辣那些人的眼睛，直到对方受不了为止。

千黎眼中露出惊愕，若是她被这样嘲笑，心中肯定万般不快，甩手走人了。但絮暖竟然丝毫不在意旁人的眼光，这到底是如何做到的？

场边的笑声很大，很快引来隔壁篮球场的注意。中场休息，大家凑过去，纷纷被絮暖的舞姿给逗乐。

顾北寒微微扬起唇角，目光停驻在远方的女孩身上。他知道絮暖平时鬼点子多，从不按常理出牌，但是这次，又是闹的哪出？

跳到后面，絮暖实在耍不出什么花样，便耍了一套自己最拿手的武术。腿法劲道十足，起跳连接两个后空翻，稳稳落地。

不知是谁突然激动地站起身来，叫了声"好"，众人皆动，掌声如雷。

靠实力得到旁人的认可，是一件骄傲的事情，絮暖回头，看向人群，灿烂一笑。

"那个女生好厉害呀！"

"好像是樱草那边过来的学生，也不知道叫什么名字。"

"絮暖。"

两个男生诧异地看向顾北寒，少年已然转身，走向场边。

耍完整套拳，絮暖收拳站定，轻轻吐气。耳边风声猛烈，旗帜摇晃起来，有几杆原本就扎得不结实，风一大，眼见就要往场边的人群倒去。

千黎坐在场边，还没从絮暖带给自己的震惊中回过神来，表情痴傻地鼓着掌。她是别人眼中的天之骄子，无所不能的女王。为了配得上这些标签，她要多努力才能看起来毫不费力。可就算是“女王”也有不擅长的东西，体育方面一直是她的弱势。她学过几年武术，却至今还是些上不了台面的花架子。此时她看到絮暖那样轻松地在众人面前展示武术，心里有那么点儿嫉妒，又有些服气。自己无法做到的事情，别人却轻而易举地做到了。

突如其来的狂风，吹得她发丝飞舞，双眼迷离。她不知耳边为何会响起惊叫，混乱中，她被人推了一把，整个人向前栽去。眼前正有什么东西倒下来，她本能地抬起手臂护住头部。

“小心！”

顷刻间，重物砸落，发出巨响，身子被人推开。千黎瘫软在地，看着倒在自己身前的女孩，心跳声震耳欲聋，眼睛蓦然睁大。

絮暖觉得腿痛得厉害，旗帜压在她的脚踝处，铁皮割破肌肤，有血缓缓地溢出来。

“絮暖，你没事吧？”千黎慌得声音在颤抖，蹲下身用手搬开旗帜。

人群快速围上来。

没想到传说中的女王也有如此惊慌失措的一面，絮暖忍住痛，轻笑回应：“放心，没事！”

“都给我让开！”少年的声音夹着怒气，冲破人群跑了进来。

絮暖还来不及看清来人，世界已经天旋地转，身体已离开地面，被人横抱起来。

“阿寒，你怎么来了？”

顾北寒无视千黎，抱着絮暖，在众人复杂的目光下，冷着脸径直离去。

“你干什么？快放我下来！”絮暖用力挣扎。可是少年的手臂强而有力，她根本挣脱不开。

顾北寒低头，恶狠狠地发出警告：“不想失血过多，就给我老实点儿！”

“我真的没事，只是小伤。你快放我下来，我自己能走！”

“小伤？”顾北寒冷笑，“是啊，都痛得满头大汗了，可能真只是小伤，我还真是多管闲事！”说着手臂一松。

絮暖顺势挣脱，脚落地又是钻心般的痛，额头上的冷汗顺着脸颊落下来，衣衫都已经湿了大半。

她咬着牙，面色惨白地说：“对，你凭什么管我？我们又不是朋友，你就是多管闲事！”

顾北寒僵在原地，声音哽在喉咙间，无力反驳。是啊！他现在是顾北寒，对絮暖而言不过是个陌生人罢了，连朋友都算不上。他都明白的，只是当看到对方受伤，明明痛极也强忍着的样子，他就无法坐视不管。

絮暖心里没来由地生气，不是因为受伤，而是被顾北寒的举动和话语，搞得心烦意乱。明明对方说过不想再见到她的，为什么又要跑来救她？

絮暖不看少年的表情，拖着受伤的脚，一点点地向前，每一步都走得十分费力。

顾北寒想跟着，心里几番挣扎，迈开的腿终究收了回来，决绝转身。

阳光下两道狭长的身影，终是背道而驰，去了两个方向。

顾北寒往回走了一阵，就听到脚步声。千黎气喘吁吁地在他身前站住。

“你其实是认识她的吧？”

千黎和顾北寒从小一起长大，被规划的未来与人生，让他们活得像木偶，一切喜怒哀乐的情绪都被抹杀。

她还是头一回见到顾北寒这样在意一个人，为她动怒，为她伤神。

所以，他们一定早就认识彼此了。

“我不知道你在说什么。”顾北寒绕过她。

“阿寒，我知道你那段时间没出国！别骗自己了，为什么要假装不认识她呢？”

顾北寒没出国这事，她还是无意间从大人们的口中得知的。听说顾北寒是在登机时跑了，顾父派人暗中四处寻找，对外却说他在国外留学。直到前不久，顾北寒失魂落魄地回来，整个人变得比之前更阴冷极端。她不知道他离开的那些日子到底发生了什么，只是隐约地觉得他一定是经历了悲伤又绝望的事情，才会被迫回到顾家这个牢笼。

顾北寒回过头，无声地笑起来，眼神里却透着从未有过的哀伤。

她听到他说：“千黎，我们这样的人有选择的资格吗？”

看着少年的背影，千黎的心口像被什么撞了一下，隐隐抽痛。

是啊，他们这样的人，何曾有过选择的资格？

医务室里，校医给絮暖止了血，伤口不深，没伤到筋骨。但因为絮暖之前伤过脚踝，这次又受伤，怕是要休养几日才能痊愈。

絮暖窝在病床上，盯着脚踝上的绷带发呆，脑海里全是刚才顾北寒救自己的一幕。她不懂他为什么要那么做，明明说不想见她的人是他，可是奋不顾身来救她的人也是他。她越想越烦，干脆扯着头发，倒在床上。

门被轻叩几声，絮暖回神，看见站在门口的千黎。

千黎走进来，视线凝在絮暖受伤的脚踝上，神色凝重地说：“你的脚……”

不等对方说完，絮暖就道：“没事！”而后反问，“倒是你，找我有什么事？”

“我……”千黎支支吾吾起来，费了好大的劲儿，才吐出几个音节，“谢谢你。”

千黎虽然平时看起来难以靠近，但也不是不明事理的人。絮暖舍身救她才会受伤，她也理应向对方说一声感谢。

絮暖诧异，没想到高高在上的女王会放低姿态，语气也稍稍柔和了些，说：“不用！”

“可是我不明白，你不是讨厌我吗？为什么又要出手救我？”

絮暖跑来疾言厉色地警告自己的场景，依然历历在目。千黎不懂，危机来临时，大家自顾不暇，唯有絮暖对她伸出了援助之手。

絮暖却答得理所当然，说：“讨厌你是一码事，救你又是另一码事，无论是谁，我都不可能见死不救的！”

“但是我不喜欢欠别人人情！”千黎抿唇，看向絮暖，“说吧，想要什么，只要我能做到的，就当是还你这个人情了！”

絮暖暗想，果然是女王作风，口气还真大，动不动就许别人一个愿望。说到许愿，脑海里突然挤进一个身影，她的眸子不禁暗了下去。

半晌，她抬头问：“我说什么，你都能做到吗？”

“只要是我能力所及的，都可以！”

“那么我希望，你可以离樱草的人远远的……”

第九章

絮暖成王·千黎变身

"絮暖救千黎""顾北寒抱絮暖"等话题很快出现在了世英的校论坛上，大家的八卦之火熊熊燃起，展开热烈的讨论。原以为会引起不小的风波，可是两个小时后，各大帖子就全部被删除。千黎也不知用了什么手段，以最快的速度堵住了悠悠众口，平息了这场闹剧。大家之后也没再找絮暖和樱草的学生麻烦。

絮暖养伤那几日，南零落可操心坏了，怕她行动不便，每天陪着她上下课。令絮暖庆幸的是，因为受伤终于不用再参加舞蹈排练了。高富帅怕她一个人待在教室里无聊，便带着零食来陪聊。絮暖偶尔会在学校里见到顾北寒，两人仍如同陌生人般擦肩而过，一切似乎又回到了原点。

时间过得很快，体育文化节落幕后，絮暖的脚伤也恢复得差不多了。之前因为樱草的原因，絮暖已经很久没去沐家上课了。蜿蜒的山道上，昔日满山的梨花早就落尽，枝繁叶茂，落了一地的阴凉。

絮暖顶着蝉鸣，到达沐宅。屋里开着冷气，身上的汗很快收干，她坐在沙发上，茶几上堆满了杂七杂八的资料，笔记本电脑开着，里头的文档似乎才写了一半。

絮暖抬头看向正低头从冰箱里拿饮料的沐天心，说："师父，你是不是很忙啊？我今天来会不会打扰你？"

沐天心拿了罐柠檬味的汽水扔给她，说："当然不会，你再不来，我都怀疑你把你的恩师给忘了呢！"

"怎么会？我忘了谁也不会忘了你啊！"絮暖嘻嘻地笑着，语气微微弱下去，"不过我想你也知道，最近发生了很多事情。"

沐天心挨着她坐下，怕触及絮暖的伤心事，连忙转移话题："奚言今天怎么没陪你来？"

话题一出，见絮暖的脸色更不对了，沐天心压低声音，小心翼翼地问："吵架了？"

絮暖摇头，心里憋屈，不知道怎么和沐天心说这件事。

"师父，我问你啊，如果一个你很重要的人，突然说不认识你了。你说到底是你认错了人，还是他在说谎？"

沐天心虽然不明白絮暖为什么会突然问这么奇怪的问题，却能从她的表情里看出苦恼与纠结。她低头认真地想了会儿，说道："既然是重要的人，那么我就一定不会认错。但我也相信，对方说谎一定是有不得已的苦衷。"

心里重要的人怎么会认错？而有时撒谎也可能是被逼无奈。

"真的是这样吗？"絮暖喃喃自语。

“交给时间吧，真相总会水落石出的，又何必庸人自扰呢？”

沐天心的开导，令絮暖焦躁的心渐渐平复下来。与其绞尽脑汁钻牛角尖，还不如把答案交给时间。

“对了，师父，其实这次来我还有件很重要的事情想告诉你。前不久我见到白家的人了！他们真如你之前所说，尽帮一些坏人做事，而且向我下了战书。”

“没想到他们真的回来了。按你的说法，他们肯定调查了我们，才会那么清楚你的身份。”沐天心皱眉感叹，“白家的人可不好对付啊！你要想战胜他们，可不能懈怠。正好现在我手上有个案子，絮暖，你想不想试试？”

“真的吗？太好了师父，我正愁没机会练手呢！”絮暖自从见过白小七的精湛易容术后，想施展易容术的心更为迫切。她也想证明自己，更不想输给对方。

“若你能通过这次考验，也算是真正出师了！”

“师父你放心，我绝对不会让你丢脸的！”

鼎阳市东边是一处别墅群，能在这里出入的大多是富贵人家或一些名流之士，警卫比寻常住处更加森严。

絮暖再三确认地址没错，才敢迈步往里走，却被几个保安拦在门外。保安见她眼生，又上下打量她的穿着，眼神里露出几分鄙夷。他们一阵盘问，最后打电话给住户确认，才肯放行。

顺利进入别墅区，絮暖长舒一口气。目及之处都是独门院落的小别墅，繁华又透着清冷。絮暖找到门牌号，走上台阶，敲响房门。

对方似乎恭候已久，门被迅速打开。

中年男子看见他，脸上满是喜悦：“我是方乘，你是沐小姐介绍来的吧？”

絮暖点头：“你好，我是絮暖。”

打过招呼，两人进屋。

方乘忙冲保姆挥手，一会儿四方茶几上已经铺满了水果和茶点。

“方先生，其实你不用这么客气的。”

“哪里的话，这次务必麻烦你了！”方乘看着她，语气真诚，“沐小姐应该把事情都告诉你了吧？开始前，还需要我这边准备些什么？”

“我需要一个空房间，做一些准备工作。”絮暖说出自己的需求。

方乘忙让保姆着手准备。

絮暖进入客房，把背包放在床上，从里面小心翼翼地拿出易容用的工具和几天前就已经准备好的人皮面具。

戴上面具，镜中出现的是另一个女孩的脸——小巧精致的圆脸，月牙弯弯的眼睛，笑起来可爱恬静。絮暖对着手机里的照片比照一番，对自己的妆容做最后的调整。

照片上的女孩叫方笑，一年前死于车祸，也是方乘的女儿。

方笑的意外离世，对于方家是毁灭性的打击。作为方家的顶梁柱，方乘熬了过来。可是妻子千柔因为接受不了丧女之痛，抑郁消沉，浑噩度日，自欺欺人地活在方笑还没离世的日子里。

欧阳家和方家是多年的生意伙伴，欧阳翼得知方乘的妻子的情况后，恳求沐天心帮忙。沐天心便将此重任委托给了絮暖，给她一个锻炼的机会。希望她可以易容成方笑，帮助千柔打开心结。

方乘在门外来回踱步，交握的手心满是汗。千柔的日日消沉，让他心里悲怆。当他得知这个世界上有易容术，可以易容成心里最想见到的人时，湮灭的心又有了一丝希冀。虽然他不知道这样做是对还是错，但是千柔心心念念想着女儿，若是能让她再见一面，或许她的病会好起来，真正从暗无天日里走出来。

他下定决心，敲响眼前的门，声音发颤地问："絮小姐，你准备好了吗？"

絮暖应声开门："方先生，我这边已经没问题了。"

看到她的脸时，男人的眼眶蓦然红了，脚下踉跄，不受控制地往后退了几步，扶着墙才不至于倒下。他喉咙发紧，艰难地吐出几个音节："笑笑，是你吗？"

絮暖知道易容后的自己和方笑并无两样，方乘触景伤情，认错了人。虽然她知道说出真相很残忍，但还是扶住他，声音怯怯地说："对不起，方先生，我是絮暖！"

似有惊雷在耳边炸开，方乘瞬间清醒，抹掉眼角的泪，收起悲伤的神色，说："不好意思，絮小姐，刚才是我失态了！"

"没事的！"

"我带你过去吧！"

千柔的房间在楼上，门内传来物体破碎的声音和女人的低吼声。

"都给我滚出去！"

保姆退到门外，不知如何是好，见到方乘连忙低头："先生，太太她还是不肯吃东西。"她抬头见到絮暖，手里的餐盘掉落地上，惊恐地瞪大眸子："笑……笑笑，你不是已经……"

"你先下去吧。"方乘发话。

保姆这才俯身收拾东西，跌跌撞撞地下楼，全程都是一副见鬼了的表情。也难怪，絮暖此刻顶着方笑的脸，任谁看到都会被吓倒吧。

方乘轻轻地推开门，屋里漆黑一片，明明是白天，窗帘却被拉得紧紧的。门外微弱的光透进去，只能隐约瞧见床边的地板上坐着一个女人。

灯被打开，屋里亮堂起来。絮暖望去，地上狼藉一片，披头散发的女人抬手遮住刺眼的光源，发疯似的大叫：“谁让你们开灯的？快关掉！”

“小柔！”方乘声音哽咽，“你快回头看看，笑笑来看你了！”

听到“笑笑”两个字，女人收住叫声，涣散的眸子终于有了一丝焦距。她慢慢地转身，看到絮暖时，泪水夺眶而出。

絮暖还未回过神，女人已朝她飞奔而来。下一秒絮暖的身体被她抱住，撕心裂肺的哭声回荡在耳边：“笑笑，真的是我的笑笑！他们都说你死了，妈妈不信！你要是死了，妈妈该怎么办啊……”

絮暖僵住，不知如何回应，任由对方那么抱着。她从小到大都是絮胜带的，大家都说母爱是这个世界上最伟大、最无私的爱，可是她从未感受过。此刻她却能清晰地感受到千柔是那样用力地把自己抱在怀里，生怕一松手，人就不见了。因为太害怕失去，害怕这场失而复得只是一场虚幻的梦。

“笑笑，妈妈好想你。”

“嗯。”絮暖轻声应和，手轻轻地拍着女人颤抖的脊背，“我也很想你。”

方乘看着眼前“母女”重逢的场景，背过身去，悄悄地抹去眼角的泪。

“方笑”的出现，让千柔的情绪稳定了不少。絮暖坐在床上，为她梳发，每一下都小心翼翼的，生怕弄疼对方。梳洗完毕，千柔看起来精神不少，在絮暖的陪同下，乖乖地吃了保姆拿来的东西。

因为长时间的抑郁和绝食，千柔的身体格外消瘦，需要长时间的静养才能恢复。絮暖给她喂下有安定作用的药物。千柔倦意来袭，却害怕絮暖离开，抓着她的手，死活不肯闭上眼睛。

“我不走，但是你也要听话，乖乖睡觉好不好？”絮暖笑着在她的耳边轻哄。

女人这才慢慢地合上眼睛。絮暖等她熟睡了，才悄然起身，从屋里退了出来。

此时外面的天已经暗了下来，繁星点点，灯火璀璨。

方乘为表感谢，想留絮暖吃晚饭。絮暖看着装修辉煌的客厅，总觉得与自己太格格不入，又担心学校有事，便委婉地拒绝，准备抽身去房间卸妆。

玄关处传来声响，清脆的女声幽幽地传来：“姑父，今天姑姑怎么样了？我来看看她！”

千黎换了拖鞋，书包随手扔在沙发上，迎面撞上絮暖。看清对方的样子，她面容失色，吓得往后退了一步，尖叫出声：“表姐！”

絮暖也被吓坏了，条件反射地往后退。

“姑父，这是怎么回事啊？表姐她不是一年前就……”

“方先生，既然你有客人，那我就先回房间整理东西了！”絮暖趁乱，逃一般地蹿回房间。

千柔、千黎，她怎么就没想到，这两个是一家人呢！世界还真小，居然会在这里碰到千黎。为免节外生枝，絮暖赶忙卸妆，迅速把散乱的东西塞进背包，准备以最快的速度撤离。

屋外，方乘把事情的来龙去脉告诉了千黎。千黎听了，无法置信，原来世界上还真有易容术这么玄乎的东西，要不是亲眼所见，她绝对是不信的。直至现在，她仍未从震惊中回过神来。

“这件事情我们可答应过别人不能外传的，小黎，你千万别往外说。”

方乘口气严肃，再三告诫。

千黎心里自有分寸：“姑父，你放心。”

别人肯帮她姑姑，他们感恩戴德还来不及，既然许诺对方保密，她定会守口如瓶的。只是这个会易容术的人当真厉害，千黎好奇，很想一睹对方的真容。

絮暖偷偷开门，见外面没人，刚准备撤，千黎就冒了出来，挡住她的去路。絮暖连忙转过身去，用头发挡住脸颊。

“你好，我是千黎，是千柔的侄女，谢谢你能帮我姑姑！”千黎落落大方地朝她伸出手。

絮暖缩着身体，心里发虚，声音都有点儿飘：“不客气！”而后扯着头发，脚底抹油般地冲到门口，又往屋里大喊：“方先生，我过几天再来，先走一步了！”

“那我送送你吧！”絮暖哪知道千黎并不罢休，依旧不依不饶地跟在后头。

她心里不愿和对方有牵扯，死死捂着脸颊，怕被认出来。

对方奇怪的举动，令千黎纳闷。难道身上功夫了得的人，都有怪癖吗？这人的脸到底怎么了，总用手捂着，长得丑还是怕见光死？

絮暖脚下生风，急于摆脱后头的人。谁料刚出门口，就起了一阵大风，头发凌乱地飞舞起来。她想用手抓住时，已经来不及了。

“絮暖，怎么是你？”终于看清对方面容的千黎惊讶地叫出声来。

絮暖在心中无声地哀号，尴尬地笑笑：“呵呵，好巧……”

絮暖深切地觉得，自从千黎知道她会易容术后，高冷女王的人设彻底崩塌了。她每次去方家都能见到千黎，次数多了，说是凑巧，恐怕连傻瓜都不会信。不仅如此，千黎看她的目光中更是多了几分崇拜，跟在她后面又总是一副欲言又止的模样。絮暖隐隐觉得那家伙一定在打什么鬼主意，她还是有多远躲多远为好。

千柔的病情有所好转，整个人开朗了许多。可是絮暖这个假女儿扮得了一时，却扮不了一世。絮暖找方乘商量，想找个恰当的时机向千柔摊牌。可每每看着千柔时，絮暖又总是不忍叫醒她的美梦，把她拉回残酷的现实。

饭桌上，千柔亲手为絮暖做了三明治，蔬菜和肉包裹在其中，又裹挟着厚厚的花生酱，看起来很是美味。絮暖的手却迟迟未动。

“怎么了，为什么不吃呀？你以前可是很喜欢吃妈妈做的三明治的。”

絮暖不忍看对方难过的表情，拿起三明治大快朵颐地吃起来，脸上还带着笑，流露出一副心满意足的样子。

饭后，趁千柔不注意，絮暖跑进卫生间，恶心的眩晕感袭来，胃中翻江倒海。千黎察觉到她的异常，敲门大喊：“絮暖，你怎么了？”

絮暖开门，人倚在墙上，面色苍白，说：“没什么，只是刚才吃了太多的花生酱。”

“你是不是对花生过敏？”

絮暖点头：“没事的，我已经都吐出来了，等会儿就好了。”

千黎说不出话，心里涌起感动。刚才那样的情况，为了让姑姑开心，絮暖全然不顾自己。千黎忽然觉得，似乎与眼前这个女孩相处越久，她带给自己的惊喜和意外就越多。

角落里躲在墙后面的身影把两人的对话收入耳中，悄然转身离开。

回到房间，满床的粉色衣服铺得满满当当，絮暖傻眼地站着。

“前几天，妈妈给你买了新衣服，你看看喜欢哪一件？这件怎么样？”千柔拿起一件在絮暖的身上比画半天，忽而眉头紧皱，“怎么好像大了，你是不是瘦了呀？妈妈都是按你以前的尺码买的。”

方笑比絮暖胖一些，对于絮暖来说，这些衣服自然是大了。

絮暖咧嘴笑道：“那有什么关系，我这几天多吃点儿，过几天穿起来不就刚刚好吗？”说着看向床上的一片粉红，言不由衷地说了句，“而且都是我喜欢的粉红色。”

方笑喜欢粉红色，房间里所有的饰物都是粉色的。絮暖喜欢的却是蓝色，为了让千柔开心，她每次来都会带着对方送的粉色发卡，哪怕不是自己喜欢的颜色，

但那个发卡意义深重，让人不忍辜负一个母亲对孩子的爱。有那么一刻，絮暖觉得自己就像是一个小偷，在贪恋着原本不属于自己的母爱。

千柔没说话，眼眶却红了，转身打开衣橱，拿出一件蓝色连衣裙，走向絮暖，说：“试试吧，一直想买一件礼物送给你，也不知道你喜不喜欢。”

“怎么会？”絮暖惊愕无措。

“我知道，你喜欢的是蓝色。”千柔的泪在眼眶里打转，却依然在笑，“孩子，这些天辛苦你了，我知道我的笑笑回不来了。”

方笑离世后，千柔伤心欲绝，总期盼着可以和女儿见上一面，哪怕是在梦中也好。可就算如此渺小的心愿也成了奢望，长期的抑郁失眠，让她崩溃绝望。见到絮暖后，她终于如愿以偿，在梦中见到了方笑。

方笑抱着她说：“妈妈，对不起，再见！”

她伸手去抓对方，却扑了个空，梦醒时，她掩面痛哭。

她曾偷偷地翻过絮暖的书包，发现里面的一切饰物都是蓝色的。她用方笑最爱吃的花生酱试探对方，种种迹象表明，絮暖根本不是方笑。可她视而不见，依然自欺欺人地活在假象之中，不愿意面对现实。

人永远都没办法叫醒一个装睡的人，她知道，为了自己所爱的人，这个美梦该醒了。

“谢谢你，让我做了一个这么美的梦！”

“不，该谢谢你的人是我！”絮暖抱住对方，声音哽咽，“是你让我感受到有妈妈的感觉真好。”

沐天心曾对她说：“絮暖，总有一天你会明白，学习易容术不是为了炫耀自己的技术有多么精湛，当你真正靠它帮助别人的时候，那种成就感是无法用语言形容的。”

此刻的絮暖，似乎才真正明白这句话的意思，帮助他人的同时，也收获了更好的自己。

方乘和千黎站在门口，看着相拥在一起的两个人，热泪盈眶。

这应该是絮暖最后一次来方家了，虽然心有不舍，但看到千柔能在自己的帮助下痊愈，开始新的生活，她却比任何一个人都要开心。

用完晚饭，絮暖把千柔送的礼物小心翼翼地放进背包，笑着与大家挥手告别。走到院落，她才发现千黎也跟了出来。

“絮暖，我有话想对你说，能给我几分钟时间吗？”

这段时间的相处，让两人对彼此都有所改观，絮暖已经没有原来那么排斥对方了。她停住脚步看她：“说吧。”

千黎神色有些紧张，十指弯曲成拳，声音带着几分艰涩，说：“你能不能帮帮我？”

絮暖愣住，以为自己出现了幻听，笑出声道：“我没听错吧？我们无所不能的女王大人，还需要我帮忙？千黎，我可没时间听你在这里开玩笑。”

说着她就迈腿想走，身后传来千黎急急的叫声：“絮暖，我没开玩笑，我是认真的。我需要你的帮忙！既然你能用易容术帮我姑姑，那能不能也帮我完成一个心愿呢？”

少女因为焦急，面色涨得通红，眼神里透露出急切的渴望。絮暖诧异，真的很难把此刻的她和平日那个高高在上、处变不惊的女王联系在一起。

絮暖想，这个心愿一定对她非常重要吧，才会让女王低下高贵的头这样恳求自己。

“你到底想让我帮你什么？”

“絮暖，我知道，我的请求可能会让你很为难，那你就当成是一场交易吧！我想让你用易容术，交换我俩的身份，只要一个月就好。我只是想体验一下不一样的人生，只要你愿意，从今以后樱草的学生就是我千黎的人。”

体验另一种人生，千黎从前不曾想过，也不敢去想，直到絮暖的出现。她目睹易容术的神奇，心中不禁萌生出这个大胆的念头。哪怕是顶着别人的样貌和身份活着，都好过眼下的人生；哪怕只有极短的一瞬，她也想成为一只飞蛾，奋不顾身地扑向火焰。千黎没有把握絮暖会答应自己，却知道絮暖重情重义，把樱草的学生看得无比重要，才会出此下策。

樱草虽然存活下来了，可是大家在世英的日子都过得如履薄冰。如果有千黎这座靠山，世英的人便会有所忌惮，对樱草的学生来说也是一个保障。虽然不明白千黎为何会有这样的心愿，可是为了樱草，絮暖思量再三，终于下定决心。

“好，我答应你，为期一个月，希望到时候你可以遵守约定！”

千黎笑着抬起手掌：“一言为定！”

絮暖走过去，两掌相击，定下承诺。

絮暖花了一周的时间，做好易容用的面具，并且约千黎在天台交换身份。

放学时分，学生鱼贯而出，谁也没有注意到天台上的两个女孩，正进行着一场秘密的交易。戴上假发和面具，千黎看着镜中的自己，不由得惊叹："简直太不可思议了，怎么可以这么像！"

絮暖对自己的杰作也很满意，忽然想起什么，眉头一皱："对了，我让你准备的东西呢？"

千黎低头，从书包里拿出厚厚一沓纸，放到她的手上："要注意的事项都在这里了，你的呢？"为了不暴露身份，引起不必要的麻烦，两人把一些需要注意的要点写了下来，好让对方尽快适应彼此的身份。

"这么多！"絮暖瞪大眼睛，不由得感叹女王果然不是那么好当的，她抬手把自己薄薄的一页纸递过去，"喏，我的都在这里了！"

"等会儿千家的人会来接你回去，记住从现在开始，你就是我了，是世英女王，千万别丢我的脸；最重要的是，绝对不能暴露身份，否则后果会很凄惨！"

哼，怕丢脸有本事就别找我帮忙啊！还后果会很凄惨又是什么意思？絮暖心中不悦，还想问个究竟，千黎却像匹脱缰的野马，一溜烟地跑了。

絮暖站在原地，细细一想，觉得事情不妙。千家是何等势力，要是被发现她冒充千黎，就算只是同谋，恐怕也吃不了兜着走吧！她怎么就头脑发热，被千黎忽悠着跳进这个火坑了呢？絮暖气得直敲自己的脑袋，如今是骑虎难下，只能硬着头皮上了。

走在学校里，不时有人恭敬地朝絮暖打招呼。絮暖微笑着点头回应，就见人一脸惊恐地逃走了。

"天啦，刚才女王对我笑了！"

"你完蛋了，你是不是得罪她了？"

絮暖这才猛然惊醒，自己现在扮演的身份，努力回忆千黎平时的样子，高傲地抬起下巴，本来还想帅气地甩个头发，伸手撩了个空，这才恍然想起千黎是短发。她心虚地望望四周，好在没人看到她刚才犯傻的样子，低头加快步伐往校门口走去。

一辆白色的宾利如往常般停在校门左侧，通过后视镜看到在门口张望的身影，司机连忙下车，喊了半天。絮暖才后知后觉地反应过来，是在喊自己。

她疾步走过去，年轻的司机正站在车门前，笔挺的西装搭配白色衬衫，皮鞋擦得锃亮，抬手为她打开车门，弯腰做了一个请的姿势，俨然一副训练有素的样子。

絮暖报以一笑："谢谢。"而后跨入车厢。

司机摸摸脑袋，有些诧异。看得出来，他家姑娘今天似乎心情不错，竟然对他笑了。

车内的冷气很足，絮暖额上的汗瞬间收干。指尖滑过真皮坐垫，触感是前所未有的好，车内宽敞又舒适，都够她躺下来当床睡了。

舒缓的古典乐在耳边飘荡，絮暖的心却静不下来，越发惴惴不安。窗外的风景急速地倒退，车子穿过喧嚣的市中心，进入静谧的别墅区。一切恍如梦境般，她正慢慢走入一个和从前截然不同的世界。而在那里等待她的是什么，谁也不知道。

到达目的地，已是夕阳西下。絮暖皱着眉头，目视前方。三层高的小别墅，黑顶白墙，灰败的色调，无一丝生气，透着十足的压抑感。唯有墙角处的缝隙中，长了几簇不知名的小花，被风吹得摇着小脑袋，成了这个黄昏中唯一鲜活的存在。

大门敞开，家庭服务人员都站在门口恭候多时，为首的是一个年长的老翁，对絮暖恭敬地说："晚餐已经为你准备好了。"

来时，絮暖粗略地看了千黎给的资料。她的父母常年在国外出差，家里除了几个家庭服务人员和一个年迈的管家，就没别人了。

絮暖猜想，眼前的人应该就是管家王伯。他礼貌地朝她点点头，跟着他进屋。

屋内很大，却让人发慌。地板一尘不染，家具崭新如初，一切看起来都很好，却少了点儿寻常人家的温馨，空荡荡的，让人没来由地发冷。

以前絮暖也曾幻想过着有钱人家的生活，富丽堂皇的大房子，服务人员成群，衣来伸手饭来张口，一定是极其享受的。直到置身于此，她才忽然发现，有钱人的生活不过就是对着这样一座冷冷清清的房子，甚至连个可以说话的亲人都没有。她难以想象，千黎是怎么熬过来的。

小妹过来取走她的背包挂上衣架，絮暖洗完手走进餐厅。长方形的饭桌上摆放着美味佳肴，热气腾腾的饭菜，香味四溢，把絮暖肚里的馋虫都勾了出来。她坐下才发现桌上只放了一副碗筷，抬头看向王伯："你们不坐下一起吃吗？这么多菜，我一个人哪吃得掉！"

此话一出，王伯似受了惊吓，老脸一抽："姑娘，你以前都是一个人用餐的，而且哪有下人和主人一起同桌用餐的道理？"

"什么？"絮暖诧异，发现自己说错了话。她哪里知道有钱人吃饭还这么多规矩，而且吃饭就是人多才香啊。她心虚地避开对方探究的视线，底气不足地说道："那啥，我就随便说说！"连忙转移话题，"对了，今天吃的都是什么菜呀？"

王伯也不再纠结刚才的话题，认真地开始报菜名。絮暖撑着脑袋听，门铃却在此时响了起来。

没一会儿玄关处传来窸窣的声响，絮暖正好奇来者是谁，就见王伯已经迎上去，笑着喊了声："北寒！"

还未反应过来"北寒"是谁，远处背着书包的少年已经径直走向她，下一秒身边的椅子被人拉开。絮暖的脑袋"轰"的一声全乱了，"蹭"地跳了起来，惊愕地看着身边的人："顾……顾北寒，你怎么会在这里？"

"不是你让我来吃饭的吗？"顾北寒对她惊讶的举动表示不解。

"姑娘，你约了北寒来吃饭，怎么也不提前说一声？"王伯说着，连忙又让保姆多添了一副碗筷。

她什么时候约顾北寒来吃晚饭了？絮暖一头雾水，手机屏幕忽然亮起，提醒有一条新消息。絮暖见备注名是自己，先是吓了一跳，又想起自己和千黎交换了手机，才定下神。她身子侧了侧，小心翼翼地点开，里面是一句简明的话：忘了和你说，我之前约了阿寒今天来家里吃饭。

这么重要的事情，竟然不早说！絮暖气得把手机拍在桌上，静默被巨响打破。众人面露惊愕地看着她，心想着女王何时如此失态过。

絮暖抹了把额头上的虚汗，尴尬地笑起来："呵呵，垃圾短信实在太烦了！"

顾北寒静静地坐着，神色难辨，却给人一种无形的压迫感。

絮暖心里没谱，如坐针毡。好在对方话少，两人全程几乎无交流，她也不至于说错话。

对絮暖来说，这顿饭吃得相当痛苦，每道菜她只敢吃一点儿就收手了，就怕吃多了露出马脚。最后的甜点，絮暖忍不住多吃了几口。

王伯见着，难掩惊奇："看来今天的甜点做得不错，连姑娘这么不爱吃甜食的人，都吃了这么多！"

絮暖大惊，顿时一噎，食物卡在喉咙里，喝了好几口水才缓解。这下她哪敢还继续吃，感叹王伯真是金箍，时时让她警醒，一刻都不敢忘记自己此刻的身份。

絮暖不敢接话，倒是顾北寒冷不丁地接了一句："今天的甜点，确实不错。"

他说这话时看着她，唇角勾起意味深长的笑，令絮暖不寒而栗。

"这甜点厨房里还剩了不少，既然北寒爱吃，等会儿我就让人送一些到隔壁去。"

"那就谢谢王伯了。"

絮暖没想到顾北寒平时在学校待人冷冰冰的，对千黎倒一点儿都不生疏，看得出他应该是这里的常客。果然如传言所说青梅竹马，就是关系匪浅。

她不禁又感叹王伯真会拍马屁，还让人送甜点去隔壁！等等，"隔壁"是什么意思？难道说……

几分钟后，絮暖浑身僵硬地站在门口，目送着少年离开，绕进隔壁院落，掏出钥匙打开房门。

世界骤然寂静，唯有王伯的声音在耳畔回荡：“住在隔壁就是方便啊！”

回到房间，絮暖连忙去翻千黎给自己的资料，里面对顾北寒住在隔壁一事，只字未提！絮暖恼了，打电话想找千黎“泄愤”，对方竟然直接关机。

絮暖气得在床上滚了几圈，还好今天没露出马脚。可是这抬头不见低头见的，恐怕之后她的日子不好过。也不知道为什么，每每遇到顾北寒，她总是紧张无措。明明他有着一张和奚言同样的脸，给人的感觉却截然不同。

千黎的床很大，床垫柔软又舒适，絮暖习惯了睡硬板床，翻来覆去，却怎么都睡不着。到后半夜，她的肚子叫得厉害，便摸黑起身下楼翻冰箱找吃的，结果找了一圈，连半点儿剩下的食物都没找到，更别提她最爱的方便面了。絮暖舔着干涩的唇角，幻想着方便面诱人的香味。实在是太饿了，她只好猛灌了一瓶水充饥，最后哭丧着脸躺回床上继续数羊。真怀念在樱草宿舍的晚上，和南零落一起吃泡面的时光。

樱草的学生白天在世英上课，晚上还是回樱草住宿。

放学后，千黎乖乖地跟着南零落回了樱草。一路上，她四下打量。虽然校园前不久刚整修过，却依旧难掩破败之色，冷清又萧条。这就是絮暖心心念念的樱草吗？身为局外人的千黎不解。路过樱草花海时，她的眼睛才有了几分神采。

樱草花的花骨朵虽然小，却簇拥成团，爆发出惊人的美。微风拂过花海，掀起层层叠叠的浪潮，绵延至远方，望不到尽头。

千黎从没住过学生的宿舍，世英的宿舍也只去过一回，还是因为去看望生病的同学。和世英相比，樱草的住宿条件显然差了许多，两人一间房，空间狭小又不透风，上下铺的双人床，床板硬得直硌手。

千黎眉头紧皱，用手摸了摸椅子，确认是干净的，才放心地坐下来。

“现在这个时候估计食堂早关门了，絮暖，我们今晚就吃方便面凑合吧！”南零落从外头走进来，手上拿着两桶面，递到她眼前，“你要红烧牛肉还是老坛酸菜的？”

千黎心里发慌，她的生活向来自律，从不吃方便面这种垃圾食品，每天摄入的食物也都是由营养师调配好的。

她不知所措地看着那两桶面，支支吾吾地问：“你们平时就吃这个？”

"什么我们平时，这不是你最爱吃的吗？"南零落奇怪地看着她。

"对对，我当然喜欢吃啊！"千黎随意地抓过一桶抱在怀里，心虚地抹着额角上渗出的冷汗。她显然差点儿忘了自己现在的身份，赶忙起身，岔开话题，"那我们去厨房煮面吧。"

南零落愣着未动，满脸愕然，说："絮暖，你没事吧？我们学校哪来的厨房……"

几分钟后，千黎第一次知道原来不是所有的面都是煮的，方便面原来是泡着吃的。她偷偷地学着南零落的动作，先是撕开包装纸，把调味包洒在面饼上，然后倒入热水。操作步骤比她想象的简单多了，果然面如其名，真是方便。

等面饼泡开，香味扑鼻而来，南零落用勺子把面条搅匀，吃了起来。千黎看着她吃得很香，面条吸入口中，发出"刺溜刺溜"的声音。她从小就被灌输方便面是垃圾食品，有害健康的观念，就算此刻那香味再怎么诱人，心里多少还是有些抗拒的。

"你怎么了？为什么不吃呀？"

面对从未尝试过的东西，人总是畏惧害怕的，可是如果不去试试又怎么会知道答案？既然老天给了她另一种人生的可能，她就应该更勇敢些。

千黎拿起勺子，面条入口即化，浓郁的汤汁刺激着味蕾，她瞪大眼睛看向南零落，惊喜地叫出声来："这也太好吃了吧！"然后全然不顾形象，饿狼扑食般大口大口地吃了起来。

今天是和絮暖交换身份的大日子，因为紧张，千黎几乎一天都没进食了，眼下是真的饿了。初尝到方便面滋味的千黎，感觉自己打开了新世界的大门。谁说方便面是垃圾食品的，明明它是这个世界上最好吃的面！

南零落被她的模样逗得哭笑不得。

没一会儿千黎的面桶已经见底，她舔了舔嘴角，显然并不满足。

感觉到南零落紧盯的目光，千黎心虚地避开，在心中暗骂自己竟然会做出这样丢脸的举动，可没一会儿又被那香味勾得不自觉地回过头。

几次下来，意图实在明显，南零落把自己的面桶推过去："其实我早就饱了，你要是不嫌弃我吃过一半的，就吃了吧，免得浪费了。"

若是以前，千黎当然会嫌弃，她怎么可能吃别人吃过的东西！可是此刻她是絮暖，而不是那个高高在上的女王千黎，万事都有第一次，反正连垃圾食品都吃了，美食当前，心中最后一丝防线终于瓦解。她冲着南零落笑着道谢，继续开吃。

吃饱餍足地躺下来，简直是人生一大快事，千黎觉得此刻似乎连床板都没那么硬了。可惜她认床，又加上初到陌生的环境，依旧辗转难眠。

窗外明月高挂，余光洒落进来，把周遭的一切都变得格外柔和。

千黎起初觉得这个宿舍又小又破，眼下不知怎的，竟生出几分温馨的感觉。除了一些必须参加的交际宴会，千黎从来不曾和别人窝在这样一间小房间里，吃着所谓的垃圾食品。更多时候，她都是一个人面对着空荡荡的大房子，吃着美食佳肴却味同嚼蜡，还不如方便面来的美味。她真的很羡慕絮暖，有可以谈心、聊天的朋友。平凡没什么不好，有时候最宝贵的不过就是每个平凡的瞬间，可对她而言，却也是奢侈的。

Tuo Xian Meng Xing Yirong Ji III

第十章

识破危机·北寒解围

晨光微熹时，絮暖才有了些许睡意。可惜好景不长，美梦被床头柜上的闹钟打破，她抬头一看竟然才五点半，按掉铃声，继续蒙头大睡。半梦半醒间，耳边传来急促的敲门声，王伯的声音威力十足，穿过木门透进来："姑娘，你还没起床吗？北寒已经在门口等你一起晨跑了！"

五点半跑什么步啊！疯了吗？絮暖不满地拿起枕头朝房门砸去，忽然想到什么，从床上跳起身，几个大步走到书桌前，在杂乱的资料中找到一张标题为日常作息表的纸。凑到眼前，她随后惊恐地大叫起来，赤着脚跑到卫生间，以最快的速度梳洗完毕，又从衣橱里胡乱地找件短袖运动衣衫套上，才匆匆下楼。

千黎的日常作息实在太变态了，每天都有晨跑的习惯。这也就算了，顾北寒偏偏这时候还来瞎凑热闹。絮暖怕被看出端倪，一刻也不敢怠慢，风风火火地杀到门口。

少年倚在院落的外墙上，听到动静，摘下耳机，看着眼前气喘吁吁的人，眼睛微眯，里头竟然闪过一丝极浅的笑意："你真准备就这样去跑步？"

絮暖本就没睡醒，脑袋昏沉，被这么一问，更加蒙了。

顾北寒没说话，伸手指向她的唇角，指尖又一路往下定在她的脚上。

絮暖顺着他的动作，才发现自己唇角旁还沾着牙膏泡沫，脚上竟还穿着粉红色的拖鞋，大脑"轰"的一声，羞愧到无地自容，捂着脸逃回屋里。

别墅群靠近海边，附近有一片宽阔的浅滩，清晨人烟稀少，海浪拍打着礁石，发出沙沙的声响。

絮暖无精打采地跟在顾北寒身后，少年戴着耳机，步速很快。经历了前面那一阵慌乱后，她随意在鞋柜里找了双鞋穿上，也没留意尺码。现在她觉得脚跟磨得厉害，疼痛刺激着神经，让人头皮发麻。

"喂，能不能休息会儿啊？"絮暖冲少年大喊。对方戴着耳机，似乎没听见。

她已经没了追赶的力气，一屁股坐在细沙上，检查脚伤。

"怎么不跑了？"没想到少年会折回，絮暖忙把裤脚放下，遮住脚踝。脚跟磨破倒是小事，只是今早这么一折腾，之前受伤的脚踝又痛了起来。兴许是自尊心作祟，她软弱的一面总是不愿被人看到。

强忍着疼痛，她若无其事地说："没什么，就是想休息会儿。刚刚我有喊你，你可能没听到吧。"

顾北寒点头回应，脸上依然清冷，辨不出情绪，半晌才道："时间差不多了，你要是休息够了，我们就回去吧。"

絮暖咬牙起身，走出几步，便痛得不禁皱眉。顾北寒看出不对劲，走过去看她的脚。

“你干什么？”絮暖本能地躲闪。少年却态度强硬，不顾她的挣扎，摸到脚踝处的伤疤时，诧异地抬头看她，眼睛深邃似海，像有漩涡要把她吸进去。

絮暖胸口猛然一跳，甩掉对方的手，神情愤然。

无论是那个伤疤的位置，还是伤口的深浅，顾北寒都记得很清楚，千黎何时受过脚伤，倒是絮暖……从昨晚他就觉得眼前的千黎和往常很不一样，对他生疏的态度还有奇怪的行为举止，完全无法和他记忆中的千黎联系到一起。

难道说……顾北寒突然被脑海里挤出来的念头惊到。

絮暖被他盯得心里发慌，本能地想要逃，可惜腿脚不给力，每一步都走得缓慢又费力。顾北寒却几个大步轻松地走到她身前，背对她蹲下身，神色冷厉：“不想拖后腿就上来，我可不想因为你上学迟到！”

她想拒绝，可又怕被他看穿身份，只好无奈地照做。

少年的背脊很宽，絮暖拘谨地抓着他的衣领，不敢动弹。两人贴得很近，微风拂过，她的发丝落在少年的颈上，散发出淡淡的香。

恍惚中，絮暖忽然想起之前，奚言也曾这么背着她，一起见过最美的日出。

回到住处，保姆用冰袋给絮暖冷敷伤处，疼痛才缓解不少。折腾了一早上，絮暖实在是又累又困，赶到学校，就趴着不想动了。老师眼里的好学生，大家眼里的学霸，竟然上课睡觉。睡觉也就算了，而且还打呼，简直堪称奇观。大家哪还有心思上课，拍照的拍照，围观的围观。

老师在絮暖身前徘徊许久，一副欲言又止的模样，琢磨着该不该把人叫醒。

一想到对方可能是因为学习到深夜，才会如此疲惫不堪，心里是既心疼又心软，最后索性充耳不闻地走开了。

殊不知絮暖鼾声正浓的同时，千黎也美梦正酣。昨天失眠的可不止絮暖一个人，千黎被那硬板床折磨了整夜，难以入眠。眼下两人互换了身份，也不用顾及什么女王的颜面，无所畏惧地倒头大睡。

只可惜老师对于学渣的容忍度几乎为零。

“絮暖，你给我站到教室外面去！”

暴怒的吼声灌入耳朵，絮暖惊醒，条件反射地起立，大叫一声：“到！”

“千黎！我没喊你，我叫的是絮暖！”

“啊？”另一头，一道身影摇摇晃晃地站起来，揉着眼睛，一脸蒙。

在全班止不住的哄笑声中，絮暖和千黎尴尬地互看对方一眼，默契地走出了教室。

絮暖脚痛，站不久，索性靠着墙壁坐在走廊上，依然神闲气定的模样，脸上无一丝被老师责罚的羞耻感。可千黎就不同了，她可是头一回被罚站走廊，心里又气又恼，无处发泄，不禁埋怨起絮暖："谁让你上课睡觉了？我可从来没这么丢脸过！"

"哎哟喂！"絮暖也不好惹，火气蹿上来，"你还敢说我，当初也不知道是谁，求着喊着要我帮忙，真是好心没好报！"

她心里还委屈呢，就不该没事当什么破女王，想好好睡个觉都不行，大清早就被拉出去跑步，真是倒霉！

千黎清清嗓子，放软语气："我是着急，而且害怕你做出什么出格的举动，被人戳穿身份！"

絮暖却依旧嘴上不饶人："怕什么怕呀？你顶着我这张脸睡觉的时候，怎么就不怕给我丢脸呀？"

千黎发现自己说不过对方，转过身，小声嗫嚅："我又不是故意的，谁让你的床那么硬？"表情委屈又可爱。

难得见到对方露出这样的表情，絮暖笑起来，说："行了，今儿这事就算翻篇了，我大人有大量，就不和你计较了！"

这话的前半句听着还凑合，后半句千黎可不乐意了："是我大人有大量，不和你计较了！"

"行吧，你开心就好。不过话说回来，你那个变态作息表就不能改改吗？"

千黎暗暗坏笑，心想不过就是早起跑个步就如此怨声载道，后面可有你受的。她又听对方有气无力道："还有顾北寒，竟然就住在你家隔壁，我觉得十分危险。毕竟你们是青梅竹马，我可能很容易就暴露身份了。"

"那也没办法！"千黎两手一摊，面露无奈，"不过也许有奇迹也说不定！"

"什么意思？"

絮暖追问，对方却不答，恰巧有老师经过，打断两人的对话。

"千黎同学，上课时间你怎么会站在外面？"审视的目光落在絮暖身上，又移至她身旁的身影，眉心一皱，下结论的话才要呼之欲出。

千黎连忙接道："老师，是我不好，千黎同学因为帮我补习功课，昨晚熬了通宵，上课睡着了。我过意不去，就和她一起在这里罚站！"

老师听了，态度急转："真是好同学啊，老师真感动，不过学习也要有度，熬夜毕竟伤身……"

直到耳边叽叽喳喳的声音远去，絮暖才抬头，朝对方竖起拇指：“女王大人，论睁眼说瞎话的能力，小的佩服！”

千黎龇牙点头，女王的形象可绝对不能崩塌，偶尔说点儿善意的谎言，对大家都好。

午饭时，教室里只剩下絮暖一人。千家的人送了盒饭过来，三层高的食盒，荤素搭配，营养均衡。絮暖却吃得没味，没吃几口就丢在一边，靠在窗前。她看见千黎、南零落和高富帅三人，说说笑笑地往食堂走去。直到此刻，站在千黎的位置上，絮暖才有那么点儿明白，当女王的艰辛，尤其是任何时候，那种无人靠近的孤寂感。

千黎觉得，絮暖的两个朋友可真有意思。南零落话不多，但是做事细心又很会关心人。高富帅却正好相反，简直就是个活宝，一路上唠叨个没完，完全不用害怕冷场。她跟着他俩在学校食堂用餐，明明周遭喧嚣，她却不觉得吵。大伙坐在一起，格外热闹，也不会有人因为她是女王，就避开她坐得老远。可能这是她第一次真正融入集体中，觉得自己并没有什么不同，只可惜此刻她是顶着絮暖的身份。

午饭千黎吃得很饱，和同伴告别，独自回教室的路上，特意绕了远路消食。冷清的羊肠小道，平时走的人很少，阳光被大片树荫遮住，走在下头凉爽惬意。

耳边忽然响起叫声，千黎顿住脚步细听，发现声音是从右方那棵稍矮的树上传来的。她走过去便见树梢间困着一只小猫，个头很小，毛是橘色的，眼珠乌黑透亮，可能是和主人走丢了，才跑到这里。小家伙见到她也不害怕，叫声越发响亮，似是求救。

八岁时，千黎在路边捡到过一只小猫，趁着父母在国外出差的时候，偷偷养了一阵。那段时间小猫是她唯一的伙伴，聆听她的心事，陪她一起玩耍。可是好景不长，父母发现后，极力反对，以养小动物会影响学业为由，把小猫丢了出去。隆冬的雨夜，天像是裂开了一个窟窿，冷雨下了一夜。她偷跑出去寻它，后来在家附近的草堆里找到了小猫的尸体。

千黎把小猫的死全部归咎到自己身上，从此，她就再也不敢靠近小动物，觉得它们靠近自己就会像那只死去的小猫一样，变得不幸。一如此刻，她站在不远处，无论心里多么想解救对方，却始终迈不开步伐。

小橘猫又冲她“喵喵”地叫了两声，嘶哑的叫声像是呜咽。千黎鼓起勇气靠近了些，明明是踮脚就能够到的距离，她做起来却十分费力，手臂抬起又落下，脑中不断翻滚着当年小猫惨死的场景。最后她还是没能敌过心魔，心生怯意，往后退了两步。

顾北寒从图书馆出来，几个女生追着他问问题。他嫌麻烦，为了甩掉她们，不惜绕了远路，转过街角，就看见千黎失魂落魄地站在树下，小猫被困在树杈间“呜呜”地叫

着。女孩想解救它，可最后又害怕地往后退，懊恼地低下头，神情十分沮丧。眼前的场景十分熟悉，他记得小时候，千黎去他家玩，见到七宝时也是这样，眼里明明是那样渴望靠近，身体却僵硬地站在原地，无法动弹。

“你怕狗吗？为什么不过来摸摸它？”

“我只是怕会给它带来不幸。”

直到后来他得知她小时候的那段遭遇，才明白为何年幼的她，会说出那样悲伤的话。千黎不知所措，想着是不是该找个人帮忙。一道身影突然出现，朝小猫伸出手臂，顷刻间，那猫已被少年抱在怀里。小家伙为了表达谢意，用舌头舔了舔少年的手背，连猫叫声都变得轻快愉悦起来。

顾北寒摸了摸它的小脑袋，走向千黎：“它的不幸从来都不是因为你，千黎。”

千黎惊愕地瞪大眼睛问：“你刚才叫我什么？”

“虽然不知道你们为什么会互换身份，但是我想自己应该没有猜错，你是千黎吧？”明明是句疑问句，却被少年用肯定的口气说出来。

千黎也不反驳，唇角扬起：“阿寒就是阿寒！让我心服口服！”身份被揭穿，她非但不恼，反而觉得如释重负，长舒一口气。不用想她就知道自己刚才的举动，把身份给暴露了。

“絮暖那边呢，你也当面揭穿她了吗？”

“没有，我为什么要为一个陌生人多费口舌？”他低垂着眼眸，口气冷漠，又道，“倒是你，为什么要这么做？”

为什么呢？千黎也曾不止一次这样问自己，可能是受够那样的人生了吧！

“阿寒，你曾对我说，我们这样的人是没资格做选择的，但是这一次，我想为自己而活！我想体验一次不一样的人生，哪怕我终究还是要做回世英女王，至少曾经我勇敢过。我不想让自己后悔！

“其实，你也这样想过对吗？”

“没有！”

“不，你有，否则你也不会在出国前夕逃走。我派人查过，你后来那段时间其实是去了樱草对不对？我甚至怀疑，你是不是和顾叔叔做了什么交易，所以才会回到世英的！”

顾北寒面色一沉，故作镇静：“你的想象力可真丰富，哪有什么交易？”

千黎冷哼，根本不信对方的鬼话，才想反驳，少年已经径直走向她，把小橘猫塞到她怀里。千黎害怕地退了一步，又怕小猫摔在地上，被迫接住，愤然瞪眸。

“还说想要过新的人生呢！怎么，连只小猫都怕吗？”顾北寒邪邪一笑。

千黎知道对方在激自己，依然没忍住，急于证明自己，紧紧抱住小猫，面红耳赤地说：“我哪里害怕了？”

顾北寒计谋得逞，也不说话，懒懒地一挥手，转身走人。

“阿寒！”千黎喊她，“你也给自己一次选择的机会吧！”

少年的心里一抽，始终没有转身，身影渐渐消失在了转角。

静谧的午后，耳边只剩低低的蝉鸣和软萌的猫叫声。

周末，絮暖回到千家别墅时，外面的天已经全黑了。她有气无力地扑倒在床上，累得连饭都不想吃。她怎么也没想到，女王的周末竟然是这样的。两天双休，行程却排得满满当当，根本没有一丝喘息的空隙，茶道、花艺、英语等课程，前前后后加起来两只手的手指都数不过来，甚至还有变态的管理类课程。絮暖全程就跟听天书似的，头痛脑胀，几乎是掐着表等下课。

普通人周末无非是空调、上网、西瓜，夕阳西下，就往那一趴！

女王的周末却是实习学习学习，夕阳西下，晚上还要再学几下！

真累！难以想象，千黎以前都是怎么熬过来的。絮暖在心疼自己之余，也对她报以同情。

絮暖以防万一，躺在床上，决定把下周的行程也看了，得打有准备的仗！

她粗略地瞥了一眼，下周末的课程大都和这周一样，不过还多了几门新课，其中一门华尔兹后面特意用黑色粗体标注了“考试”二字。絮暖从床上跳起来，大惊失色。她本来就没有舞蹈细胞，更何况是这种难度系数极高的双人舞。她宁愿去广场和大妈一起跳简单的广场舞，也不要去参加什么华尔兹考试。

电话响起来的时候，千黎正在KTV唱歌。高富帅刚点了首《青藏高原》，魔音绕耳。千黎皱眉捂着耳朵，对身旁同样饱受精神摧残的南零落晃了晃手机，然后出了包厢。隔绝了刺耳的歌声，她才放松下来，接起电话。

“千黎，你怎么现在才接电话？”尖锐的叫声直穿耳膜，听得出对方很急。

千黎掏了掏耳朵，耐住性子答：“我和南零落他们在KTV唱歌呢，声音太吵，前面没听到铃声。”

絮暖听了，心中更气，提高声音嚷：“你居然还在外面和我的朋友玩，你知道我这个周末有多苦吗？”

“我知道啊！”千黎的口气云淡风轻，无声勾唇，“你就忍忍吧，要知道我以前每周都是那样熬过来的。”

那边絮暖已是咬牙切齿了：“别的我都可以忍，但是下周有个华尔兹考试，你让我怎么办啊？我一点儿都不会跳！你没事学什么华尔兹啊？”絮暖抓狂，灵光一闪，语气放软了些，“要不咱俩先换回来，你去考试，等考完再换回来不就得了！”

华尔兹是交际场合必备的舞蹈，更是礼仪的体现，身为名门望族的子女，哪有不会的道理？

“絮暖同学，收起你的小聪明，你可别忘了，我们当时说好的，为期一个月。现在时间还没到，你就想对调身份呀？哪有那么好的事情。既然答应这场交易，你就有义务扮演好我，遇到问题要自己想办法解决。还有你千万别想着逃，到时候可别怪我翻脸不认人！”

“你……”

“啊，对了，友情提示一下，你是不是傻呀？你不会跳，就不能找个会跳的教你呀！”

“你才傻，你……”絮暖还来不及多反驳几句，电话就被对方掐掉了！

千黎，你够狠！

絮暖追悔莫及，当时真是脑袋进水了才会答应这场交易。她咬牙想，大不了罢工，几秒后又蔫了，放弃了这个念头。以千黎的性格，她要是真罢工，恐怕樱草的人都得跟着自己遭殃！

每天放学后，絮暖只能跟着网上的教学视频，独自在房间里练习。可华尔兹毕竟是双人舞，需要两人配合才能完成一支完整的舞曲，自己瞎折腾也不是个办法。于是絮暖把“魔爪”伸向了为千家效劳多年的王伯身上。

王伯一听，吓得老泪纵横，嘴里“哎哟哟”地喊着：“姑娘啊，求你饶了我吧！我这都一把老骨头了，哪会跳什么华尔兹啊？”

絮暖不忍为难，又问了一圈人，硬是找不到一个会跳的。

后来也不知是谁突然说了一句：“也许隔壁的北寒会呢！”

絮暖豁然开朗，心想着，对呀，以顾北寒的家世，宴会交际自是不少，会跳华尔兹也是情理之中的，自己怎么就没想到呢？

打定主意，絮暖风风火火地冲到隔壁，抬手想敲门，瞬间又胆怯地收了回来。

或许是因为奚言，两人相同的面容让她心有芥蒂，很多时候总是看不清对方到底是谁。她想要靠近他，却又害怕靠近。她是絮暖时，少年的恶言相向，言犹在耳。如果她恳求对方帮忙，他会答应自己吗？不过庆幸的是，她现在是千黎，或许他会念在两人的昔日旧情，出手帮她也说不定。

絮暖不再踌躇，复而抬手。门却在这时开了，两人都被对方吓了一跳，不由得后退一步。

收回僵在半空中的手，絮暖显然心有余悸，口齿不清地说：“你哪里蹦出来的，一点儿声音都没有，想吓死人吗？”

顾北寒语气平静，冷眼看她：“有事？”

絮暖却没来由地紧张，声音卡在喉咙里，硬是一个音节都吐不出来。

顾北寒的耐心耗尽，把拎在手上的包甩到肩上，关上门，径直绕过她，往外走。

絮暖看着那道冷漠决绝的背影，自嘲地笑了一下，攥紧成拳的手无力地垂下。

果然还是说不出口，还是再想别的办法吧。

远处的身影却在快要走出院落时，突然停下。絮暖抬头，撞进那双深邃的眼眸，心口猛然一跳。

“差点儿忘了，王伯打电话告诉我，你需要我教你跳华尔兹。”少年挑眉，意味深长地看她。

心事被揭穿，絮暖一脸窘迫，在心中埋怨王伯真是多管闲事。对方话里的鄙夷，她哪能听不出来。怕被当面拒绝，她决定先声夺人。

谁料“不”字还没说出口，却被对方抢先一步：“今晚8点，我家院子，过期不候！”

“啊？”絮暖没想到会得到这样的答案，呆愣半天，也顾不上什么颜面，转身朝走远的背影大喊，“不见不散！”

顾北寒唇角微挑，仰头，晴空万里，阳光正好。

絮暖吃过晚饭，就心神不宁，站在天台上，往隔壁院落瞧了好几回。

院子里漆黑一片，无一丝灯光，显然顾北寒人还没回来。

她想着距离这么近，踩点过去都来得及，心却悬着，坐立不安，后来竟提前一个小时就跑到隔壁蹲点等人去了。

路灯昏黄，把由远及近的身影照亮。到达门口，顾北寒抬头看表，正好8点。他推开铁门，就望见台阶上坐着一个小小的身影。也不知她已经等了多久，竟然撑着脑袋睡着了，开着的手电筒，滚落在一旁，发出微弱的光。

顾北寒走过去，蹲下身好整以暇地看了她一会儿，唇角勾起，起了恶作剧的心。

絮暖睡得迷迷糊糊，浑然不觉有人靠近，肩膀被人重重地敲了一下，疼痛让她清醒。她皱着眉想骂人，入眼却是自下而上的光，而那白光中竟是张怒目圆睁、惨白可怖的脸！

“啊！”絮暖尖叫起来，转身想跑。可惜后头无路，脑袋撞上木门，疼得她直咧嘴，又蹿回院落，嗷嗷大叫。

顾北寒关了手电筒，若无其事地掏出钥匙，开门，平静地做完这一系列动作，才道：“8点了，开始练习吧！”

尖叫声戛然而止，絮暖这才恍然自己被耍了。她怒气翻滚，还一句话没说出口，就听对方说了一句：“怎么？不想学了？”

她所有的回答直接吞回肚子里，心里恨得牙痒痒，脸上还要赔着笑：“怎么可能？学！当然要学！”

絮暖跟着顾北寒进了屋子，暗骂自己没出息，对着某人的影子挥了两拳，怒气才稍稍平复些。

灯被打开，屋内亮如白昼。

絮暖打量四周，却无端地感觉到冷。空旷的大厅，家具极少，干净得让人有一种这里根本没人住的错觉。

千家人虽少，好歹还有王伯和几个服务人员照料。可是这里……絮暖望向身前的少年，不禁想，他每天守着这样一座空荡荡的大房子，不会感到害怕和孤独吗？

顾北寒出门时穿了件黑色的短袖，回来时上头粘了不少白色的动物毛发。絮暖不曾见他养过什么动物，为何却粘了满身的毛发回来，心中很是纳闷。倒是鬼使神差般想起初见奚言时，他养的那只白色萨摩耶七宝。

莫名地把两者联系到一起，絮暖懊恼地敲敲脑袋，企图把这种奇怪的念头甩掉。

顾北寒下楼时，换了件舒适的休闲装，而后随意地盘腿坐在沙发上。屋内橘黄色的光笼下来，让他的五官看起来柔和不少，完全没有往日那股冷厉，不过眼神依旧透着几分凉意。

絮暖站在他面前，身体不自觉地绷紧，手都不知道该往哪里放。

“先说说你知道的吧，对华尔兹了解多少？”他用了老师对学生般的提问口气。

理论知识絮暖已经背得烂熟于心，当即又把知晓的“噼里啪啦”地背了一通。

确实是努力做过功课的，顾北寒也挑不出刺，既然理论知识掌握到位，那就差实际操作了。

顾北寒起身：“我先带你跳着试试。”

见人呆愣着不动，他又道：“举起你的手臂，先把左手搭在我的左肩上，然后握住我的右手。”

絮暖之前练习的时候都是对着空气做动作，现在换了真人，难免有些不适应，却还是乖乖地照做。她扭捏地把手搭在对方的肩膀上，两人右手相握，少年的左手轻轻搂在她的腰际。一时间距离被拉得更近，絮暖呼吸一窒，恍惚间，仿佛能听到彼此的心跳声。

顾北寒神色依然平静：“想要学会，就给我专心点儿。”

絮暖镇定心神，跟着对方的口令，开始迈步子。基本的舞步知识她都懂，只是实际操作起来却完全不是那么一回事。因为害怕跳错，她反而束手束脚，不敢放开，好几次都迈错步子，不慎踩到对方。

“对不起！”

“没事，继续。”

絮暖以为顾北寒会发怒，对方却难得地好耐心，非但不骂她，还认真想办法帮她纠正错误。为了应付考试，顾北寒教絮暖跳的是简单的“慢三步”，每小节三拍为一组舞步，每拍一步，三步一起伏循环，其间还要做一些基本的旋转、踢腿的动作。对有舞蹈基础的人来说这确实不难，对絮暖而言却不是易事。

絮暖试了几次，不是踩到对方，就是踏不准步子。信心耗尽，她开始质疑自己。

“先休息会儿吧。”见絮暖的状态不佳，顾北寒没再继续。

絮暖倒在沙发上，神情沮丧。茶几微微晃动几声，她闻声抬头，上面不知何时多了一杯牛奶。

顾北寒嗓音微凉，说：“喝吧。”

絮暖捧起来，温热的触感滑过指尖，忐忑的心渐渐平复下来。

“其实跳舞和武术也有异曲同工之处，招式的起落如同步伐的进退，都有自己的一定律动。”顾北寒当时对学习华尔兹也是十分抗拒的，被逼无奈，他只好把跳舞和自己喜欢的东西结合在一起，这才学了下来。他知道絮暖喜欢武术，此刻便拿武术打比方，希望可以触动对方。

把跳舞想象成武术吗？絮暖豁然开朗，好像有那么点儿懂了，却又诧异顾北寒竟然会拿武术打比方指点她。难道他知道自己会武术？想着她又摇头。她现在可是千黎，虽然觉得奇怪，但碍于时间紧迫，她便不再深究，继续投入练习。

可能是顾北寒刚才的那番话让她有所触动，这回放松下来，她的错误明显少了许多。掌握要领，动作渐渐娴熟，她基本可以完整地跳下一支舞曲。

“真的，果然把这个想象成武术，好像就没那么难了！”

“确实进步很多！”

得到老师的肯定，絮暖更加欢喜，又独自在原地练习着步伐，忽而转身道：“顾北寒，你的办法可真管用。”话音落下，愣在原地。

刚才那一瞥，她看见少年上扬的唇角，不过只是极短的一瞬，又恢复了往日的冷漠。

原来他也会笑啊！干净又纯粹，跟淬了光似的晃人心神，竟有种莫名的熟悉感。记忆里好像有什么东西一闪而过，她想抓却怎么也抓不住。

熟能生巧是亘古不变的真理，絮暖胜在勤奋，跟着顾北寒又突击了几日，进步神速。考试虽然有些紧张，她却也有惊无险地安然通过。

絮暖回到千家，就收到顾北寒的短信。没想到对方会给自己发短信，她连忙点开来看。虽然是文字，却依旧惜字如金，隔着字里行间她仿佛都能想象到他打下这些字时冷漠的表情，

考试如何？

絮暖躺在床上，指尖翻飞：没想到“老师”这么关心我啊？句尾还加个惊讶的小表情。

她确实没想到，考试后对方会在第一时间发来短信询问。

没过一会儿，对方便回复：我只是害怕我教的学生，考试不及格，传出去会丢我的脸！

絮暖看着句尾那个“呵呵”的表情，顿时咬牙切齿地回复：怎么可能不及格？我跳得可好了，老师还夸奖我了！

这回絮暖等了好久，对方却再也没有回复。她想了想，再次拿起手机，编辑短信，确认无误后，发了出去。

此时，隔壁的少年正站在天台上看星星，手机振动了一下，短信里是短短一行字。

无论如何，谢谢！

自从遇到那只小橘猫后，千黎不忍把它丢掉，只好养在了宿舍里，还好南零落也是爱猫人士，两人乐此不疲地做起了铲屎官。因为橘色的毛发，千黎便给它取了个名字叫“橘子”。橘子特别黏她，一点儿都没有猫的高冷，好几次千黎都是趁着它打盹才能抽身。几次下来，小家伙摸清了门道，死活不肯睡，缠着她。千黎眼看上课快迟到了，只

好把它塞进背包，带进了教室。

讲台上老师正唾沫横飞地讲着课，千黎心神不宁，怕把橘子憋坏了，偷偷地拉开背包链子，让它露出半个小脑袋透透气。

千黎小心谨慎地望向四周，揉了揉橘子柔软的毛发，无声感叹：“你可千万别叫啊，否则咱俩都得完蛋！”

橘子乌黑的眸子微微眯着，被揉得很是舒服，心情大好，绵软的“喵喵”一声高过一声。千黎大惊失色，急忙把橘子按回包里。

讲课的声音戛然而止，众人循声望去。

“刚才是什么声音？”老师一发话。

众人交头接耳起来，有人连忙站起来，指向千黎：“老师，是猫叫声，好像是从絮暖那里传来的。”

昏昏欲睡的絮暖听到自己的名字，瞬间就不困了，挺直腰杆看向千黎，心想对方又在搞什么鬼。

老师走到千黎跟前，果然听到一阵低低的猫叫声。说教的话还来不及出口，橘子感觉到危险，主动出击，一个飞扑而起，尖锐的爪子抓在对方的脸上。

愤怒的嘶吼霎时响彻教室：“絮暖，带着你的猫给我滚出教室！”

千黎抱着橘子蹲在教室外面。似乎知道自己做错了事，橘子也不叫，可怜巴巴地望着自家主人。千黎叹气，捶捶它的小脑袋，低声责骂：“都怪你这个小坏蛋，这下好了，我们都被赶出来了。”

罚站走廊这种事，千黎也是一回生两回熟，如今连半分羞耻感都没有了。反正眼下顶着絮暖的身份，自己也不吃亏。

絮暖借着上厕所为由走出教室，猫着身体蹲到她身边，愤愤地说道：“你顶着我的身份做坏事，良心就不会痛吗？”

“絮暖同学，不就罚站走廊吗？多大点儿事呀！”

絮暖没处撒气，用手挠着橘子：“你看你家主人多坏，你跟着她，肯定会学坏。小子，劝你早点儿弃暗投明，跟姐姐混！”

千黎被逗得发笑，继而又认真地纠正对方的措辞，说：“什么小子啊，它有名字的，叫‘橘子’！”

反正是只公猫，叫小子也没错啊！

“你从哪里弄来的？”絮暖觉得像千黎这样的人突然养起小动物，总和她的气场有点儿不搭。

千黎低头看着橘子，目光里满是温柔："意外遇见的，也算是种缘分吧。絮暖你有没有觉得时间过得很快？我们交换身份也快一个月了。"

絮暖看着天，没有应声。时间确实如流沙，转眼离她们约定的日期只剩最后一周了。这些日子，其实有些东西正在悄悄地发生改变，比如她和千黎，竟能和平共处，坐在走廊上聊天。很难想象一个多月前，她们还曾是敌对关系。絮暖隐隐觉得千黎似乎变了许多，虽然嘴上依然不饶人，心却不坏，笑容变多了，整个人变得还有那么点儿可爱了。

"到时候我们各归原位，能不能拜托你和南零落替我照顾下橘子啊。我……"她欲言又止，似乎有什么难言之隐。

"好啊！"絮暖没有询问原因，"我也觉得这家伙还挺可爱的。"

千黎没想到对方会答应得如此爽快，唇角上扬："谢谢。对了，之前的华尔兹考试你是怎么通过的，是不是找了高人指点？"

"哪来什么高人指点啊，我可是靠自己的本事过关的。"说着絮暖心里发虚，"出来太久了，我得回教室了。"

逃得这么快，一定有猫腻，千黎低头吃笑。橘子正一脸乖巧地躺在她的怀里。

真舍不得这个小家伙呀，只可惜这份短暂的美好时光是她"偷来"的。

一月之期，转眼将至。

最后几天里，絮暖心里不舍。之前她围观絮胜和高富帅下厨，多少也学会了几样简单的小菜，便亲自下厨，张罗一桌饭菜，拉着王伯和几个服务员，吃了顿晚饭，感谢他们这个月来对自己的照顾。

絮暖是临时起意，又加上手艺有限，做的菜色也很简单，自觉是上不了台面的。众人却又惊又喜，全然不介意。兴许是从未像这样坐在一起吃过饭，兴致上来大家还喝了点儿小酒，就连王伯都小酌了几杯。天黑时分，酒过三巡，才各自散去。

絮暖也吃得有点儿饱，撑着下巴慵懒地坐在书桌前发呆。忽然间，四周灯光骤灭，陷入黑暗。

絮暖一惊，陡然惊醒过来，摸黑走向房门，半途腿不慎磕到床角，疼得直吸气，打开门便往外头大喊："怎么回事？"

喝酒误事，其他人都睡得昏沉。好在王伯尚清醒，听到叫声，赶忙回应："姑娘，别怕，我去检查下是不是跳闸了！"

半晌，声音又透过死寂的黑暗传来："不是跳闸，是区域性停电。姑娘你待在房里，我出去问问物业，到底怎么回事。”

絮暖想让对方别去，就听到门开又合上的声音。她的心跳得极快，恐慌地僵在原地，浑身冒冷汗。这怕黑的毛病真是要命。

千家本就空旷，眼下更像一个无底的深渊，让人心生畏惧。她亦步亦趋地靠近窗户，落在眼底的是浓稠的夜、漆黑的城，天地间尽是绝望的黑色。

空气无端变得稀薄，絮暖倚着墙大口大口地喘气，眼前忽然亮起星火，黑夜被耀眼的烟火划破，星星点点，散落开来。絮暖一时忘记了黑暗的恐惧，被远方的绚烂所吸引，她循着亮光而去。

有着亮光的指引，途经黑暗，絮暖便也不觉得那么怕了。她走到别墅群的中央空地，飞簇的焰火中，她看见一个少年正弯着腰，点燃引信，火光高蹿入空，又如流星陨落。在那五彩斑斓的火焰中，她终于看清少年的面容，惊呼出声：“顾北寒！”

顾北寒抬头，神色一如往常般寡淡，难辨情绪，却径直走向她：“要吗？”

絮暖低头，发现他手中拿的竟是仙女棒，当即惊喜地夺了过去。

两人并肩坐在地上，四周火光璀璨，絮暖甩着仙女棒，恐惧与不安瞬间消散。或许正是因为这深邃的黑夜，才更显得烟火的璀璨与美好。

“你怎么会在这里放烟火啊？”

“无聊。”

絮暖顿时一噎，根本没法接话。顾北寒怎么看都不像那种无聊到会跑到外头放烟花的人，不过今夜倒多亏了这场烟火。

烟火是去年过年时剩下的，今晚意外停电，顾北寒便拿出来放了，原因很简单，某人怕黑得很。可是这样的他让自己都觉得可笑，或许只有当絮暖还是千黎的时候，他才敢如此靠近她。

两人静默地坐了会儿，远处传来脚步声。

人未到声音先至：“你们是哪里的？这里不能放烟火！”

絮暖未来得及回神，手已经被身旁的少年抓住：“愣着做什么？快跑啊！”

手电筒的光束打过来，两道仓皇而逃的身影被照亮。

保安急忙追赶：“给我站住！”

两人飞速逃离现场，还好顾北寒熟悉路线，两人躲进顾家。絮暖靠墙喘息。等外头的喧嚣散去，趴在窗口的顾北寒才长舒一口气。

“人应该已经走了。”话音落下，灯突然亮了起来。

既然来电了，絮暖也不便多待，看了眼刚才逃跑时飞溅在少年身上的泥点：“那我就先回去了，你也快去清洗一下吧。”

顾北寒点头，见人离开，便径直上了楼。

絮暖刚准备关门，就听见电话声，便好心地说了一声：“顾北寒，你的手机响了。”

对方没有回应，停止的铃声又响了起来。絮暖怕是对方有急事，不敢怠慢，拿起电话往楼上走去。

顾北寒的房门虚掩着，她礼貌地敲了两下门，就听到浴室里传来响亮的水声。原来是在洗澡，怪不得听不见呢。看着隔间里模糊的身影，别人在洗澡，她竟然还跑到房间里来了，一时觉得实在尴尬，脸更是火烧火燎的。

“那……那啥，顾北寒你的手机一直在响，我给你放在床头柜上了！”絮暖边说边把手机放下，转身就看见枕头底下露出的东西。

水声戛然而止，浴室门被推开，里头的水蒸汽源源不断地涌出。少年换了件宽松的T恤，用毛巾擦着还在滴水的发丝，抬头便见背对自己站在床头柜旁的身影。床上的枕头似乎刚被人翻过，推到了一边。他的心忽然像被一只手揪紧，痛得难以呼吸。他僵在原地，喉头发紧，什么声音都发不出。

絮暖缓缓地转身，颤抖着举起手中的那把玩具手枪，眼睛通红：“你到底是谁？”

他最害怕的这一刻终究还是来了。

顾北寒微微叹气，握紧双拳，走到她的眼前，唇角笑意明显：“絮暖你还真不好玩，这么快就被你发现了！”

“你刚才叫我什么，你怎么会……”絮暖无法置信地看着对方，腿有些站不住，往后退了两步，抵着床重重地喘息。

“我就喜欢看你这样有趣的表情。”顾北寒口气轻佻，“是不是很好奇我怎么会知道你和千黎互换了身份？你的演技实在太差了，其实从一开始就被我看穿了！”

他俯身靠近她，直视她的眼睛，笑容诡异：“忘了告诉你，根本就没有什么奚言，那不过就是一个假身份。我当时为了躲我父亲，才用这个假名字进了樱草。而樱草和你们这些人确实让我觉得新奇有趣，我便多玩了会儿。现在玩够了，我当然要回来了！”

顾北寒字字如刀，絮暖心中抽痛，笑起来：“玩？你说你来樱草只是来玩的？我不信！我看得出，明明你也把樱草看得很重要！”

“你还真是傻呀，那种破学校我怎么可能稀罕啊！你别忘了，我可是在樱草最穷途末路的时候离开的，也只有你们这些傻瓜才会觉得樱草好！”

“我不许你这么说！奚言，你怎么会变成这样？我认识的你不是这个样子的！”

“奚言，奚言，我都说了从来就没有什么奚言，自始至终我都是顾北寒。絮暖，这一切都是假的，假身份、假名字，还有你心里所谓的好朋友，也都是假的！”

“我不要听，你不要再说了！”絮暖捂着耳朵，拼命地摇头。

絮暖觉得自己就像是个笑话，她以为奚言是有什么不得已的苦衷才不告而别的。

他们过去经历的一切如今还历历在目，可到头来，对方却告诉她，一切都是假的，这是一个骗局。而她只是一个被玩弄的对象，一个跳梁小丑！

絮暖努力地逼回眼眶里的泪，却还是没法控制住内心的悲伤，眼泪重重地砸下来，落在他的手背上。少年身形一颤，往后退去。

为什么这么不争气，要在这样一个“骗子”面前流泪？

絮暖气自己，抬手擦干眼泪，抬头朝他笑起来。

他从未见过她这样笑过，笑意中无一丝温度，让人如堕冰窖，凉意彻骨。

“顾北寒，如果可以，我真希望从来没有遇见过你。”

她故意拉长音节，一字一顿，缓慢有力。

“以后，我们就是陌生人。”说完她丢掉手中的枪，破门而出，彻底消失在了顾北寒的视线里。

那一刻，少年像是倾尽了所有的力气，再也站不住，瘫坐在床边，神情痛苦地撑着额头。床头柜上的手机再次响了起来，那个没有备注姓名的号码，顾北寒再熟悉不过，是顾琛打来的。

Tuo Xian Meng Xing Yirong Ji III

第十一章

樱草遭拆•众人护校

絮暖和千黎如约换回了身份，各归原位，回到各自原本的生活。

两人亦是不打不相识，成了朋友。絮暖和顾北寒的关系却跌入冰点。在学校遇见，两人纷纷绕道而行，连个正面都不愿意见到。

絮暖答应千黎照顾橘子，没出几日就把橘子养成了一只球，偷带到学校给千黎看。

小花园里，千黎看着胖成球、走路亦步亦趋的橘子，简直哭笑不得。

“有你这么养猫的吗？这样胖下去会不会生病啊？”

絮暖也委屈：“真不怪我，这家伙太能吃，每天都喂不饱！”

顾北寒绕进小花园，就看见两人正蹲在树下逗猫。絮暖正用青草挠猫，引得它“喵喵”直叫，女孩脸上的笑容耀眼夺目。他顿住脚步，企图离开，却被人叫住。

“阿寒，这边！”千黎朝他挥手。

顾北寒僵在原地。这次是千黎约他来看上次救下的小猫的，又哪知絮暖竟然也在。

絮暖收起笑意起身，全程连一眼都不愿施舍给他，声音淡淡的：“我还有事，放学的时候我再来接橘子！”

她才要走，少年清冷的声音便传来：“你不用走！千黎，既然猫我已经看过了，就先走了。”

絮暖抬眸，少年已经大步离去。她脸上的神色未变，蹲下身继续若无其事地逗猫。

“你们两个到底是怎么回事啊？一个刚来，一个就要走，上辈子是仇人吗？”千黎气急。她知道他们之间有误会，之前调换身份，本也是想借机让两人解开心结的，现在看来竟然弄巧成拙了。

絮暖未答，专心逗猫。

世英的暑假比一般学校的晚些，七月才迟迟迎来忙碌的考试月。

课业加重，众人为了应付考试，埋头题海。世英的授课进度本来就比樱草快，絮暖等人学得很是吃力。大家只好聚在自习室里，互相帮助，为考前做最后的突击。

自习室里很静，絮暖咬着笔杆，遇见不会做的题目，就向南零落讨教，而后一遍遍地在纸上演算着公式。她不想樱草被世英的人看不起，所以这次也想拼尽全力证明自己。

絮暖正奋笔疾书，一道身影突然气喘吁吁地冲到她的面前，双手撑在桌上，字迹被滴落的汗水模糊。

大宝焦急的声音打破寂静：“絮暖，你们的电话都打不通，我只好跑来了。樱草出事了，刚才有一批施工队突然闯进学校，说是要拆楼，气势汹汹的，拦都拦不住！”

樱草的学生去世英上课后，大宝就和其他几个老师驻守樱草。拓展课程本来就课少，大家大部分的时间都在学校里闲着无事。有人觉得无用武之地，就提包袱走人了，一来二去的，樱草又只剩他一个人。谁料今天中午，有一群人闯了进来，声势浩大，口口声声地说要拆除樱草。大宝实在没办法，只好跑来找人求救。

絮暖等人马不停蹄地往樱草赶，进校门就看到广场中央聚着一群人，身后停了几辆推土机。为首的男人手中拿着图纸，正朝身边的几人比画。

絮暖冲过去，高声质问："你们是什么人？谁让你们来这里的？"

高富帅带人上前，瞬间就把那群工人给包围了。

人群里有人不耐烦地喊："我们是施工队的！你们这群小屁孩不好好上课，跑到这里来瞎凑什么热闹！快点儿让开，别妨碍我们干活！"

絮暖不想把场面搞得太僵，放软语气问："师傅，你们是不是搞错地方了？这里是樱草学院，我们没说要拆除啊？"

包工头打量着眼前的学生，看他们穿着樱草的校服，心里明白了大半。他从文件夹里掏出一张纸，好言相劝道："世英那边让我们来拆楼的，这是合法的施工文件。我劝你们别闹，回去上课吧。"

那白纸黑字上，盖了有效的印章，确实明明白白地写了要拆除樱草。

"之前世英答应过我们不会拆除樱草的！没想到现在竟然出尔反尔！"絮暖怒斥。

大家也凑过去看，高富帅性子急躁，当即暴跳如雷，放下狠话："我管你们是谁，反正只要有我在，樱草的一砖一瓦，都不允许你们动！"

"你这小子倒是好大的口气，我倒是要看看你要怎么阻止！"那包工头也是吃软不吃硬，朝推土机上的工人挥手大喊，"把那边的墙给我推了！"

下面的人得令，发动机器，朝目标缓缓驶去。眼看那墙快被推倒，絮暖不管不顾地就冲了过去。大家也紧随其后，手拉着手，排列成一堵人墙，挡在机器前。

驾驶员见状，赶忙踩了刹车。尘土飞扬中，那车停在与人墙仅隔数米的地方。好在他反应快，才没酿成惨剧。

絮暖的掌心全是汗，当时出于本能，身体已经冲了出去。只是令她意外的是，大家竟然与她站在了一起。南零落害怕地闭上眼睛，听到声音停止，才敢睁开眼睛。好在有惊无险，大家都没有受伤。

"你们疯了吗？简直不要命了！"包工头红着眼睛怒斥。

车上的人恐慌地大喊："老大，现在怎么办？这么下去，怕是要闹出人命啊！"

"还能怎么办？竟敢砸我的场子！快给老子报警！"

警察赶到，为了更全面地了解事情的来龙去脉，把两批人马一起带回了派出所问话。对方有施工文件，无论如何都是絮暖等人理亏。做完笔录，他们又站着挨个被教育了一通，便要通知家长来保释他们。樱草的学生父母大都在异地，哪赶得过来。无奈之下，絮暖只好打电话给萧栀然求救。

得知樱草发生变故，萧栀然推了手上的几个通告，二话不说地就赶来了。娱乐圈哪有不透风的墙，她前脚刚到派出所，成群结队的记者就围在了外头。他们只好从后门偷偷撤离。

絮暖让大宝先带别的学生回世英，她和南零落、高富帅几人去了萧栀然入住的酒店。

“大家先别着急，我已经把当初和世英签订的合同发给了律师。如果他们执意要拆樱草，我们就走法律程序！”萧栀然的一番话让大家定了心。

“可是如果真要打官司，会不会影响到你？”之前桐语电话中的恳求，絮暖记得清楚。

萧栀然不比他们，身为公众人物，会受到更多人的关注，同时也需要承受更大的压力。萧栀然当然明白其中的利害，经纪公司的施压，舆论的众口铄金，但那又如何呢？比起名利双收，她更想做一个无愧于心的人，眼下最重要的就是保住樱草，不辜负恩师当初的重托。

“你们放心，我们是正当维权。我就不信有人敢扭转舆论，拿脏水往我们身上泼！”

没过多久，萧栀然就接到了律师的电话。絮暖等人插不上话，只能坐在一旁干着急。谈话似乎并不顺利，萧栀然眉头紧锁，一向性子温和的她，连连拔高声音怒喝。

南零落紧张地握住絮暖的手，掌心冰凉。高富帅见气氛不对，跑到外面买了一堆零食回来，想着吃点儿东西，或许能缓解情绪。

絮暖心里却更烦了：“高富帅，这时候谁还吃得下零食啊！”

高富帅一时也没了胃口，识相地蹲到角落去了。

萧栀然和律师的谈话持续了一个小时之久，结束通话时，外面的天都黑了。

她不忍看大家期盼的目光，用手掩面，神情颓废。良久她才露出微微泛红的眼，嗓音暗哑：“我们都被顾琛骗了，之前签署的合同里有漏洞，并没有清楚地写明世英不能拆除樱草，进行重建，开发成别的场地。我已经询问过律师，如果打官司……输的可能性很大。”

“都怪我！”萧栀然万分自责，懊悔地抓着头发，“当初为什么不再看仔细一点儿？如果我能多留个心眼，现在就不会发生这样的事情了。”

絮暖走过去，声音哽咽：“萧栀然，不怪你！当时情势那么紧急，我们别无选择！要怪就怪顾琛实在诡计多端！”

当初以为签了合同就能有保障，可谁又会想到那合同竟是个陷阱。

“这顾琛实在够狠，如果打官司这条路也走不通，我们接下来要怎么办？”高富帅看向四周。

大家谁也没有说话，沉默如死寂。

絮暖紧握双拳，咬紧牙关道：“既然如此，那就和他们死磕到底！只要我们死守樱草，他们也没办法强拆。虽然办法笨了点儿，可与其什么都不做，我宁愿打这场持久战。”

“絮暖，我支持你！”南零落站起来，口气坚定，“大不了就是再进派出所，至少能拖延时间想办法！”

“那我可不能输给你们两个女孩子！我当然是要冲在最前面的！你们别怕，小爷保护你们！”高富帅拍着胸脯，表情欠扁。

絮暖打趣道：“就怕到时候还知道谁躲在谁身后呢！”

“你别小看人啊，我可是很厉害的！”

萧栀然听着两人吵嘴，“扑哧”一笑，沉重的心情稍稍明朗了些：“絮暖，我会再想办法找顾琛交涉的。你们这边也千万不要乱来，一定要保护好自己！”

“嗯，我们会的！”

世英派来的施工队没想到樱草的学生会这么难缠，每天都有人轮流蹲守在学校里。他们也向上头请示了几回，是否要停止施工，得到的答案始终如一：拆除计划刻不容缓。

絮暖等人不顾形象地席地而坐，挡在庞大的机器前。既然道理说不通，可能此刻要无赖更管用些。烈日当头，怕大家中暑，高富帅还买了饮料分给大家。有吃有喝，时间倒也没那么难熬了。

施工队的包工头心里急躁，工程延误了好几日，上头要是怪罪下来，他首当其冲。他看出絮暖是这群学生的头儿，便领着两个工人，走到他们面前。

“说吧，你们到底怎样才肯罢休？”

絮暖不急不缓地喝完水，用手挡住眼前刺眼的光，说：“师傅啊，你还看不明白吗？只要你们肯停工，一切都好说，否则咱们这群人就决定在这里生根了。”

“臭丫头，我劝你们不要太嚣张！”包工头身边的小工上前一步，伸手想抓絮暖的手臂。却被她擒住，反手压在背后，男人吃痛，“哎哟哟”地叫起来。

见伙伴被揍，工人们个个怒目圆睁，撩衣袖围了上来，气氛顿时剑拔弩张。

包工头见状，怒吼：“干什么？都给我退下去！”

那群人才停住脚步，对方有意退让，絮暖也快速松手。谁料那个小工并不罢休，没了禁锢，伸手重重地推了她一把。

絮暖反应不及，跌在地上。

“想打架是吧？小爷奉陪！”高富帅红了眼，还未冲上去就被南零落拦住。

好在对方也被伙伴牵制住，这才没干起架来。

包工头一心只想赚钱，可不想为了个工程搞出人命来。他亲自把絮暖从地上扶起来：“小丫头，你的脾气可真倔！我会把你们的话告诉上头的！”说完又看向众人，“今天这事就算了，大家都散了吧。”

老大放话，大家也是要卖他几分薄面的，虽有怒气，倒也顺从。

“算什么算，小爷还没说算了呢！”

“高富帅！”

听到絮暖怒喝，高富帅一个激灵回头，就看到她抬起受伤的手臂，语气可怜巴巴：“可不可以麻烦你回学校拿点儿纱布呢？”

刚才那跤摔得很重，絮暖是用手臂撑地的，白皙的手臂上磨破了一大片皮。那刺眼的红让高富帅发慌，哪还顾得上打架，二话不说，拔腿就往世英跑。

支开了高富帅，这场“仗”才真正偃旗息鼓。

之前的动静闹得太大，世英的学生闻讯赶来看热闹。

南零落怕絮暖的伤口感染，只好先用湿纸巾帮絮暖擦掉伤口上的泥土。她怕弄疼絮暖，动作很轻。

明明已经疼得冒冷汗了，絮暖却依然咬着牙，一声不吭。周围都是看她笑话的人，越是这种时候，她越是不肯认输。

顾北寒站在人群里，幽深的目光定格在她手臂的伤口上。那红色的血刺得他眼睛生疼，转身离开时却和挤入人群的高富帅撞了个正着。

高富帅手上的医药箱没拿稳，落在地上，发出巨响。他抬头看清来人，隐忍的怒气就冲了上来：“顾北寒，你小子竟然还敢来樱草！”

衣领被抓住，顾北寒俯视眼前暴跳如雷的少年，冷冷地说：“放手！”

人潮瞬间朝两人涌去，喧嚣四起。絮暖发现不对劲，和南零落步入人群，很快看见了对峙的两个少年。

“高富帅，你干什么呢？跑这么慢，我的绷带呢？”

絮暖的声音适时传来，唤回高富帅的理智。他知道这种时候如果负气揍了顾北寒，只会让樱草的境况更加糟糕。他手上的力道当即一松，拉开两人的距离，俯身拿起医药箱，疾言厉色地发出警告：“别再让我看到你出现在这里，回去告诉你那老爹，坏事做多了，会遭报应的！”

絮暖看了一眼站在人群中的少年，心中五味杂陈，转身和同伴缓缓地朝远方走去。

顾北寒不曾想过，有一天他会站在絮暖的对立面，成为她的敌人。

与施工队死磕这几日，大家都落下了不少课，世英终于下了口头警告，逼他们回去上课，并称无故旷课达到一定的数量，便会遭到严重的退学处分。樱草的学生大多出身清贫，父母对其期望又很大，能得到在世英上学的机会实属不易，若是就这样失去了，实在太可惜了。

絮暖不忍大家一起受累，便劝说其他学生回到世英上课，最后只剩下南零落和高富帅陪着她。

当初待在世英本就是委曲求全，如果樱草不在了，那待在哪里都无所谓。

絮暖看着眼前的两人：“你们真的考虑清楚了吗？现在回去上课还来得及，继续这样下去，是真的会受处分的！”

“我本来就不稀罕世英，当初咱们可是一起进的樱草，就算要走也要一起！”高富帅答得万分肯定，没有一丝犹豫。

“絮暖，我欠樱草太多了，现在这种时候，我怎么可能会走？”南零落对陆世安有所亏欠，如今她能做的就只剩下坚守这片土地了，到最后一刻。

“你们三个人还真是不知好歹！”说话的正是世英的教导主任，五十的年纪，秃顶龅牙，身材发福。他跑到他们面前，劈头盖脸地就是一通训斥：“别人都回来了，你们怎么就这么死脑筋呢？世英可是多少人想进都进不了的……”

他一早就接到通知，上头委以重任，派他出面劝说失足学生迷途知返。他心里激动得连午饭都没吃，就直奔樱草。

正值午休，大家看到教导主任都出马了，尾随其后，跑来看好戏。

世英的教导主任可是出了名的能说，仨人也不反驳，明面上乖乖地站着，接受对方的谆谆教导，实则早就神游天外了，到头来硬是一句都没听进去。

等说得实在口干舌燥，说不动了，他才停下，喘了几口气又道：“我看你们是还不明白事情的严重性，无故旷课，轻则通报批评，重则开除学籍，而且会被记录档案，这可是一辈子的污点！”

他的嗓门很大，围观的人都听得一清二楚。霎时间，全场静默，无人发声。

“教导主任是不是年纪大，我怎么记得世英的考试月，大多是自习课，学生可以选择在家里或者学校上自习。按您刚才所说，我这几天在家自习，也算是旷课了？”清亮的女声力道十足，字句中透着无形的震慑力。

众人看清说话之人，纷纷默契地后退，给她让出一条道来。

“千……千黎同学！”教导主任面色大变，声音打着战，“你怎么能和他们相提并论呢？你不一样！”

千黎冷冷发笑：“哪里不一样了？就因为他们是樱草的人。可您别忘了，现在樱草是世英的附属学校，他们也是世英的一分子！既然如此，主任您是不是该一视同仁呢？”

教导主任哪里想到千黎会这般咄咄逼人，脸涨得通红，好半晌都说不出一句话来。

絮暖看着为他们抱不平的千黎，感动极了。对方的出现是意料之外的，即便之前千黎说过会保护樱草的学生。可樱草被拆除是大事，她怕连累对方，所以事发后，絮暖也没想过向对方求救。谁料千黎竟不管不顾地跑来，这样替他们说话。

“忘了和主任说，考试前的这一周我都会在家自习！”千黎靠近他，眼神幽深，“麻烦您给算算这旷课次数，再通报上面，看看是不是也要把我给开除学籍了？”

千黎这番话挑明立场，就是公然与教导主任对着干。如今这么多人看着，他实在下不了台，气得咬牙切齿，瞪了絮暖等人几眼，愤恨离去。

教导主任一走，围观的学生便炸开了锅，议论声四起。

“什么情况啊？女王怎么会突然帮樱草的人说话啊？”

“樱草的人竟然攀上了女王这枝高枝，也不知道使的什么手段！”

“可不是吗？真是可怕！”

千黎早就习惯站在风暴中心，俯视那些无知却又自以为是的人。她笑笑，面色沉静，目光落在人群之中：“看来大家都很闲啊！不好好复习，应付考试，都跑到这里来看热闹、嚼舌根！”

这声音一出，骤然寂静。

“不过人齐了也好，我正好有话要说！从现在开始，樱草的人就是我千黎的人！我不想再听到任何关于樱草的流言蜚语，否则就是和我过不去！”

千家的人不好得罪，无人敢反驳，没一会儿，大家就纷纷散去。

千黎的气场实在太大，高富帅都看呆了。他拍拍絮暖的肩膀问：“这到底是什么情况啊？女王怎么突然转性，跑来帮我们了？”

“是啊，到底怎么回事？”南零落也一脸茫然。

“哎呀，总之说来话长，以后有机会我再告诉你们！”之前两人互换身份的事是秘密，絮暖不好明说，只好搪塞过去。

“我怎么听到有人说我转性了？”

见千黎靠近，高富帅赶忙装傻充愣地看天。虽然女王刚才帮了他们，却是个不好惹的狠角色，他哪里敢得罪。

千黎知道高富帅蔫了，虽然假扮絮暖，与他相处的时日甚短，但也多亏对方的逗趣耍宝，才让她那段时间笑声不断。知道对方胆小，她也没再为难，礼貌性地和南零落点了头，便走向絮暖。

“絮暖，你可真不够意思，还说把我当朋友呢。樱草出了这样的事情，要不是今天我回学校，你是不是都不准备告诉我了？”千黎因为感冒，便在家自习，回学校就听到樱草要被拆除的消息，她气絮暖竟然什么都不说。好在她来得及时，才能帮他们解决了教导主任这个难缠的麻烦。

“千黎，真的很谢谢你，可樱草这次惹上的是大麻烦，我不想你惹祸上身！”

“什么惹祸上身？”千黎难掩怒气，拔高声音，“絮暖，你给我记住了，当初我们可是说好的。既然你之前帮我完成了心愿，我就有义务帮你一起保护樱草！所以你可别想把我撇到一边。”

千黎的话让絮暖为之动容，朝她重重地点头：“嗯，我记住了！不会再有下次了！”

其实接触久了，絮暖才发现，看似与她截然不同的千黎，在某些方面其实与自己很像，都是重情重义之人，许下的承诺哪怕跌得头破血流，也要拼命完成。

真是庆幸，可以遇见这样的朋友，一起并肩作战。

萧栀然那边找了好几次顾琛，都被拒之门外。顾琛的态度十分强硬，看来妥协退让的可能性非常小。萧栀然只好继续咨询律师，考虑走法律程序。

絮暖这边也束手无策，只能用死守的办法继续拖延时间。虽然关键时刻有千黎挺身而出，却还是未能从根本上解决问题。

这些天，絮暖睡不踏实，翻来覆去地到天亮，每次稍有了些睡意，又听到外面传来机器的轰鸣声。声音不大，听得不怎么真切，她怕是自己这几天思虑太多，出现幻觉，连忙推醒了南零落一起听。等确认无误后，两人互看对方一眼，连忙穿起衣服往外跑。

天还未亮透，冷灰色的天空仍裹着一层薄雾，风一吹，袭来几分凉意。两人心急如焚，循声跑到花坛，就看见施工队的人果然在那里。推土器在草坪上快速滚动，大片的樱草花被连根拔起，翻卷到路边，破碎的花瓣被风吹得满地皆是。

“你们在干什么？快给我住手！”絮暖猝不及防地闯入，让驾驶员吓了一跳，停下机器破口大骂：“不要命了吗？你们到底有完没完，拆个花坛，也要跑来闹！”怕樱草的学生阻止，他们特意选了大清早施工，不过是拆个破花坛，竟然还是出了岔子。

天光幽暗，南零落孤身蹲在花坛边，身体蜷缩成团，背影孤寂又无助。

絮暖不顾耳边的谩骂声，飞奔过去。感觉有人靠近，南零落才缓缓抬头，眼眶里氤氲着雾气，声音沙哑：“絮暖，它们都死了……对不起！”

她的身体止不住地发颤，捧在掌心的花朵已经枯萎凋零，最终消散在风中，消逝不见。陆世安去世后，这片花海对于南零落的意义巨大，她日日悉心照料，等它绚烂绽放。原以为一切都圆满了，不过一夕间，那些美好又被彻底摧毁。

“为什么要和我说对不起？你没有错！”絮暖按住她的双肩大吼，心却像被揪紧般地疼。为什么没有错的人却要道歉，而那些真正犯下滔天大错的人却不自知？絮暖好不甘心，心底的愤怒像汹涌的海啸，呼之欲出。

到下午，絮暖谎称自己去找千黎商量计策，却一个人去了后花园的小别墅。之前她打听过，那座别墅是顾琛在世英的办公地点。既然他不肯见樱草的人，那她就主动出击，当面质问他到底怎样才能放过樱草。

后花园原本是学校禁地，学生不能进入，平时也会有人看守。不过正逢考试月，老师和学生忙得不可开交，也没人会乱跑来这里，警卫倒比平常松懈了许多。絮暖身手利落，没费什么周折，就顺利地潜入了进去。

她猫着身体靠近别墅，发现门是虚掩着的，看来里面有人。絮暖怕打草惊蛇，不敢贸然闯入，半晌听到里面有说话声，连忙悄悄地绕到窗户下。透过缝隙，她看到顾琛似乎正与什么人争吵。她心中顿生一计，掏出手机刚想按下录音键，一道熟悉的声音涌入耳中，手不自觉地发颤，手机掉到草丛里。

干净整齐的书房里，顾琛坐在书桌前批阅文件。房门被砸开，发出轰响，他似乎猜到是何人，手上动作未停，头都没抬，声音不急不缓地说：“你来了。”

少年俊朗的面容上满是怒色，双手用力地拍在桌上：“为什么出尔反尔要铲除樱草？我已经如你所愿留在世英了，也不再和樱草的人有任何牵扯，你为什么还是不肯放过他们？”

“你让我保住樱草我已经做到，但我只说过会暂时放过樱草，不是永远！”他放下笔，目光冰冷刺骨，“别再做无谓的挣扎了，你知道的，我想做的事情至今还没有人可以阻止，即便你是我的儿子也一样！不要试图挑战我的耐心！”

男人的脸庞冷漠又坚硬，对他发出警告。顾北寒却毫无畏惧，低头冷冷地笑起来。

“你笑什么？”

“我只是觉得自己实在可笑！或许你从来都不知道，小时候的你在我心中就像是个英雄，大义凛然，令人敬畏。我当时就想着长大后也要成为像你这样的人！可是万万没想到，我心中的英雄有一天竟会变得面目可憎，唯利是图，让我觉得可耻！”

顾琛愤然起身：“你给我住嘴！”

“你以为我不知道吗？当初你想收购樱草，改建商场，却在陆世安那里碰壁，碰了一鼻子的灰，成了业界的笑话。你心有不甘，所以即使已经过去了这么多年，这笔账你依然记得，不惜任何代价也要讨回来。名利真的对你就这么重要吗？”

确实如他所说，当时世英收购樱草失败一事闹得满城风雨，顾琛一度成为众人口中的笑话。如今他执意要和樱草作对，一方面是因为樱草地理位置优越，若能改建成功，利益颇多，但更多的便是为报当年之仇。

顾北寒这番话算是彻底戳中了顾琛的痛处，等回过神来时，他的掌已落在对方的脸上。顾北寒也不躲开，生生接下这个耳光，转眼面颊一片通红。他抬头看着顾琛，目光中带恨。

顾琛收回手，手指在发颤：“你还小，很多事情还不懂，以后你会明白的。我只有这么做，才能让顾氏真正在这里站稳脚跟！”

“我是不懂，今后也不想懂，我只知道是你先违背了当初的承诺。既然如此，我也不会再遵守！樱草的事情我管定了！”口气坚决如铁，不容置喙。

“顾北寒，你难道就不怕我动樱草的人？”

即使猜到顾琛会如此威胁自己，顾北寒心中仍是一沉，之前絮暖差点儿发生意外，一切都是顾琛无声的警告。最后迫于无奈，他还是在樱草生死存亡之际，用自己的自由作为交换条件，恳求对方挽救樱草。可是他错了，顾琛向来反复无常，难以捉摸。他不该妄想顾琛会真正帮助樱草渡过劫难。事实证明，之前顾琛的所为，果然是一个缓兵之计。

“怕，我当然害怕！”他抬头，声音清明，眼神却透着不屈与坚定，“可即便如此，我也要主宰自己的人生。至于重要的人，拼尽全力我也会保护他们！”

不顾身后的怒吼，他握紧双拳毅然转身。从今往后他不会再退让，也绝不回头。

屋外云淡风轻，阳光正好。顾北寒没走几步，就发现瘫坐在草坪里失魂落魄的身影。絮暖满脸恍惚，显然还未从刚才偷听到的交谈中回过神来。高大的身影忽然笼罩下来，挡住刺眼的阳光。她吓得刚要尖叫出声，就被少年捂住了嘴。见里头的人并未察觉，他拉起身边的人，往远处的花园走去。

絮暖被顾北寒拖着向前，刚才他与顾琛所说的每一句话，此刻都在她的脑中反复呈现。她从来没想过真相竟然会是这样的，脑中轰鸣，乱成一团。

确定四下无人，顾北寒才松开她的手，眉头紧锁："你怎么会跑到这里来？你知不知道，要是被顾琛发现你在外面偷听，你的处境会很危险！"

他的眼中有怒火，一声声地质问她。絮暖纹丝不动，一声未吭。

直到他再次叫她名字，她才出声道："我才不管什么危险不危险，我只问你，为什么要骗我？如果不是今天我偷听到了你们的对话，你是不是决定就这么一直骗下去？"

顾北寒身体轻颤，不自觉地向后退了两步。

絮暖更加恼怒，逼近对方："你觉得自己这么做很伟大是不是？用自己的自由挽救樱草，谁让你这么做了？谁允许你这么做了？"她攥紧的拳头用力地砸下，顾北寒吃痛却不动，任由她拳打发泄。

"顾北寒，我就是讨厌你这个样子！不告而别，自以为是，满口谎话。你根本就不知道，你离开后，大家有多想你，也不知道你不肯承认自己是奚言时，说的话有多伤人！"

他怎么可能不知道呢？离开后好几次他都想回去看看，可是一想到顾琛的警告，心中便有所顾忌。其实絮暖说得没错，如果今天她没有偷听到真相，或许他会一直隐瞒下去。即便是成为她眼中的敌人，也不想因为自己让顾琛伤害到她。所以他只能强装冷漠，说伤人的话语，甚至把她当成陌生人，只有这样才能保护重要的人。

看着眼前惨白哀伤的脸有热泪滚滚落下，他抬起手臂，想要拭泪的手却僵在半空，迟迟未动。

"对不起！"手臂无声落下，他抬眸，"我不想做一个言而无信的人。絮暖，我说过的，会让你的愿望实现，所以无论如何，哪怕你怪我也好，我都会做到。"

絮暖喉间发涩，怔怔地看着他。此刻她才想起那个萤火璀璨的夜晚，少年的目光一如此刻般坚定有力。他说，相信我，一切都会如你所愿。原来在那时，他就已经做好了牺牲自己自由的打算。还有她易容成千黎时，他的倾囊相助，也不是因为千黎，而是因为自己。

思及此，絮暖心中抽痛却又万般感动：“谢谢你实现我的愿望，可是这愿望付出的代价太过沉重了。”

“我知道你还在气我自作主张地骗了你，这件事情我之后一定会向大家负荆请罪的。絮暖，只是眼下情势紧急，父亲这次一定不会善罢甘休的。我们不能再坐以待毙了，必须有所反击！”

絮暖连忙收拾心情，重重点头：“可是如今我们除了和他死磕到底，又能怎么办呢？”她也想反击，可是人微言轻，能做的有限。

“我回到世英后，就暗中调查了当年樱草被黑一事。你还记得吗？当时世英收购樱草失败后，不久樱草就负面新闻不断，甚至一度被扣上校风混乱、师德败坏的帽子。你觉得这幕后操控之人是谁？”

“顾琛！”絮暖不假思索，脱口而出。

“通过调查，我手上已掌握了不少证据。这次我们正好可以利用这点来扭转舆论，在父亲要拆除樱草之际，把他当年黑樱草的事情抖出来。借助媒体的力量，一来澄清当时的真相，还樱草清白；二来也能让父亲名誉受损，趁他被媒体纠缠的时间，继续想办法拯救樱草。不过这可能还需要你师父的帮忙，别的人我信不过。”

樱草发生变故后，众人不知所措，自乱阵脚，顾北寒心中却早有打算，就等时机成熟，给敌人予以痛击。

“我相信师父一定会帮忙的。只是顾琛毕竟是你的父亲，你真要与他为敌吗？”絮暖问他。一边是正义，一边是自己的至亲，推己及人，她是否会选择大义灭亲？要做出选择实在太难了，即便此刻他选择置身事外，也是可以谅解的。

顾北寒看向远方，目光幽深：“我也不想与他为敌，只是一个人做错事，总归是要付出代价的。我希望他可以变成原来的他。”

只是最初那个他心目中的英雄，还会再回来吗？

两人赶去沐天心的工作室。得知樱草有难，沐天心二话不说便决定帮忙。因为爆料内容并非涉及娱乐圈，她不好出面，只能找教育圈内要好的媒体同行协助。对方也很快答应，届时会把消息发布在各大平台上。

絮暖手机没电了，怕樱草有事，商议完事后便匆匆地往学校赶。顾北寒放心不下，一路送她到校门口。

忙碌一天，天色已经暗了，昏黄的路灯下，两人停住脚步。

“我先回去整理下之前收集的资料发给你师父。你进去吧，万事小心！”

絮暖点点头说：“你也是。”开口还想说些什么，终究是欲言又止，转身想走，就看见远方奔来的几道身影。

南零落跑在最前面，神色焦急，后头跟着高富帅和千黎。

絮暖看清来人，心想不好，没想到千黎会找来。谎言被揭穿，趁着南零落兴师问罪前，她低头主动认错：“南零落我错了，我不该骗你说去找千黎。因为实在太气人了，我一时没忍住就跑去找顾琛了！”

南零落听到她去找顾琛，心里更急：“什么，你竟然去找顾琛了？他没对你怎么样吧？”她抓着絮暖就前后打量。要知道顾琛早被众人视作洪水猛兽，絮暖竟然还不要命地往虎口冲。

“放心吧，我没事。他又吃不了人！”絮暖故作轻松。

若不是今天被顾北寒阻止，她也不知道自己会有怎样的下场。顾琛确实是个危险人物，不容小觑。

听到絮暖如是说，众人才松一口气。

千黎上前打趣她：“你倒好啊，自己一个人跑去打大Boss（老板），倒拿我当挡箭牌骗大家。”眉目一挑，又偏头看向身后的少年道，“不过话说回来，阿寒怎么会和你在一起？”

提到顾北寒，众人瞬间沉默下来。毕竟他的身份特殊，顾琛如此对付樱草，樱草的人又怎么会和顾家的人走在一起？

高富帅面色阴沉，心里积攒已久的怒气终于爆发，几大步上前，手中的拳头不偏不倚地砸在了少年的脸上。

顾北寒沉默地伫立在原地，纹丝不动。高富帅的拳头落在他的嘴角，渗出血丝，他抬手淡淡擦去，丝毫没有还手的打算。

高富帅见状，心里更憋屈，伸腿把他绊倒在地，扑上去揪住他的衣领，狠狠逼问：“为什么不躲开，为什么不还手？我说过让你不要再靠近樱草的人，否则就对你不客气！”平时胆小怯懦的少年，不知哪儿来的勇气，眉目间尽是凶狠，完全不顾絮暖等人的叫声和阻拦。

“高富帅，没想到才多久没见，你小子倒是长进不少，胆肥了是不是？”顾北寒痛得直抽气，却依然笑得眉眼弯弯，褪去往日的冰冷漠然。

高富帅失神微愣，这样的表情，这样的口气，脑中忽然挤入一道熟悉的身影。

“高富帅，快住手！顾北寒就是奚言！”絮暖的声音像一阵风，吹开眼前所有的雾霾，让一切都清晰明了。

高富帅握紧的拳头松开，眸子蓦然睁大：“这到底是怎么回事？”

路边的栀子花开了，花香和着风阵阵袭来，倒少了几分暑气。大家没回学校，沿着街坐下，听顾北寒详细诉说了整件事情的来龙去脉。他如何误打误撞地成了奚言，又是如何被逼无奈做回顾北寒。个中心酸，虽然被他轻描淡写地几句带过，却不难想象，当他下定决心用自由挽救樱草时的勇气，和独自背负秘密，被众人误会时的心痛和悲伤。

顾北寒起身，郑重其事地道歉：“我真的很抱歉！不该隐瞒你们我的真实身份，但当时我确实也有不得已的苦衷。现在我只想和大家共同进退，请你们再相信我一次！”

“我相信阿寒！”千黎第一个站了出来，“虽然对于樱草而言，阿寒的身份特殊，但我相信他绝对不会因为对方是自己的父亲，就不明是非。”他们是同样的人，所以感同身受。

顾北寒默默地付出一切，大家又怎么会看不明白？即便之前有误会，如今也冰释前嫌。

絮暖心中虽然仍气对方总是习惯独自承担痛楚，更多的其实是心疼。她无法想象，这些日子他都是如何咬牙熬过来的，一定非常辛苦吧。

“那就再给你一次机会，要是你再敢不告而别，咱们就走着瞧！”絮暖嘴上依然不服软，表情狰狞。

却惹得南零落轻笑护道：“好啦，我也相信顾北寒。大家都是朋友，絮暖，你就不能说些好听的吗？”

“不能！”

顾北寒知道絮暖嘴硬心软，会这么说其实已经原谅自己了。他站在原地，心中雀跃。

“既然如此，小爷也只好随大流，勉为其难地相信你了！”高富帅瞄了眼顾北寒受伤的唇角，支支吾吾地道，“那啥，你没啥事吧？我说你这小子，怎么就不躲呢，哪有站着吃拳头的道理？”当时他确实是气急了，把对顾琛的气全撒在了他儿子的身上，下手是重了些。可他哪知顾北寒竟然会傻愣着让自己揍。

“没什么，不碍事！就是想试试你小子的身手。不过士别三日，倒真让我刮目相看啊！”

高富帅哪里禁得起夸，整个人飘飘然：“那当然，是不是开始有些崇拜我了？奚……不对，顾北寒，我都叫惯你奚言了，你倒好，名字换了就算了，连身份都换了，还骗了我们这么久，实在是不厚道啊！”

“是啊，确实不厚道，不过以后不会了！”顾北寒看向众人，一字一顿地道，“你们好，我是顾北寒，以后请多多指教！”

高富帅笑着回：“好说好说，小爷行不改名坐不改姓，高富帅是也！”

“我是絮暖！”

“南零落！”

“千黎！”

大家围上来，自报姓名。

盈盈的笑声汇聚在风中，渐渐散去，一切都是新的开始。

顾北寒花费了大量的时间，收集了当年顾琛雇用水军黑樱草的资料。当年涉事之人怕顾琛报复，不肯当面指正，顾北寒只好把从他们口中得知的原委，整理成文字资料交给沐天心。再由她后期润色，撰写成长帖，匿名爆料在各大媒体网站。

因为证据不足，以防顾琛反咬一口，帖中并未点明顾琛的名字，含沙射影地全部以“G姓董事”代替。媒体向来喜欢捕风捉影，樱草如今又在萧栀然的名下，不过半日，顾琛就被媒体推到了风口浪尖。

顾琛的车子刚到校门口，记者便蜂拥而上，他在几个黑衣保镖的保护下艰难前行。

行进间，闪光灯不断，尖锐的问题接踵而至。

“顾董，今日网上有人指控你当年雇水军黑樱草一事，你有什么想说的吗？”

“因为当时收购樱草失败，所以你才会泄愤拆除樱草，这件事情是真的吗？”

顾琛面色阴沉，缄口不言，心中怒火中烧。这次是何人捣鬼，他心如明镜。只是那些小家伙想和他斗，似乎还嫩了点儿。

“看来这次爆料够顾琛头痛几天了。”絮暖站在远处，目睹这一幕，发出感叹。

顾北寒摇头：“那你就太小看他了！这也不过是缓兵之计，为了给我们争取更多的时间。接下来真正能挽救樱草的就只有千家了。”

“千家？”絮暖微怔，“说起来，我已经好几天没看见千黎了。你到底让她干什么去了？”

“世英作为鼎阳市名气最大的私立学校，大大小小的董事就有二十来个，其中顾家和千家各占40%的股份。我调查过，但凡持股20%以上的董事提出反对拆除樱草的话，就可以召开股东大会，通过投票，来决定樱草的生死。”

絮暖瞬间明白他话里的意思：“你是说，如果千家能持反对意见，召开股东大会，或许樱草就还有一线生机。可是我听说你们两家是世交，你怎么就笃定千家会帮忙？毕竟这么做，绝对会得罪顾琛。”

“我只有五成的把握。”顾北寒皱眉，“其实所谓的世交那都是老一辈的事了，顾千两家在商界可是劲敌，以防一家独大，明争暗斗互相制衡多年。世英只是千家很小的一块产业，千家嫌麻烦才放任顾家做大，但也不可能一直这么放任下去，失了威信。”以前顾琛经常逼着顾北寒了解顾氏产业，学习管理，他多少也知道些，只是志不在此，无心钻研。

絮暖轻轻叹气，望向远方，真希望一切都能有个好的结局。

千黎艰辛地赶到国外向千父说明一切，最后众望所归，带回了好消息。虽然千父答应了她的请求，向董事会提出异议，召开股东大会，却也给她出了两个难题。一是他会授权千黎，要她出席会议去打这场仗。二是在会议上必须想一个折中的办法，如果不拆除樱草，就必须想出能妥善处理这件事的方法，不能让顾琛下不来台。

千黎万分头痛，她虽然学过管理和基本谈判，却只停留在纸上谈兵的程度。让她亲征沙场和那些老谋深算、浮沉商海数十载的人对峙，她哪有赢的机会？她知千父的用意，是想借此机会锻炼自己。先不说她能否有胆量出席这场会议，光是那第二个要求就已经让她陷入绝望。千家放任顾家太久，这次倒是打压的好机会，可同时也得顾及两家多年的交情，不能把事情做得太难看。

顾北寒倒没她想的这么悲观，只要得到开股东大会的机会，樱草就有了生机。

千黎先是向董事会提交了千父的委托书，走正常程序。很快，三日后世英将召开股东大会的事情就快速地传开。

顾琛收到会议通知，对千家在这时候提出异议，有些许诧异。不过在得知是千黎出席会议后，便没了顾虑。他倒想看看，一个小丫头片子，能搞出什么名堂来。各大董事接到消息后，伺机而动，为了自己的利益纷纷站队。

为了让那些小股东与他们统一阵线，千黎这三天亲自提礼拜访。毕竟是千家千金，对方自是要给足颜面的。许多股东与千家都有生意上的往来，还得仰仗千家而活，当即放话表明立场。

絮暖不懂这生意场上的明争暗斗，唯一能做的就是陪着千黎一起奔波。几天下来，战果丰硕，算算支持人数，投靠他们的股东已占了大半，如此一来，赢的概率也大了些。

股东大会如期而至，可是他们还是没能想出什么良策来应付顾琛。如果不拆除樱草，樱草之后该如何继续存活？时间不多了，如今之计也只能走一步算一步，随机应变了。

会议当天，千黎穿了一件酒红色长裙，端庄又不失优雅。她步入会场，便听到几个股东在议论自己，大多是质疑她年纪小、资历浅，怀疑她的办事能力。千黎置若罔闻，之前她拜访过的几个股东倒是笑脸相迎，与她打着招呼。生在大家族，千黎早就学会如何应对各种人，她礼貌微笑，尽管心中慌乱，面上依然镇定。

应付完那些人，她往人少的角落走了几步，捂住"怦怦"直跳的胸口，低声捂着蓝牙耳机道："怎么办？我现在很紧张。"

没过多久，耳机另一头便传来顾北寒的声音："别怕，我相信你可以做到的。"

千黎见时间差不多了，连忙镇定心神，走进会议大厅。

会场外，顾北寒和大家的目光紧盯着眼前的电脑屏幕。千黎身上带着微型摄像头，现场所有的影像都会同步显示在电脑上。同时她还佩戴了蓝牙耳机，方便与大家保持联络。今天的会议关系着樱草的生死存亡，南零落和高富帅也跟来了。大家围坐一团，神情紧张。

众人入座，长方形的会议桌，千顾两家持股最大，按理坐在左右两边的上座。千黎坐下后，发现正中的座位还空着。时间一分一秒地过去，顾琛却迟迟未露面。大家小声地议论，却不敢表示不满。

半个小时后，顾琛才缓缓走进会场。大家齐齐起身，千黎不敢拂对方的面子，也跟着站起来，礼貌地喊了一声："顾叔叔。"

顾琛抬眸扫她一眼，微点了下头便坐下。

股东大会正式开始。

见众人沉默地望着自己，顾琛轻笑："都看着我干什么？这会又不是我发起的。千家既然对拆除樱草有意见，自然是他们先说。"

千黎直视顾琛幽深的目光，毫无畏惧地站起身："千黎首先要在这里谢谢各位叔叔伯伯，能卖千家颜面出席这场股东大会。这次我代表父亲参会，千黎年纪小，如果有什么说得不对的地方，也希望各位前辈多多包涵。"

几个站千家这边的股东立马附和："哪里的话，丫头，这会既然都开了，你有话但说不妨，毕竟大家的初衷都是希望世英越来越好。"

千黎也没再绕弯子，直入主题："我想大家应该清楚，世英在鼎阳市声名大噪，锋芒太露未必是好事，有任何动作都会被旁人拿来非议。之前的爆料帖，大家应该都看了吧？虽然是捕风捉影的事情，却引起了不小的风波。若是在这个时刻还要马上拆除樱草，怕是会引起更大的非议。"

千黎此话一出，立刻有人出言反驳：“怕什么，你也说是捕风捉影的事情。世英立校这么久，什么风浪没见过。不过就是拆除个小小樱草，还要举办什么股东大会，我看是某人太小题大做了！”不用猜，就知道此人是站在顾琛那边的。

这人一开头，又有几个人跟着咄咄逼人。千黎一时落了下风，面色难看起来。

“千黎，别慌！按我之前说的做，继续用世英的名声拖住那帮人。”

耳机传来声响，千黎吸气，故作镇定：“可是大家别忘了，一个学校的立足根本便是好的口碑。若是拆除樱草，很可能让世英落下一个欺负弱小的骂名！”

“是呀，你们是不知道，现在网上的舆论说得有多难听。说咱们当初黑人家樱草，现在还要拆除他们学校，为了世英的名声，拆除计划必须要暂缓。”

双方来回争执不下，令千黎意外的是，顾琛自始至终只冷眼旁观，不发一语。这让她的心中更加没底。

好半晌，她终于鼓足勇气道：“顾叔叔，千黎斗胆问一句，如今你是否还是坚持自己最初的决定？”

顾琛闻声起立，双手撑在桌上，眼睛扫向众人，语气冷厉：“大家别忘了，我们是商人不是慈善家，拆除樱草，改建成商场可以为我们谋取更多的利益。反之，如果留下樱草，它能给我们带来什么，几十个顽劣不堪的学生？还是几座废弃的教学楼？”

他冷冷一笑，反问千黎：“我只问你，留下樱草，你准备让它如何为我们谋取利益？”话音落下，几十双眼睛齐齐地紧盯千黎。她身体发僵，无所适从。

顾琛的话字字都落在点上。这些人不是慈善家，商人利字当头，如果不能谋取利益，一切都是无用。

“这个顾琛实在是太可恨了，我真想揍他！”高富帅看着屏幕里的影像，气得咬牙切齿。要不是碍于顾北寒在场，他真怕自己控制不住说出更难听的话来。

顾北寒面色阴沉，顾琛果然一点儿都没变，依然是那副唯利是图的样子，思及此，他的嘴角泛起苦笑。

“这是千黎好不容易争取来的机会，如今形势一边倒，难道连一点儿转圜的余地都没有了吗？”南零落焦急地说。

身旁的絮暖静静地站着，突然抢过顾北寒的蓝牙耳机：“千黎，你现在冷静下来听我说，只需要给樱草半年的时间，推广拓展课程，这是樱草的特色，也是别的学校没有的。我相信靠此吸引生源，樱草一定能力挽狂澜。到时若樱草还没有给他们赚取利益，那就任凭他们处置！”

那些人会觉得樱草一无是处，是因为他们根本不懂樱草的好。如果可以把樱草的特色推广出去，一定能扭转乾坤的。人生无非就是一次又一次的博弈，所以这一次，她愿赌上所有，换樱草一线生机。

絮暖这一计倒是个折中之法，不仅没有直接否决顾琛的决定，给对方留有颜面，还为樱草争取了时间。千黎连忙向众人提议推广樱草拓展课程一事，得到了不少人的支持。顾琛听完，也没再反驳。

投票环节，支持千黎的票数居高，推广樱草拓展课程的提议通过，暂缓拆除樱草的事情终于尘埃落定。

"小丫头，希望你别忘了自己说的话。如果推广失败，拆除计划会立马执行！"顾琛发出警告，"还有告诉那小子，他斗不过我的！"

千黎当然知道对方说的那小子指的是顾北寒，怕是此刻他已经通过耳机听到了。她站起身说："千黎明白！顾叔叔再见。"

男人冷哼一声，大步离场。主角一走，众人也渐渐散去。

会议结束，千黎匆匆离开和大家会合。

高富帅见到她，竟半跪在地，阵阵高呼："女王大人，万岁万万岁！"千黎被这么一逗，紧张的心终于放松下来，开怀大笑。

"你们不知道，当时可把我吓得腿都软了。顾叔叔一放话，我都觉得这次必输无疑了。多亏絮暖急中生智，这次咱们才能安然过关！"

"千黎，我真的不知道这次该怎么感谢你。"絮暖心中感动。千黎完全可以置身事外，却选择慷慨相助，能遇见这样的人，真的是她的幸运。

"要真想感谢我，就给我打赢这场仗！"

絮暖坚定点头："我们会赢的，也必须要赢！"

"这次能过关，完全是因为顾琛忌惮千家的势力，才会有所收敛，做出妥协。但他是绝对不会罢休的，后面的这场仗一定会更难。"听顾北寒如此一说，大家的雀跃之情又淡了下去。

"怕什么呢，之前那么多难关咱们都闯过来了！一句话，就是干！"高富帅撸起衣袖，信誓旦旦。

是啊，哪怕前方有九九八十一难，他们也会砥砺而行。

絮暖等人把推广拓展课程的计划告知萧栀然，大家开始齐心协力为拓展课程做准备。不过在此之前，他们决定去墓园看望安主任。

千黎也跟着去了，她虽然从未见过对方，却听絮暖说过他的事迹。仅凭一人之力，创办樱草，接济那些穷苦的学生，想来也是个了不起的人物。

絮暖细心地擦拭石碑，大家献上花束，鞠躬哀悼。

“安主任，你放心，只要我们齐心协力，团结在一起，樱草就会一直存在！”

絮暖伸出手，看向众人，大家会意，陆续地把手掌交叠在一起。暖流汇聚，那是他们坚定的决心，这一次，他们必当全力以赴。

樱草的故事还没有结束，不忘初心，未来可期。

——本季完——

意林·轻文库
【美少年系列】
青春作家 惊歌
携“龙子”第三部，
再度回归！
拜托了，龙子！
3
大家长之战
拜托了，龙子！龙契少女
拜托了，龙子！真假龙女
真假难辨的神奇骰子再掀
龙族波澜
大家长去世之谜惊险曝光
重位空缺
一次次催泪的离别，
一场场艰辛的交锋，
一段段破碎的过往，
编织成龙子家族的秘密之网
也编织成一段让你落泪的爱恋
当红偶像隐姓埋名重返高中，
竟三番五次算计林陌桑，原因未明。
险中逃生的林陌桑再遇裴西林，
他竟然对别人温柔体贴。
裴西林表白真心，
却被指为杀害大家长的凶手！
林陌桑再遇难题，
救下裴西林的唯一方法竟然是
竞选家族大家长？

十二少女的织梦故事 花绽年华的珍贵读物
每一个淑女的心上都开出一朵花
她
是海棠，是当朝公主的陪读女官，代替逃婚公主远嫁荒芜之地；
是木棉，外表火热，内心淡然，是有着医者仁心的“王妃”；
是鸢尾，是初涉江湖的纸戏师，一双巧手，折纸化物，栩栩如生；
是芙蓉，是古灵精怪的炼药师，手握神奇药丸，缔造出精妙的剧情……
她是夕雾，她是寒樱，她是夜昙，她是蓝花楹……
向上攀越，向阳花开，向心而聚的十二少女，陆续上市！
她们是十二位美丽而性格各异的少女，更让人意想不到的是，她们每人都有一种特殊的技能，更有看待人生的种种态度和性格，十二位少女，每人对应一种花朵，花开花落，人生如戏，不变的是励志和勇敢，还有温暖与爱。
意林·轻文库
盛大策划浪漫花语大系列古风套系
为淑女们特别打造，从这里，看向广阔人生！
白茶篇
一品书女
折纸戏
世子妃
白茶篇
木棉篇
木棉篇
木棉篇